LES DRAMES DE L'HISTOIRE

E PROCÈS DE LA REINE

Par RAOUL DE NAVERY

382

I0634252

LIBRAIRIE BLÉRIOT
HENRI GAUTIER SUCCESSEUR, 55, QUAI DES GRANDS-AUGUSTINS, A PARIS

382

LES DRAMES DE L'HISTOIRE

LE PROCÈS DE LA REINE

Par RAOUL DE NAVERY

LIBRAIRIE BLÉRIOT

HENRI GAUTIER SUCCESSEUR, 55, QUAI DES GRANDS-AUGUSTINS, A PARIS

LES DRAMES DE L'HISTOIRE
DEUXIÈME ÉPISODE

LE PROCÈS DE LA REINE

Par RAOUL DE NAVERY

I

CONFIDENCES

Deux jeunes filles se tenaient penchées à une haute croisée ornée de vitraux peints. Leurs visages, également beaux, reflétaient un caractère complètement différent. L'une mince, aux cheveux blonds, aux grands yeux bleus profonds, aux lèvres graves, à l'attitude pensive, devait joindre une angélique douceur à cette admirable résignation qui peut défier jusqu'au martyre. L'autre grande, aux opulentes nattes noires, au regard éclatant de vie et de jeunesse, semblait prête pour toutes les luttes. Les parures de ces jeunes filles contrastaient comme leurs visages. La première portait une longue robe de samis bleu, complètement recouverte de broderies d'argent, et deux rangs de perles retenaient un diamant sur son front. L'autre, vêtue de sandal écarlate orné de fleurs d'or, n'avait aucun bijou dans ses cheveux, mais une large ceinture d'orfèvrerie soutenait son aumônière. Leur attitude, leur façon de se parler, de se sourire, trahissaient une grande intimité, et le respect que l'une s'efforçait parfois de témoigner à sa compagne le cédait à une tendresse, mettant dans leurs rapports une confiance absolue, un égal dévouement.

— Blanche, dit la jeune fille blonde, l'heure est passée, et mon frère ne paraît point. Depuis l'aube, les seigneurs de sa cour et tous les braves gens de la ville de Bruxelles l'attendent sur la route. Je commence à me sentir aussi inquiète que la foule... S'il était arrivé un malheur à Jean !

— Non, répondit Blanche ; non, ma chère Marie, Monseigneur le duc va revenir dans sa bonne cité de Bruxelles, le cœur joyeux, en florissante santé. Son voyage a dû être un voyage béni. Est-ce qu'un malheur peut frapper le prince qui vient de vivre dans l'intimité de Louis IX? L'ombre des Saints porte bonheur, ma chère princesse. Monseigneur et son cortège sont retenus par la curiosité, le respect, l'affection des Brabançons. Songez donc! Il est depuis peu de temps notre duc, et ses sujets tiennent à lui prouver qu'ils vénèrent et chérissent en lui le fils d'Henri III le *Débonnaire*...

La princesse Marie posa la main sur l'épaule de Blanche.

— Et quand on songe, dit-elle d'une voix lente et grave, que ce souverain indulgent comme un père, ce protecteur des lettres, ce restaurateur des arts, ce chef de famille admirable est tombé sous le poignard de misérables assassins!...

— Son peuple fut innocent de ce crime, Marie, et toute l'horreur en retomba sur quelques seigneurs ambitieux, dont les exactions et les empiétements ne purent être tolérés par votre noble père...

— Que de fois, reprit Marie de Brabant, j'ai songé que le sang paternel qui rejaillit sur nos berceaux était comme le signe d'une longue suite de douleurs!

— Chère princesse, dit Blanche, avez-vous jamais depuis cette sanglante catastrophe souffert d'un chagrin violent?

— Non, pas directement, peut-être; mais que d'intrigues se sont nouées tour à tour après la mort de mon père... On ne laissa pas, même à notre mère, la noble Alix, le temps de répandre des larmes que lui arrachait un crime. La veuve et les orphelins semblèrent une proie à des compétiteurs avides. On se disputa le droit, non de protéger la duchesse de Brabant, mais de la dépouiller. Chaque membre de notre famille devint une sorte de larron à l'affût de l'opulent héritage. Que pouvaient quatre petits enfants et une jeune femme en pleurs? Mon oncle, le landgrave de Thuringe, se montra le plus empressé pour s'emparer des dépouilles d'Henri III, dont il avait épousé la sœur, Béatrix; puis ce fut au tour d'Henri de Gaesbeeck, petit-fils de Henri Ier, de disputer à notre mère le droit d'élever ses orphelins. Nous étions bien jeunes, Godefroi, Jean, Henri et moi, mais nous comprenions qu'on en voulait à nos biens et peut-être à notre vie. Le couteau dont mon père fut frappé à Louvain, le 28 février 1204, pouvait passer dans d'autres mains, et nous avons vu souvent notre mère nous cacher dans ses bras avec épouvante, en suppliant Dieu de nous prendre sous sa garde. Tu me reproches parfois ma tristesse, Blanche, et tu t'étonnes que la sœur du jeune duc de Brabant, belle et adulée, demeure plongée dans sa mélancolie... C'est que je me souviens que mon père fut assassiné, et je sais que ma mère achève sa vie dans un cloître.

— Vous êtes trop pieuse pour l'en plaindre ou pour l'en blâmer.

— Je regrette sa présence, voilà tout. Sa tendresse formait autour de moi une sorte d'atmosphère chaude et vivante. Jamais je n'eus peur entre ses bras, et ses graves conseillers Gauthier de Berhold et Godefroi de Perveez, qui partageaient avec elle les soins du gouvernement du duché, m'appelaient alors *Vaillante*. Hélas ! je n'étais qu'une enfant convaincue que les genoux d'une mère sont un asile inexpugnable. Pendant sept années je fus heureuse ; le souvenir de mon père plana au-dessus de ma vie comme une vision sainte. Je me livrai avec joie à l'étude. Les plaisirs bruyants me causaient une sorte d'effroi, et je ne connaissais pas de satisfaction plus grande que d'étudier sous notre grand Adenez, avec toi et mes frères.

— Oh ! moi, dit Blanche, j'avoue avoir bien mal profité des leçons du roi des Ménestrels. Je chante avec agrément, peut-être, et je joue passablement de l'orgue et de la viole, mais, vous le savez mieux que personne, chère princesse, je tiens mal le pinceau, que vous maniez avec habileté, je casse entre mes doigts impatients les aiguilles qui vous servent à créer des merveilles, dont vous enrichissez les chapelles de Bruxelles et de Louvain, et je ferme les livres de chimie d'Adenez avec une sorte d'effroi ; tandis que vous vous réfugiez dans l'étude et dans la science, j'éprouve le besoin du mouvement, de l'espace, de la vie bruyante. Parfois il me semble qu'il me pousse des ailes aux épaules et que je vais m'envoler.

— C'est bien ce que je redoute, répondit Marie de Brabant. Oui, il te viendra des ailes, sinon aux épaules, du moins au cœur ; tu es faite pour être aimée, on t'aimera. Alors tu quitteras Marie de Brabant, qui n'aura plus qu'une aspiration, qu'un rêve : aller s'ensevelir dans un cloître, comme Henri mon frère, qui prie pour moi dans l'abbaye de Saint-Benigne, comme ma mère, dont les genoux s'usent sur les dalles d'un monastère de Dominicaines.

— Êtes-vous donc seule au monde, chère princesse?

— Non, sans doute ; mais Godefroi, comte d'Arschot, songe moins à moi qu'à l'augmentation de son territoire et de sa fortune. Jean, le bon, le chevaleresque Jean, visitera toutes les cours d'Europe afin de cueillir les couronnes et les rameaux d'or décernés dans les tournois. Ne vois-tu pas qu'à peine l'assemblée de Cortumberg dissoute, et les partages faits entre nous, son premier désir a été de partir pour la cour du roi de France. Oh ! je ne l'en blâme point, Blanche ; je dirai presque que je l'ai envié. Si je ne m'étais trouvée trop jeune et trop inexpérimentée pour l'accompagner dans son voyage, j'aurais souhaité connaître le fils de l'admirable Blanche de Castille, baiser la main de cette reine Marguerite, dont la tendresse emplit le cœur de Louis IX, et me lier d'amitié avec sa fille, que l'on dit sage comme son aïeule et belle comme Marguerite de Provence. Oui, si je ne l'avais pas, Blanche, je me sentirais seule, bien seule...

— Avant peu, chère princesse, la vue du duc Jean aura chassé ces tristes pensées, ces lugubres souvenirs. Vous serez toute à la joie de le voir. Vous oublierez l'heure en écoutant les récits qu'il vous fera de la cour de France, et, lorsque le duc se taira, vous questionnerez le duc, afin d'en obtenir quelque nouveau détail. Nous connaissons tous ces instants pendant lesquels il nous semble que l'existence est à jamais décolorée, moi comme les autres... rarement, je l'avoue... Mais quelquefois c'est un reflet... Tenez, Marie, quand vous rêvez trop, je deviens triste; quand vous pleurez, mes yeux se mouillent de larmes; si je vous voyais au désespoir, il me semblerait que je n'ai plus qu'à mourir.

— Ce n'est pas cela qu'il faut, Blanche, au contraire. Relève mon courage, quand tu le vois faillir; prends ta viole et chante, si tu devines que ma pensée va loin, près d'une tombe ou d'une cellule. Oppose ta jeunesse en fleur à ma jeunesse sérieuse; verse dans mon cœur un peu de ta force et de ta gaieté.

— Je ne demande pas mieux, dit Blanche. Vous verrez, ce soir, comme le bon Adenez sera fier et heureux, quand il vous entretiendra des hommes doctes qu'il a rencontrés, et des merveilleuses choses qu'il a vues. Je crois y être déjà...

— Blanche, ne dirait-on pas un bruit éloigné, et comme une longue et lointaine acclamation?

— Le duc! c'est le duc! Je distingue le son cuivré des instruments, dans quelques minutes nous verrons le commencement du cortège. On crie : Vive le duc de Brabant! Enfin, Marie, vous allez être heureuse.

La jeune princesse entraîna Blanche de Louvain et se pencha davantage à la croisée. En effet, on entendait les « los » enthousiastes de la foule. A ces acclamations s'unissait le bruit des instruments de musique et du pas retentissant des chevaux. Des bannières ne tardèrent point à flotter dans l'air; une troupe de cavaliers parut, et le cœur de Marie battit avec force. Elle venait de reconnaître le duc Jean, au milieu des principaux seigneurs de sa cour.

Au même instant, le regard du prince se dirigea vers la croisée, servant de cadre aux têtes charmantes des jeunes filles. Il ôta son chaperon et les salua du regard et du geste.

— Revenu, il est revenu! enfin! Oui, j'avais tort de m'alarmer, Blanche; mais est-on cause d'avoir le cœur craintif?

— Chère princesse, répondit Blanche, il est de notre devoir de l'aguerrir quand l'excès de la tendresse l'incline à la faiblesse. Je veux croire que toute votre vie sera une suite de félicités, mais si jamais il vous survenait une grande épreuve, sans que vous eussiez fait effort pour trouver en vous l'énergie nécessaire pour la lutte, vous succomberiez à la première atteinte du malheur.

— Le malheur, je n'y crois plus, voici mon frère!

La porte de la salle, dans laquelle se tenaient les jeunes filles, s'ouvrit et le duc Jean parut dans l'encadrement où se tenait un homme d'armes.

C'était un beau jeune homme, de mine fière. Il avait les cheveux blonds et le teint transparent de sa sœur, mais l'orgueil éclatait sur son front, la franchise dans son regard. On devinait en le voyant sa bravoure et sa bonté. L'éclat de son costume n'avait rien d'efféminé, et on comprenait que Marie disait vrai, quand elle parlait de la bouillante valeur du duc et de son amour pour les combats chevaleresques, où il était sûr de remporter les plus hauts prix.

Tous deux s'embrassèrent avec une tendresse égale. L'absence leur avait semblé longue. Élevés sur les genoux d'une admirable mère, dans des sentiments de concorde et d'amour, ils sentaient battre leurs cœurs à l'unisson. L'allégresse de l'un devenait celle de l'autre; une peine ressentie par Jean avait son écho dans l'âme de Marie.

Toute à la joie de retrouver son frère, la princesse ne remarqua pas d'abord la tristesse qui, parfois, obscurcissait son front. Elle le questionna sur la cour de Louis IX, et Jean semblait avoir peur de lui répondre. Au lieu de l'entretenir de son voyage, il lui demandait l'emploi de ses jours et de ses heures durant son absence.

— Jean! lui dit Marie, en serrant ses mains, demain je te parlerai de moi, si tu le veux. Aujourd'hui, toi seul m'occupes. Adenez saura bien me nommer les grands hommes, les savants avec qui il s'est trouvé en contact. Toi seul peux répondre à mille questions plus intimes, et qui m'intéressent davantage. Parle-moi de Marguerite de Provence, la femme bien-aimée de Louis IX, de cette reine dont le courage égala celui des meilleurs chevaliers de l'armée chrétienne de Palestine, et qui se montra grande, même à côté du plus héroïque des rois. Depuis que je suis capable de comprendre la bonté, la gran-

Le duc Jean parut dans l'encadrement de la porte. (*Voir page* 6.)

deur d'âme, la vertu souriante et magnanime dans une femme, c'est celle que je nomme. Sans doute, elle ne possède pas la hauteur des vues politiques de Blanche de Castille, mais elle a su prouver à toute heure de sa vie son amour ardent pour Louis et sa ferveur pour la Croix. Parle-moi donc d'elle, d'elle seule...

— Marie, dit le prince, en attirant vers lui le front de sa sœur
pour y poser un baiser, la reine de France a une fille qui, comme
elle, se nomme Marguerite... Elle est belle, douce et sainte... Je l'ai
vue laver les pieds de pauvres mendiants et recevoir des princes
étrangers avec une dignité souveraine. Docte et modeste, elle cache
à la fois ses talents et ses vertus... Marguerite de France est la plus
parfaite des créatures, et moi...

— Eh bien! demanda Marie, et toi?

— Moi, je suis le plus malheureux des princes!

— Malheureux, mon frère! mon Jean bien-aimé! ce n'est pas possible. Je ne le veux pas, entends-tu. Oui, je crois ce que tu dis. Je
n'accuse pas ton cœur d'exagération. Les vertus, les perfections de
Blanche de Castille et de Marguerite de Provence doivent être le partage de cette jeune fille. La grandeur d'âme, le dévouement, la sainteté sont héréditaires dans cette famille de France. Marguerite est
belle et pure comme les lis d'or de son manteau... Mais, est-ce une
raison pour te désespérer? Elle est belle! soit! Mais je défie qu'à la
cour de France on trouve un prince plus accompli que Jean de Brabant. Quant aux qualités : Henri le *Débonnaire*, notre glorieux père,
t'a légué les siennes. Je sais quel éclat les lettres doivent à Louis IX,
quel essort il a donné aux arts. Sous son inspiration, les bibliothèques
se fondent, les manuscrits se multiplient, la Sainte-Chapelle s'est
élevée pour abriter les plus augustes reliques; mais Henri III fut
appelé, en Brabant, le père des lettres. Adenez, notre ménestrel, est
célèbre dans toute l'Europe. L'ogive fleurit en Brabant comme en
France, et notre duché n'est dépourvu ni de gloire, ni de grands hommes. Toi-même, n'as-tu pas grandi, pour ainsi dire, sous la direction
de ce Thomas d'Aquin qui dirige la conscience de Louis IX? N'est-ce
pas pour aider à notre mère, Alix de Bourgogne, dans la tâche difficile d'élever ses fils, qu'il écrivit pour elle et lui dédia son admirable ouvrage le *Gouvernement du Prince*? Tu seras protégé à la
cour de Louis IX par Thomas d'Aquin, dont chacun vante la sainteté et le génie. Du fond du cloître des Dominicaines de Louvain,
notre mère plaidera une cause que, d'avance, je crois gagnée.

— Tu vois cette grave chose, qu'on appelle une alliance, avec les
yeux d'une enfant, répondit Jean... En peut-il être autrement? Tu
comptes quinze ans à peine... Ne m'objecte point ma jeunesse,
L'éducation, dont tu me parlais tout à l'heure, m'a fait homme
de bonne heure. Oui, je crois avoir profité des leçons de ce maître
admirable, en qui l'Église reconnaît un docteur et dont elle fera un

saint; mais songe à la distance qui sépare un duc de Brabant du roi de France.

— Je sais que Louis IX tiendra, avant tout, à donner à ses filles des princes dont le cœur et le courage soient de pair avec le sien. Je ne m'effraie point de te voir élever tes vues jusqu'à une fille de France. Il est de nobles audaces, mon Jean. Oh! je l'aime déjà, cette Marguerite dont la mère me semble l'idéal de la reine et de la mère. Peut-être te serais-tu senti faible pour soutenir une lutte, si une lutte s'engage, mais nous serons deux, et quand on s'aime, comme nous nous aimons, on est bien fort.

— Mais que peux-tu pour moi?

— Prier d'abord.

— Ensuite...

— M'adresser à notre mère pour lui demander d'écrire au roi.

— Non, dit le jeune duc, je ne me crois point assez sûr d'obtenir une réponse favorable pour oser, tout de suite, formuler ma demande.

— Souhaites-tu donc attendre, entreprendre dans quelques mois un second voyage, et tenter de gagner d'abord la sympathie de Marguerite, puis l'adhésion de Louis de France?

— Ce serait plus prudent peut-être..., mais si, dans l'intervalle, on la fiançait à un autre?

— Je t'en prie, répondit Marie, ne t'efforce point d'attrister l'avenir. Tu reviens près de moi le cœur rempli d'une pure image, garde-la précieusement, saintement; crois que Dieu te donnera Marguerite pour femme, comme je crois qu'il me la donnera pour sœur. Je ne vais plus songer qu'à la réussite de tes projets; sois certain que la tête de Marie est plus sérieuse que tu ne penses. N'est-ce pas beaucoup déjà que d'avoir une alliée?

— Ah! si tu m'avais accompagnée à la cour de France!

— Je t'y suivrai à ton premier voyage, et je ferai comprendre à Marguerite ce que tu n'as point osé lui dire.

Rassuré par les affectueuses paroles et les promesses de sa sœur, Jean de Brabant retrouva bientôt le calme de son cœur et la vivacité brillante de son esprit.

Pendant le repas du soir, il se montra presque joyeux, et si une ombre planait sur son front, un seul mot de sa sœur, un éclat de rire de Blanche de Louvain suffisaient pour le ramener à des espérances prochaines. N'osant parler de Marguerite de France devant Blanche de Louvain et Adenez, dans la crainte de trahir le sentiment qui remplissait son âme, il trouva une compensation et une joie à peindre le noble caractère de Philippe, l'aîné des fils de Louis IX.

— Plus beau peut-être de visage que son père, dit-il à Marie, il a comme lui une bravoure chevaleresque. La noblesse de France l'adore et sait d'avance qu'elle aura en lui un digne roi. Peut-être n'a-t-il point toute l'élévation, toute la force de caractère de son père, mais si celui-ci vit d'assez longues années pour apprendre à son fils l'art difficile de régner, Philippe sera un des souverains dont le nom inspirera le respect et l'amour. Je me suis pris pour lui d'une tendresse mêlée d'admiration, et cette affection était si grande, que je devenais jaloux quand il témoignait plus d'amitié à quelqu'un qu'à moi. J'avoue même que ce sentiment allait jusqu'à l'injustice. Et, de même que je chérissais comme un frère le fils du roi Louis, j'ai senti presque de la répulsion pour un mince gentilhomme de Touraine qui, depuis des années, a reçu de Louis IX le titre de chambellan. Il est tellement avant dans les bonnes grâces du roi et dans celles de Philippe, que l'on ne manquera point de l'informer de mon désir de m'allier à la famille royale.

— Eh bien?

— J'ai la certitude qu'il emploiera son crédit pour l'empêcher. Mon imprudence m'en a fait un ennemi. Oh! c'est que la vanité et l'outrecuidance du personnage ne sont pas minces. Il a l'esprit délié, et sait masquer ses ambitions démesurées sous l'apparence d'une humilité profonde, et d'un dévouement à toute épreuve. Jusqu'à ce moment, paraît-il, on n'a point sujet de se plaindre de lui à la cour, mais je me trompe fort ou son influence deviendra néfaste.

— Tu le nommes?

— Pierre La Brosse, en attendant qu'il reçoive des titres et des seigneuries qui le feront l'égal des gentilshommes du roi.

— Ton inimitié s'est-elle donc complètement déclarée?

— Non, répondit Jean, elle s'est trahie seulement.

— Ce Pierre La Brosse ne t'a témoigné aucune haine?

— Il est pour cela trop adroit. Mais si cet homme est, ce que je pense, un fourbe dont Louis IX et Philippe ne se défient point assez, il ne me pardonnera pas d'avoir deviné ce qu'il est et ce qu'il veut. De telle sorte que, si j'ai pour alliés à la cour Philippe, ses frères et même le roi, j'y compte aussi un adversaire.

— Dont tu exagères l'autorité.

— Je voudrais le croire avec toi; je veux tenter d'oublier La

Brosse pour ne songer qu'à mon amitié pour Philippe. Nous avons échangé nos épées devant l'autel et nous sommes frères d'armes. Combien je l'envie d'avoir pu déjà donner tant de preuves de vaillance pendant la dernière croisade. Que suis-je en ce moment? Un prince inutile, sortant de tutelle, qui n'a pas même rompu une lance pour se faire un renom d'adresse, et qui n'a point assez profité des leçons d'Adenez pour être cité parmi les princes ménestrels. Tu parles de succès remportés, demande à Adenez quelle fête lui ont faite les dames de la cour de France! Elles savaient par cœur la plupart de ses poèmes, et prenaient plaisir à lui en réciter des passages. La plus belle, la plus courtoise des dames d'honneur de la reine n'aurait point refusé de le suivre à la cour de Brabant, tant elle trouvait de gloire à devenir la compagne du Roi des trouvères.

Toute la soirée se passa en causeries effleurant tous les sujets. Adenez promit à sa noble élève de lui lire le journal qu'il avait tenu, jour par jour, de tout ce qui s'était passé à la cour de Louis IX pendant son voyage, car le couvre-feu était sonné depuis longtemps quand Marie songea que les voyageurs avaient besoin de repos.

— Écoute, dit-elle, à son frère, en l'embrassant, je vais ce soir demander à Dieu de m'inspirer ce qui pourrait te donner le courage de poursuivre le but que tu veux atteindre, et demain je te dirai ce que j'aurai trouvé dans le recueillement et la prière.

— Merci, dit le prince.

Blanche et Marie se retirèrent ensemble.

La princesse n'avait point révélé à son amie le secret de son frère : elle lui apprit seulement que la préoccupation du duc l'attristait elle-même, mais qu'elle espérait que ses désirs seraient rapidement exaucés.

Cependant, Marie retrouva difficilement le calme et le sommeil. Durant la nuit, des rêves bizarres lui présentaient tour à tour l'image de Philippe, tel que le montrait à Jean de Brabant une ardente amitié, puis la blonde Marguerite de France, dont le souvenir remplissait l'âme de son frère. Mais au moment où leurs mains s'étendaient pour s'unir, une sinistre figure se dressait entre eux. Et cependant, Marie le devinait, l'ennemi qui surgissait leur en voulait moins qu'à elle-même. Le regard de basilic de cet homme se fixait sur elle rempli de menaces mystérieuses. Elle sentait qu'il disposait de sa vie. Elle voulait le fuir, et ses pas s'enracinaient au sol. Elle tentait d'appeler à l'aide, et ses lèvres glacées ne laissaient passer aucun son. Jean, lui-même, ne semblait pas deviner qu'elle eût besoin de son appui, de son suffrage, et disparaissait avec Marguerite dans des profondeurs de plus en plus éloignées, et Marie se trouvait seule, toute seule en face de cet homme dont elle devinait la haine ou la passion plus effroyable encore.

Elle s'éveilla brisée, les membres mouillés d'une sueur froide, n'ayant pas conscience du présent, et se débattant au milieu des cauchemars du rêve.

— L'avenir! s'écria-t-elle, l'avenir.

Une idée subite traversa son esprit.

— Mon Dieu! dit-elle, je ne veux pas vous tenter, je ne prétends pas sonder les secrets de votre sagesse, mais vous donnez parfois à des créatures privilégiées le pouvoir de soulever les voiles des temps futurs et de connaître les événements que nous ne pouvons prévoir. Permettez que je tente d'apprendre ce que me réservent les années qui vont suivre et de consulter, sur le sort de Jean, la Voyante que vous comblez de grâces miraculeuses. C'est vous, oui, c'est vous qui m'inspirez cette résolution. Je vous en remercie, je vous en bénis. Dans quelques jours, Jean et moi, nous saurons ce que votre bonté nous ménage.

Marie se leva rapidement, puis elle fit appeler Blanche de Louvain, lui communiqua son projet, donna ordre de préparer une litière, et passa dans la grande salle où le prince de Brabant se trouvait avec Adenez.

— Jean, lui dit Marie, ne m'accuse point de crédulité ni de faiblesse, et permets-moi d'aller à Nivelle, consulter la Béguine, à qui Dieu a donné le pouvoir de lire dans l'avenir. J'ai hâte pour moi, pour toi peut-être, de connaître ce que nous devons attendre de la destinée.

— Tu n'as pas peur, Marie?

— De quoi aurais-je peur? répondit la jeune fille. Je ne me souviens pas d'avoir volontairement offensé Dieu. Je veux savoir ce que pense de toi la princesse Marguerite, et si notre mère peut écrire sans crainte à la reine de France.

— Va donc! répondit Jean. C'est ton bon ange qui t'inspire ce projet.

Une heure après, la princesse de Brabant, montée dans une litière avec Blanche de Louvain, prenait la route conduisant au Béguinage servant d'asile à la Voyante de Nivelle.

Elles se décidèrent à s'enfoncer dans les ruelles obscures. (*Voir page* 18.)

II
LA BÉGUINE DE NIVELLES

La réputation dont jouissait la béguine de Nivelles était alors européenne. Cette renommée, l'humble fille ne l'avait point cherchée.

Au contraire, redoutant dès son extrême jeunesse les dangers auxquels pouvait l'exposer sa beauté, elle résolut de se séparer du monde et mit bientôt entre elle et lui les hautes murailles du béguinage.

Elle n'y devait point trouver les austérités de certains ordres monastiques; la douceur des vœux qu'elle y prononcerait lui laisserait encore la liberté d'une partie de ses heures, et les charmes de l'amitié. La grande loi d'un renoncement absolu ne pesait pas sur ces asiles, sorte d'intermédiaires entre la société bruyante et dissipée, et le cloître, dont certaines natures redoutaient les rigueurs. Les béguinages, dont se couvrait la Belgique, semblaient des cités mystérieuses et recueillies au sein de villes tumultueuses. La voix d'airain des cloches y convoquait à des offices réguliers, mais l'emploi de la journée des béguines n'était point déterminé. Suivant leurs goûts et leurs aptitudes, elles pouvaient cultiver les arts ou exécuter des broderies destinées tantôt aux autels, tantôt aux dames de la cour. Un grand nombre s'occupaient à copier des manuscrits précieux, et aidaient à la diffusion des sciences sacrées et des lettres antiques. Rien de pieux et de charmant comme ces communautés, renfermant plus de six cents femmes, vivant chacune dans une cellule isolée au milieu d'un parterre. Les plus jeunes se plaçaient sous la direction des anciennes béguines. Plus d'une, après avoir simplement cherché dans cette retraite un asile honorable, se sentait attirée vers des voies plus parfaites. Celles-là suivaient une règle austère et transformaient les paisibles habitudes du béguinage en une perfection de vie plus grande.

Dans les grands siècles où la foi régnait en souveraine, et où l'ardeur et l'enthousiasme transportaient les âmes chrétiennes, le mouvement qui entraînait des foules de femmes vers la retraite ne partit ni de la population pauvre, ni de la classe moyenne. Il vint d'en haut. Ces reines, ces veuves ! ces filles d'empereurs, qui avaient approché de leurs lèvres la coupe de toutes les splendeurs humaines, se jetèrent d'un mouvement spontané dans des asiles fondés par elles et dominés par la croix. Du faîte de la puissance elles descendaient dans une des cellules, et les jouissances de l'orgueil semblaient seulement les avoir ainsi disposées à se faire les humbles servantes des pauvres. Même sur le trône, elles rêvaient souvent le calme des recluses. A ces époques de bouleversement politique, où la barbarie gardait encore tant de droits, des douleurs profondes se cachaient à l'abri des murs des couvents. Une reine devenait-elle veuve, une princesse orpheline, une régente cédait-elle le sceptre à son fils, soudain ces femmes disparaissaient, posant leur couronne sur l'autel, et l'échangeaient contre un voile. Il n'est pas une grande abbaye qui n'ait le nom d'un grand nombre de princesses dans ses abbesses. Les béguinages, qui devaient prendre une extension considérable, furent fondés par Beggha, fille de Pépin de Landen, prince de Hasbaie et de Tongres, fils du duc Carloman. Il avait joui d'un immense pouvoir en qualité de Maire du Palais du royaume d'Austrasie, et fut reconnu pour le premier duc de Brabant. De ses trois enfants, Beggha et Gertrude furent des modèles de vertus. La première épousa Antégise, comte Palatin, qui fut assassiné en 685. Ne voyant de consolation à sa douleur que dans les pratiques de la piété, elle se retira au bourg d'Andenne, après y avoir fondé un béguinage. Pépin de Landen et Itte avaient de leur côté construit le refuge de Nivelles.

La réputation des béguines ne tarda pas de se répandre d'une façon rapide. De tous les côtés, des femmes éprouvées par de grandes douleurs, ou prises simplement de ce que l'on pourrait appeler le mal de la vie, se pressaient dans la paix de ces asiles peuplés de Sœurs en souffrances et en vertus. Ces cités mystiques, enfermées dans les capitales bruyantes, semblaient des oasis de piété, répandant la consolation et la joie. Les femmes qui se trouvaient liées au monde y venaient puiser une direction et des conseils. Certains ordres austères eussent effrayé les natures faibles; ces refuges habités par des femmes indulgentes et douces attirèrent les cœurs malades, les âmes tentées.

Les royaumes voisins, reconnaissant de quelle utilité pouvaient être les maisons de béguinage, appelèrent quelques religieuses pour fonder des établissements, et Louis IX, qu'aucune question de ce genre ne pouvait laisser indifférent, souhaitant avoir des béguines, acheta pour elles, de l'abbé Firon, un terrain situé près de la Porte-Barbette; plus tard, cet établissement étant devenu trop étroit, les béguines de Paris se séparèrent, et une partie alla se fixer hors de l'enceinte de la capitale, près de la Porte-Beaubourg. Cet éloignement fit donner à ces religieuses le nom de Trans-Nonnains, Nonnes de la Banlieue.

Les différentes maisons de Brabant et de France jouissaient d'une complète prospérité, lorsque la gloire de l'Ordre tout entier s'accrut de l'éminente vertu de la béguine de Nivelles. Quel nom avait-elle porté dans le monde avant de s'enfermer dans une retraite bénie?

Nul ne le sait, et l'histoire, qui a gardé le souvenir de son influence sur les affaires religieuses et politiques de son temps, ne nous a point transmis de détails sur son enfance. Pour tous, elle est restée comme la plus grande et la plus mystérieuse figure du monastère où elle vécut.

Les chroniques de l'époque l'appellent simplement la béguine de Nivelles.

Son humilité refusa de rien laisser transpercer de sa vie avant son entrée au monastère. Quand elle frappa à la porte du béguinage de Nivelles, elle était dans toute la fleur de sa jeunesse, d'une admirable beauté, et semblait ne pas comprendre le charme qu'elle exerçait autour d'elle. Elle se donna à Dieu simplement, parce qu'elle se sentait faite pour lui. Quelques personnes, témoins de la perfection de sa vie, s'étonnèrent qu'elle n'eût pas choisi un ordre plus austère, mais la béguine devinait sans doute qu'elle devait accomplir de grandes choses et rendrait d'importants services du fond de sa modeste retraite.

Cependant, par une progression lente, la règle facile du béguinage devint austère pour elle. Ses jeûnes se multiplièrent; elle supprima son lit et coucha sur une planche scellée à la muraille; elle obtint l'autorisation de réciter, seule dans la chapelle, un office nocturne. Cette âme, d'une pureté angélique, se rapprochait encore de Dieu par la pénitence.

En même temps qu'elle dégageait ses sens de toute faiblesse terrestre, son esprit s'illuminait de clartés nouvelles. Enfermée dans sa cellule ou agenouillée devant l'autel, son esprit rayonna au-dessus du monde et elle n'entendit pour ainsi dire plus en elle que des voix divines. Quand elle adressait la parole à ses compagnes, celles-ci s'étonnaient de la profondeur des pensées de la béguine, et des soudaines révélations qu'elle leur apportait. Peu à peu, le bruit de la sagesse de cette femme, la réputation de sa sainteté se répandirent. On accourut à Nivelles lui demander le secours de ses prières; on implora ses conseils. Elle les donna avec une lucidité admirable, et, dépassant le présent, du regard fouillant dans l'avenir, elle mettait ceux qui l'approchaient en garde contre un malheur ou contre une faute.

On ne l'appela bientôt plus que l'*Illuminée*.

Alors elle s'effraya. Elle était entrée au béguinage pour fuir le monde, et le monde envahissait sa cellule. Elle tenta d'en fermer a porte pour se soustraire à ces pieuses consultations. Elle souffrait d'entendre sans cesse discuter des intérêts humains, quand elle ne voulait voir que le ciel. Mais son confesseur et la Supérieure du béguinage ne lui permirent point de s'opposer à la diffusion d'un don de clairvoyance et de prophétie, qui pouvait concourir à la gloire de Dieu et de l'Église.

Alors, commença pour la béguine de Nivelles une épreuve plus dure que toutes celles auxquelles volontairement elle s'était condamnée.

Elle n'eut plus le loisir de passer ses heures si douces devant le tabernacle, ou de s'absorber jusqu'à l'extase dans de longues méditations. Tantôt un cavalier heurtait du pommeau de l'épée à la porte du béguinage, venant demander à la recluse le moyen de terminer une querelle ou de régler le partage d'un héritage ; tantôt une jeune fille, brisée par le premier combat de la vie, se jetait à ses genoux, et l'obligeait, au nom d'une douleur sans bornes, à entendre le récit d'illusions suivies de coupables erreurs. Quand elle voyait se refermer sur ces hommes et ces femmes avides de pouvoir, de richesse ou d'amour, les portes de sa cellule envahie, la béguine se jetait aux genoux de son crucifix, et, collant ses lèvres sur ses pieds transpercés, elle le suppliait de lui enlever ce don effrayant, terrible, ce pouvoir de soulever les voiles de l'avenir, et de révéler à chacun la page la plus terrible de sa destinée.

Mais les supplications, les larmes de la béguine ne pouvaient rien contre la volonté de ceux qui la dirigeaient. Elle devait obéir, et chaque fois qu'un étranger paraissait devant elle, il la voyait pâlir comme le condamné à l'approche du supplice.

C'est que la béguine, violemment arrachée au calme de sa vie, aux douceurs de la contemplation, se trouvait souvent condamnée à voir de hideux tableaux. Elle aurait voulu détourner les regards de scènes épouvantables, elle n'y réussissait point ; elle eût souhaité cacher le secret dont, malgré elle, elle se trouvait dépositaire, et elle parlait, pleurant souvent de douleur, en révélant les infortunes que réservait l'avenir à ceux qui la consultaient. Elle sortait brisée de chacune de ces audiences, et plus d'une fois, après la visite d'un étranger, on trouva la béguine évanouie. La pitié aurait dû conseiller aux curieux, aux avides, de laisser cette solitaire à sa solitude, mais l'égoïsme l'emportait, et les meilleurs comptaient pour rien le supplice auquel ils allaient condamner la recluse, pourvu qu'ils pussent satisfaire leur avide désir de savoir ce que leur réservait l'avenir.

Il pouvait être environ neuf heures du soir, quand, par une soirée fraîche et brumeuse d'octobre, une litière s'arrêta aux portes de Nivelles.

Il faisait complètement nuit, deux voyageuses en descendirent mystérieusement enveloppées de longues mantes, le visage noyé dans l'ombre.

A en juger par leur taille et par leur tournure, comme par le timbre de leur voix, elles devaient être fort jeunes. L'une d'elles s'appuyait, craintive, sur sa compagne, et, sur le point d'atteindre au but de son voyage, semblait redouter, maintenant, d'exécuter son projet jusqu'au bout.

Cependant, après un moment d'hésitation, elles se décidèrent à s'enfoncer dans les ruelles obscures, et, munies d'une lanterne, elles se mirent à parcourir le dédale tortueux de straatje accidentées, qui conduisaient au Béguinage. Au bout de quelques instants de marche, elles aboutirent à une voie étroite, déclive, dont une suite de degrés adoucissait la rampe, et tout au fond, dans une impasse, se dressa, devant les voyageuses, la construction sévère et massive des béguines de Nivelles.

Sous la main nerveuse de la plus grande, le heurtoir de fer retentit dans les couloirs sonores, et elle formula, d'un accent timide, le souhait de voir la béguine.

— Elle est bien faible, hélas! répondit la tourière. Durant tout le jour, elle est restée comme morte d'épuisement, et la conservation de sa vie tient du miracle. Ses jeûnes continuels la tuent, et son cilice de fer déchire sa poitrine et ses bras. Si notre sainte augmente encore de jour en jour la durée de ses prières et la rigueur de ses mortifications, nous n'aurons pas longtemps à la garder au milieu de nous.

— Je vous en supplie, répondit la jeune voyageuse, nous ne resterons pas longtemps avec la Voyante... Nous lui demanderons un mot, un seul...

— Venez, répondit la tourière, j'ai ordre d'introduire dans sa cellule tous ceux qui souhaitent la consulter.

La religieuse prit un flambeau et précéda les voyageuses sous les arceaux du cloître.

Un moment après, celles-ci se trouvèrent en face d'une petite porte sur laquelle étaient peints les instruments de la Passion.

Il n'existait point de serrure à cette porte.

— Entrez, dit la tourière.

Les deux voyageuses franchirent le seuil et se trouvèrent dans une sorte de parloir étroit, garni de bancs de bois, et dont le sol était couvert d'une natte de paille. Une tenture grossière séparait cette pièce de la cellule de la béguine.

La plus hardie des deux jeunes femmes, s'avançant, l'écarta doucement.

Elle aperçut la béguine étendue sur son lit de camp, le corps roide, la face tirée, les yeux clos. Elle sommeillait, mais ce sommeil paraissait douloureux.

Une petite lampe, posée sur un prie-Dieu, jetait une pâle lumière dans cette pièce.

Quoique les visiteuses fussent entrées sans bruit, la béguine se souleva lentement sur sa couche rigide, étendit les bras, et sans ouvrir encore ses paupières appesanties, dit d'une voix faible mais distincte :

— Je vous salue, princesse de Brabant.

— Blanche ! Blanche ! dit Marie, en se pressant contre sa compagne, je n'ai révélé mon nom à personne, mon voile est trop épais pour qu'il soit possible de distinguer mes traits, et cependant elle sait qui je suis.

— Si elle n'était pas prophétesse, répondit Blanche, viendriez-vous, ici, la consulter?

— Non, sans doute, et cependant j'ai peur...

La béguine était maintenant debout. Son visage, d'une pâleur de cire, s'éclairait d'un regard profond rempli d'une flamme surnaturelle. Ses lèvres étaient minces, blanches, serrées, comme si les paroles s'en échappaient avec effort. Elle semblait à la fois majestueuse et terrible.

— Marie de Brabant, approchez, répéta-t-elle d'une voix plus lente.

La princesse fit quelques pas en avant, et pliant respectueusement le genou devant la recluse, elle porta à ses lèvres l'étamine de sa robe.

— Pardonnez-moi, lui dit-elle avec douceur, de venir vous troubler et vous apporter l'écho de mes angoisses... Je n'ai point à vous apprendre qui je suis, vous m'avez reconnue avant que je me sois nommée. Faut-il vous dire ce qui m'amène, vous le savez mieux que moi...

La béguine laissa tomber une de ses mains sur le front de la princesse :

— Relevez-vous, lui dit-elle, on ne s'agenouille que devant le Dieu dont je suis l'indigne servante... Non, vous ne venez point ici poussée par un sentiment égoïste et personnel... Je prierai Dieu qu'il m'apprenne ce que vous voulez savoir relativement au prince Jean votre frère.

La béguine croisa ses deux mains sur sa poitrine, et leva les yeux vers le crucifix. Bientôt son regard ne parut plus rien distinguer des objets qui l'environnaient. Quand la Voyante parla, sa voix elle-même avait un timbre étrange, sans sonorité, sans éclat, les mots tombaient de ses lèvres froides, comme s'ils lui étaient dictés par une puissance mystérieuse. En voyant quelle transformation s'était opérée dans la physionomie de la béguine, Marie de Brabant tomba sur un siége, les mains jointes, en proie à une cruelle incertitude.

Blanche regardait sa maîtresse et son amie avec une sorte de pitié affectueuse.

La jeune demoiselle d'honneur s'épouvantait moins de cette scène étrange.

— Je vois le duc Jean, répondit la béguine, je le vois à la cour du plus saint des rois, ambitionnant de donner le titre de père à celui dont la piété mérite des autels, et dont la sagesse ne sera égalée par aucun autre souverain de France. Son pays croit le garder, le retenir, mais le tombeau du Christ appelle encore le héros de Damiette... Louis rêve une nouvelle croisade, et avant son départ, il mettra la main de la princesse Marguerite dans celle du jeune duc de Brabant.

— Merci, oh ! merci ! dit Marie avec effusion. Ainsi, mon frère sera heureux, mon frère deviendra l'époux de celle qu'il considère comme le type de la beauté, de la vertu, de la perfection humaine. Il goûtera enfin toute la félicité que peut contenir le cœur d'un homme et d'un prince !

La béguine ne répondit pas.

— Puis-je encore vous interroger ? demanda encore Marie.

— Vous le pouvez... Je vois, je vois... les jours futurs se déroulent devant les yeux de mon âme, profitez de cette lucidité de ma pensée... Mais rappelez-vous, afin de me parler avec plus de franchise, et de questionner avec plus d'audace, que je ne me souviendrai point des paroles prononcées après qu'elles se seront échappées de mes lèvres... Le rayon qui me montre l'avenir sombrera bientôt dans la nuit... Pour une heure, pour quelques minutes peut-être, Dieu me prête sa force et sa grâce...

Blanche tressaillit.

—Marie, dit-elle, chère Marie, ne souhaitez-vous pas en savoir davantage ?

— Oh ! répondit la jeune fille, un mot de la Voyante relatif à mon frère Jean a fait entrer l'inquiétude dans mon âme. La béguine a déclaré qu'il épouserait Marguerite de France, mais elle ne m'a point dit s'il aurait un règne heureux.

— Qu'attendez-vous, le temps presse, regardez, le visage de la béguine reflète une souffrance intérieure, elle vous l'a dit, la durée de sa lucidité est pour elle-même un mystère... Oh ! parlez, Marie, parlez vite, demandez ce qui concerne votre noble frère, ce qui vous intéresse vous-même...

— Moi ? et que peut-il m'advenir ?

— C'est le secret de Dieu, répondit Blanche.

Marie de Brabant reprit courage, et fixant les yeux sur le visage pâle et souffrant de la Voyante, elle reprit :

. Le vœu de mon frère Jean sera exaucé, puisqu'il deviendra l'époux de Marguerite de France... cette union suffira-t-elle à son bonheur absolu, complet ?

— Non, répondit brièvement la béguine.

— Que lui manquera-t-il donc ?

— La certitude de votre propre félicité.

— Ah ! fit Marie.

Elle hésita quelque temps avant d'en demander davantage. C'était une nature timide, facile à impressionner, et que devait ployer le premier vent du malheur. Cependant, elle sentit au cœur un coup si violent en entendant la réponse de la recluse, qu'elle s'enhardit subitement.

— Alors, dit-elle, parlez de moi.

La béguine laissa tomber ses bras le long de son corps avec un sentiment d'abattement profond ; sa tête s'inclina douloureusement sur sa poitrine, et un soupir déchirant s'échappa de ses lèvres. Elle frissonna de tout son corps, puis soudainement, avec un geste mêlé d'horreur et d'angoisse, elle ensevelit son front dans le creux de ses mains.

— Oh ! non.. Je ne veux pas voir ! mon Dieu ! dit-elle, je ne veux pas voir !

Alors un phénomène bizarre se passa dans l'esprit de la princesse Marie. Un instant auparavant elle n'éprouvait nul désir d'apprendre ce que lui ménageait l'avenir. Âme tendre, simple et dévouée, il lui semblait que c'était tenter la Providence que de chercher à en deviner les mystères. Le voyage qu'elle venait d'entreprendre dans l'intérêt de son frère, elle ne l'aurait point fait afin de s'éclairer sur sa destinée propre. Jusqu'à ce jour elle s'était absorbée dans la vie de Jean. Partageant ses études pendant les années de l'adolescence, elle se réjouissait maintenant de la bravoure de ce frère bien-aimé ; elle lui aidait discrètement dans les soins de son gouvernement, recevant les plaintes, donnant audience aux pauvres gens, transmettant ensuite leurs demandes au prince, et demeurant entre lui et les malheureux l'intermédiaire des souffrants. Son cœur ne s'emplissait encore que de piété et de tendresse fraternelle.

Peu ambitieuse, elle ne se demandait point si elle occuperait aussi un trône, et dans sa modestie naïve, elle bornait ses désirs à rester à la cour de Brabant, cultivant sous la direction d'Adenez les arts, les lettres et les sciences, et répandant autour d'elle l'aumône à pleines mains.

Les paroles de la béguine entrèrent cruellement dans sa pensée, comme ferait un poignard dans la chair vive. Rassurée sur le compte de Jean, elle se sentait subitement alarmée pour elle-même. Un danger la menaçait, et combien devait être terrible ce péril, puisque la vision qu'elle en percevait jetait la béguine de Nivelles dans un état si douloureux.

— Blanche, dit Marie avec courage, il me semble maintenant qu'il y aurait non plus timidité, mais lâcheté à n'en pas demander davantage.

Ce fut au tour de Blanche de trembler.

— Non, non, dit-elle, venez. La Voyante est lasse, on nous l'a dit, les jeûnes l'épuisent, n'abusons pas de sa faiblesse ; l'état dans lequel vous la voyez est dû au manque de sommeil et à de cruelles mortifications.

Marie de Brabant secoua la tête.

— Un danger s'affaiblit quand on a le courage de le regarder en face, dit-elle, je saurai.

— Prenez garde, Marie, qui sait l'influence que peut avoir un mot imprudent ?

— Tu me disais hier, toi-même, que la béguine a reçu de Dieu le don de prophétie.

— Partons, Marie, partons, le duc Jean sera heureux, voilà tout ce que vous avez besoin de savoir.

— Tu te trompes, Blanche, et mon parti est pris.

Marie s'approcha de la béguine, et abaissa doucement les mains dont celle-ci couvrait son visage.

— Apprenez-moi ce que vous voyez, lui dit-elle.

Un violent combat parut se livrer dans l'âme de la béguine. Son visage, d'une mortelle pâleur, n'avait plus rien de vivant. Ses yeux fixes étaient tournés vers un tableau mystérieux, visible pour elle seule, on eût dit ses pieds enracinés au sol. Sa voix même était complètement changée. La terreur qui l'avait envahie lui ôtait à la fois l'expression de la physionomie et le timbre de la voix. De plus, elle paraissait avoir oublié dans quel lieu et en présence de qui elle se trouvait. Marie n'existait plus pour elle, et quand elle en parla, ce fut comme d'une créature inconnue dont sa vision seule lui révélait l'existence.

— J'écoute et j'attends, dit Marie.

Blanche de Louvain enlaça de ses bras la taille de la princesse, et celle-ci, les regards fixés sur la Voyante, recueillit avidement les paroles qui tombèrent de ses lèvres avec lenteur, comme ferait une pluie d'eau glacée.

— Elle ne comprend, elle ne devine rien, la jeune fille innocente... Dieu l'a faite belle, compatissante et douce ; il semblerait que son existence doit être tissue d'or et de soie... Je la vois parée, souriante à la cour de Louis... On célèbre une noble alliance... L'Église applaudit à l'union de la maison de France et de Savoie... Ce sont les dernières fêtes que verra Compiègne... Encore des départs, des flottes couvrant la mer immense, puis des débarquements sur la côte Africaine, des batailles, des morts, partout des morts... Sur les ruines d'une cité antique campent les soldats et les gentilshommes de Louis IX... Que de cercueils... la mort fauche, fauche encore... La peste décime l'armée, je ne vois que des funérailles, rien que des funérailles... Éloignez ces tableaux, Seigneur, je ne suis pas de force à les supporter ; ramenez-moi en France, ramenez-moi en France... M'y voici... Je revois la jeune fille... La jeune fille est devenue jeune femme... Marie porte une couronne... Elle tient un enfant dans ses bras... Elle semble plus belle que jamais, et son époux la vénère autant qu'il l'aime... Prenez garde, Marie ! prenez garde ! le serpent rampe sous l'herbe ; la haine d'un seul suffira pour combattre le respect et la tendresse de tous... Défiez-vous de cet homme ! défiez-vous de lui...

Blanche sentit Marie tressaillir dans ses bras.

— Ma princesse, lui dit-elle, mon amie, n'en écoutez pas davantage, je vous en prie.

— Laissez, je veux tout savoir, répondit Marie, avec une sorte de
calme obstiné.

La béguine changea subitement de ton, et des larmes roulèrent
sur ses joues.

— Quel est ce cortège... J'aperçois les Pairs du royaume, le roi
de France... Il s'agit d'un jugement terrible et d'un châtiment épouvantable... On vient de condamner une femme à être brûlée vive...
Cela est horrible! horrible! On la dit jeune et belle; plusieurs af-
firment qu'elle est innocente... Et cependant des voix s'élèvent dans
la multitude, et ces voix crient : Au feu la Magicienne! au supplice
la meurtrière du fils de France... Elle s'avance, car j'entends déjà
la psalmodie des prêtres qui chantent les dernières prières pour
celle qui va mourir.. Le cortège paraît... Je vois la condamnée...
Une robe de deuil l'enveloppe, un voile noir tombe de son front et
l'enveloppe, en me cachant son visage... Elle pleure... Elle regrette
son époux, son enfant... Elle ne peut se résoudre à mourir chargée
d'un tel opprobre... Elle gémit en prononçant un nom... Ce nom,
je ne puis encore l'entendre... Le chant des prêtres l'étouffe... Oh!
les versets s'achèvent... Et dans un dernier cri la condamnée, qui
vient de s'arrêter au pied du bûcher, répète dans un appel de suprême angoisse : « Jean! Jean! » Comment donc s'appelle cette
infortunée... Qui est-elle pour que son malheur me remplisse d'une
douleur sans borne... Le voile noir me la cache toujours... Ah! le
bourreau l'arrache... Ciel! que vois-je! Marie de Brabant! c'est
Marie de Brabant!

La béguine tomba sur les genoux, les bras dressés d'horreur,
tandis que la princesse s'affaissait entre les bras de Blanche de
Louvain.

Elle lui répéta les paroles de la voyante. (*Voir page* 27.)

III

LE VENGEUR DE DIEU

Trois personnes se trouvaient réunies dans une des salles du palais ducal de Bruxelles : Adenez, le prince de Brabant et sa sœur. Le visage de Marie conservait une pâleur dont elle avait refusé d'apprendre la cause à son frère. Blanche de Louvain devait seule partager, avec sa noble amie, le secret de la terrible scène qui s'était passée chez la béguine de Nivelles.

Lorsque dans la cellule de celle-ci, Marie revint de son évanouissement, elle se trouva dans les bras de Blanche, à demi couchée sur un lit étroit.

La jeune béguine qui, d'ordinaire, habitait cette chambre exiguë, avait pris soin de l'orner avec une grâce riante. Des statuettes d'un caractère élégant et pieux, des bouquets de fleurs placés dans des vases de formes diverses, des tentures patiemment brodées, faisaient de cette pièce un oratoire où tout paraissait disposé pour ouvrir le cœur aux consolations d'une aimable piété. Tandis que la cellule de la Voyante causait une sorte d'effroi, l'aspect de celle-ci réjouissait le regard. La jeune femme à qui elle appartenait marchait sans bruit sur le sol couvert d'une natte épaisse. Elle préparait des cordiaux et des parfums, afin d'achever de ranimer celle que l'on venait d'apporter dans un état voisin de la mort.

Les yeux de Blanche de Louvain étaient pleins de larmes.

— Ma maîtresse bien-aimée, disait-elle à voix basse, en pressant sur ses lèvres les mains glacées de Marie, revenez à vous, je vous en conjure.. Resterez-vous toujours immobile? N'ouvrirez-vous plus les yeux ? Vous me chérissez profondément, et pourtant ma voix n'a pas le pouvoir de vous tirer de cet état mortel.

La jeune béguine mouilla les tempes de Marie, fit tomber sur ses lèvres quelques gouttes d'une boisson fortifiante, et, lentement, la princesse rouvrit les yeux et remua faiblement les lèvres.

— Elle vit! elle m'est rendue ! s'écria Blanche de Louvain.

Marie de Brabant promena autour d'elle un regard surpris. La mémoire de ce qui s'était passé ne remontait pas encore à sa pensée. Un dernier brouillard couvrait à la fois ses prunelles et son esprit. La présence de la religieuse dans cette chambre fleurie l'empêchait de se souvenir de la chambre rigide de l'Illuminée. Elle passa la main sur son front à plusieurs reprises, puis elle murmura :

— Blanche, dis-moi pourquoi mon cœur bat à coups pressés, pourquoi mon front brûle comme s'il était enserré par un bandeau de fer. Il me semble que j'échappe à une mort terrible et que je sors d'un sépulcre où les visions de l'enfer ont passé devant moi.

— Ne songez point à des choses sinistres, ma princesse, je suis près de vous. Je ne vous quitterai jamais.

— Oui, je le sais, tu es et tu resteras fidèle. Blanche, dis-moi, où sommes-nous?

— J'ai donné l'ordre du départ, et si vous pouvez supporter la fatigue de la route...

—Réponds! réponds! fit Marie, en saisissant les mains de Blanche, dans quel lieu m'as-tu conduite? Il se fait dans mon cerveau un travail douloureux... La vérité m'échappe, et je tente vainement de la saisir... Je ne suis point dans mon palais, cette jeune femme qui semble me plaindre m'est étrangère... Approchez-vous... ne craignez rien... Je suis la sœur du prince Jean... Ce costume presque monacal... oh! je sais! Je sais maintenant, j'ai voulu venir au béguinage de Nivelles, et j'y suis venue... J'ai souhaité consulter la prophétesse, et sa voix terrible a évoqué de sinistres tableaux... Ce qu'elle a vu dans les visions de l'avenir, il m'a semblé le distinguer aussi... Une femme condamnée au bûcher... Partons! partons! Blanche, si je restais davantage ici, je crois que je deviendrais folle.

La jeune béguine s'agenouilla devant la princesse.

—Prenez, lui dit celle-ci, en lui tendant une bague, prenez ce souvenir d'une princesse qui voudrait pouvoir quelque chose pour vous, d'une femme que vous avez soulagée et consolée.

— Oh! madame! répondit la béguine, ce présent est trop riche...

— Qui sait si, quelque jour, ce bijou ne vous servira point pour arriver près de moi... Priez pour Marie de Brabant, qui se souviendra de votre bonté, et priez aussi pour son frère.

Marie se leva.

Grâce à un violent effort, elle parvint à se tenir debout, s'enveloppa de son voile; puis, appuyée sur l'épaule de Blanche, elle quitta la cellule et regagna sa litière.

A peine y fut-elle couchée que ses yeux se fermèrent.

Dormait-elle? Feignait-elle seulement de dormir, afin de repasser dans son esprit les scènes étranges et douloureuses auxquelles elle venait d'assister? Blanche l'ignorait, mais elle respecta ce repos ou ce silence.

La route se fit rapidement.

Marie, rentrée le soir au palais, remit au lendemain son entrevue avec son frère. Elle avait besoin de reprendre un peu de force avant de l'entretenir de ce qui s'était passé. Quand elle lui répéta les paroles de la Voyante, relatives à son mariage avec Marguerite de France, sa joie éclata si vive, si spontanée, que Marie sentit s'alléger le poids qui pesait sur sa poitrine. Elle s'efforça d'oublier la vision sinistre de la prophétesse, pour ne se souvenir que de l'avenir heureux qui venait d'être promis à Jean.

— Que vas-tu faire? lui demanda-t-elle.

— Mander Adenez, répondit le prince.

— Comptes-tu le prendre pour ambassadeur?

— Je n'en saurais choisir un plus docte et de meilleure renommée.

Un moment après, le précepteur, l'ami du prince et de sa sœur, rejoignait les enfants d'Henri *le Débonnaire*.

— Adenez, lui dit le prince, nul, dans mon royaume, ne possède si grand talent et si gentil langage. Tu sais arriver au cœur par ton éloquence, et, si je me fais fort de démonter, dans un tournoi, le plus hardi et le plus habile des chevaliers, je me sens craintif quand il s'agit d'exprimer ce qui se passe dans mon âme. Que le *Roi des Ménestrels* écrive donc, en mon nom, à la reine Marguerite de Provence. Peins-lui ma tendresse pour sa fille, mon respect pour elle, mon admiration pour Louis IX, et si tu obtiens pour ton élève la main de la perle des princesses, tu garderas à ma reconnaissance des droits éternels.

Adenez tenta de se défendre de remplir une mission difficile et délicate, mais Jean et Marie insistèrent à la fois, et le ménestrel céda à leur double vouloir.

Le soir même, il expédia sa missive. Un mois plus tard, son courrier revenait chargé d'une lettre, dont les lacets de soie étaient scellés aux armes de France.

Lorsque Jean vit paraître Adenez, tenant la réponse de la reine Marguerite, le courage lui manqua pour l'ouvrir, et ce fut Marie qu'il chargea de ce soin.

A peine eut-elle parcouru les premiers mots que la princesse se jeta dans les bras de son frère.

— Tu seras l'époux de Marguerite, lui dit-elle, et la reine nous mande à Compiègne.

Le premier étourdissement de bonheur passé, Jean et sa sœur s'occupèrent de leur voyage. Il devait s'exécuter rapidement, et le jeune duc ne pouvait garder que le temps nécessaire afin de préparer les présents qu'il comptait faire à la princesse.

Deux semaines lui suffirent, et ce fut le cœur rempli d'une joie sans égale qu'il quitta le Brabant pour se rendre à Compiègne, où se trouvait alors le Roi.

L'accueil que Jean et Marie reçurent flatta moins encore leur orgueil qu'il ne fut sensible à leur cœur. La reine témoigna à la princesse de Brabant une amitié spontanée, et Isabelle d'Aragon la traita, tout de suite, comme une sœur. Jean s'en montra d'autant plus joyeux que son amitié pour Philippe, époux d'Isabelle, n'avait rien perdu de sa vivacité. Au contraire, il éprouvait pour l'aîné des fils de Louis IX un sentiment exalté, qui l'eût entraîné à tous les dévouements.

La cour de France n'était point une cour bruyante. Les distractions des princes et des princesses étaient graves, et, cependant, si le deuil que l'on portait encore de la reine Blanche avait pu s'effacer du souvenir, il ne pouvait être une plus belle famille que celle du roi.

Marie, accoutumée à l'étude, à la prière, se trouvait complètement heureuse. Des fêtes l'eussent troublée. Elle respirait entre ces reines et ces princesses, couronnées de leurs vertus plus que de leurs diadèmes, et quand elle parlait de la France, c'était avec le sentiment d'une sincère admiration et d'un profond amour.

— Vous consentiriez donc à y demeurer? lui demanda un jour Isabelle.

— Certes, s'il était possible à mon frère de quitter ses États.

— Quel dommage! dit Philippe, qu'il ne reste plus un prince de France digne d'aspirer à sa main. Mes frères sont tous fiancés... j'aurais tant aimé vous voir rester parmi nous. La reine vous chérit autant que ses filles, et vous paraissez nous aimer.

— De toute mon âme, répondit Marie.

— Et cependant, vous deviez vous faire une tout autre idée de la cour où vous vous trouvez. Vous souvenant de la vaillance de mon père sur le champ de bataille, vous vous attendiez, sans doute, à voir dominer ici les plus célèbres de nos guerriers.

— Non, répondit Marie, je savais aussi que Louis IX est un saint. Ne croyez pas, prince, que je me fusse trouvée heureuse au milieu d'une cour bruyante; ma mère a trop pleuré pour ne point m'avoir légué beaucoup de sa tristesse, et l'étude seule m'a consolée dans ma solitude. Mon père périt d'une façon tragique, et j'ai su de bonne heure m'accoutumer à une vie austère.

— Souvent, reprit le prince Philippe, on pourrait prendre nos réunions pour une assemblée de docteurs. Le vénérable Thomas d'Aquin vit dans l'intimité de mon père, et discute avec lui les intérêts de l'Église. Les Franciscains et les Dominicains jouissent, à ses côtés, d'un crédit immense; les disciples de saint François veulent sauver les hommes par l'amour, et ceux de saint Dominique par la science.

La rivalité de ces deux écoles concourt à la gloire de la religion qu'elles enseignent. Saint Dominique éclaire les consciences, tandis que saint François embrase les âmes. L'un frappe de sa houlette le troupeau rebelle du Pasteur, tandis que l'autre rapporte, sur son épaule, la brebis blessée. Les fils du premier s'allient aux rois et aux grands, ceux du second se rapprochent des pauvres et des petits. Chacun de ces ordres est représenté ici ; mon père a deux confesseurs : un franciscain et un dominicain, et, grâce à leurs lumières, l'Église de France est vraiment la fille préférée du successeur de Pierre. Ah ! si vous saviez combien mon père me semble noble, bon, admirable et saint. Il est digne de servir de modèle à tous les rois. Il me semble que la plus grande bénédiction que j'aie reçue de Dieu a été de naître d'un tel père.

— Mon frère Jean n'exagérait rien quand il me parlait de cette cour, où je ne rêvais pas même de venir. Croyez-le, j'aime la terre natale, mais il me semble déjà que la France est pour moi une seconde patrie.

— Demain, Jean et moi nous visiterons la bibliothèque que mon père a placée dans le trésor de la Sainte Chapelle, je vous montrerai les 1,100 volumes qu'elle contient. Mon père les fit copier à ses frais, et c'est grâce à eux que Vincent de Beauvais, notre précepteur, put composer son *Grand miroir de la bibliothèque du monde*.

— Mon frère est loin de posséder autant de livres.

— Je lui en offrirai quelques-uns, enrichis de miniatures précieuses. Depuis que vous êtes parmi nous, vous vivez dans l'intimité de la famille ; dans quelques jours, une fête sera donnée, et vous y verrez, non-seulement les hommes qui servent notre France, mais des étrangers qui viennent y chercher la consécration de leur génie. Brunetto Latin a écrit chez nous le *Tesoretto*, et il l'a fait en français, parce que, dit-il, « votre parler est le plus délectable de tous ». Il est célèbre, mais il eut pour élève un homme dont le génie remplira l'univers d'admiration ; Albert de Bolstad, disciple d'Avicenne, le plus savant homme de notre époque, vous éblouira par sa science. Sa mémoire est prodigieuse ; il connaît toutes les langues, et peut appeler chaque plante par son nom. Sa renommée est si grande, que quelques-uns font du dominicain de *Souabe* un être mystérieux et surnaturel. Cerveau infatigable, il semble avoir absorbé tout ce que les lettres et les sciences nous ont donné jusqu'à ce jour. La physique, la métaphysique, l'alchimie, l'astrologie et la théologie, il sait

tout. Adenez éprouvera un grand plaisir à s'entretenir avec lui. Ici,
nous l'appelons le docte Albert, mais le peuple n'en parle jamais
autrement qu'en le nommant le Grand Albert. On pourrait dire de
lui qu'il réconcilia Rome avec Aristote, et associa la philosophie de
Stagire avec la théologie de saint Dominique. J'éprouve pour lui un
respect profond, mais, je le confesse, sa science m'effraie quelquefois.

— En quoi la science peut-elle vous épouvanter? demanda Marie.

— Je me l'explique difficilement. Mais il me semble qu'il est souvent coupable de demander à la nature les secrets qu'elle nous dérobe.

— Ils peuvent souvent servir au soulagement des douleurs humaines.

— Peut-être l'esprit du mensonge aveugle-t-il parfois ceux qui
se montrent témérairement curieux.

— Prince, je suis une élève d'Adenez. Il m'a enseigné à extraire
du calice des fleurs le parfum qu'elles renferment; à composer des
breuvages salutaires et des baumes bienfaisants. Prenez donc garde,
en parlant du docteur universel, car je suis aussi, moi, une curieuse
des sciences naturelles, et la chimie me repose tour à tour de la
poésie et de la tapisserie à l'aiguille.

Le prince répondit en souriant :

— Est-ce que de votre part quelque chose peut effrayer?

En ce moment, un homme au visage pâle, aux lèvres minces, aux
yeux d'une expression vacillante, s'approcha du fils de Louis IX.

— Mon prince, lui dit-il, oserai-je solliciter de votre bonté la
grâce d'être présenté à la princesse Marie?

— Le chambellan de mon père, Pierre La Brosse, dit Philippe.

La princesse leva, sur le nouveau venu, un regard interrogateur
et presque inquiet. Elle se souvenait de l'appréciation faite par Jean,
du caractère de cet homme, et elle l'observait avec persistance
comme pour étudier si son frère avait raison. Elle baissa bientôt les
paupières, et son visage qui s'était éclairé pendant son entretien
avec Philippe se couvrit, d'un nuage. Presque au même moment,
voyant passer Blanche de Louvain, elle l'appela. Une minute après,
les deux jeunes filles s'éloignaient pour rejoindre la reine Isabelle.

— On dirait que je fais fuir la princesse, murmura Pierre La
Brosse.

— Quelle idée, Piérou, répondit amicalement Philippe. Marie de
Brabant est étrangère à cette cour; elle ne peut apprécier ton dé-

vouement pour mon père et pour moi, mais si elle habitait au milieu de nous...

— Je craindrais bientôt d'être exclu de votre intimité, mon prince.

— Toi, Piérou, sous quel prétexte?

— Le duc Jean se contente de ne pas m'aimer, je serais haï par sa sœur.

— Crois-tu donc que mon amitié ne plaiderait pas ta cause?

— Oh! fit La Brosse, je sais que vous m'aimez.

Le fils de Louis IX et le chambellan se perdirent dans la foule.

Pendant quelques semaines se multiplièrent les réceptions, les fêtes empreintes d'un caractère mêlé d'une sorte d'austérité.

Enfin, un jour, les cloches du château de Compiègne sonnèrent à grande volée. On allait célébrer le mariage de Jean de Brabant avec Marguerite de France. Marie pleura de joie en serrant, dans ses bras, sa nouvelle sœur, puis elle prit son rang au milieu des princesses.

Dans une galerie immense, la foule des dames et des gentilshommes attendait. On vantait le duc Jean, on répétait l'éloge de sa fiancée. Il semblait que jamais on ne tarirait sur l'énumération des vertus de ceux dont le vœu des deux familles allait faire des époux.

Le visage de la reine rayonnait : Isabelle d'Aragon, Marie, les filles de Louis IX laissaient lire leur joie sur leurs beaux visages.

Seul, le roi de France demeurait grave et pensif; depuis son retour de Palestine, on ne l'avait plus jamais vu sourire, disent ses historiens. Les malheurs éprouvés laissaient une trace indélébile sur son front; mais la sérénité de son regard tempérait un peu cette expression douloureuse.

La royale fiancée, éblouissante de parure, saluait avec grâce les dames et les seigneurs qui s'inclinaient devant elle. Après Marguerite de Provence venaient les enfants du roi : Jean-Tristan, comte de Nevers; René, fiancé à l'héritière de Charles de Blois, apanagé des comtés d'Alençon et du Perche; Robert, fiancé à l'héritière de Bourbon; la princesse Isabelle, mariée au roi de Navarre; Blanche, promise à Ferdinand de la Cuda, héritier d'Alphonse le Sage, roi de Castille. Puis les frères du roi : Alphonse, déjà souffrant de la maladie qui le devait enlever, puis Charles. Les pairs du Royaume, les possesseurs de hautes charges, à côté desquels se tenait orgueilleusement Pierre La Brosse; les dames, les gentilshommes du palais s'avançaient à leur rang, soigneux de garder la place due à un grand nom comme à d'éminents services.

Les vœux de tous étaient unanimes pour le bonheur de cette famille admirable. Jamais il ne fut possible de voir réunis plus de talents, de vertus chevaleresques, de hauts génies, que dans cette cour de Louis IX qui, en restant le plus saint des monarques, sut être le plus grand des rois.

Chaque alliance nouvelle semblait lui promettre un accroissement de puissance et de félicité, et cependant on pouvait lire sur son visage, avec le souvenir des douleurs souffertes, l'appréhension de malheurs nouveaux.

La cérémonie religieuse se célébra avec une grande pompe. Au milieu des habits sacerdotaux des prélats se faisaient remarquer les robes de bure du Dominicain, et du Franciscain, confesseurs du roi. Ils semblaient représenter, au milieu de cette réunion éblouissante, l'esprit d'humilité et de ferveur de l'Église, dont ils relevaient la gloire sous le règne du fils de Blanche de Castille.

Après la fête religieuse, le cortège, quittant la chapelle, se disposait à traverser les galeries conduisant à la salle du festin.

Lorsque Louis IX se leva, sa belle physionomie prit un caractère merveilleux de grandeur, et ce fut d'une voix sonore et résolue qu'il annonça à cette foule, parée et réunie pour une fête, la résolution qui devait jeter l'effroi dans un si grand nombre de cœurs.

— Adonc, dit le roi, j'ai fait un vœu au Christ, et il me plaît de le répéter devant tous aujourd'hui et de vous associer à mon œuvre. Vaincu sur le rivage où je voulais porter la croix, la lumière et la liberté, j'y veux retourner pour conquérir des âmes et ramener, dans le giron de l'Église, la patrie de saint Augustin et de saint Cyprien, cette vieille terre d'Afrique qui brilla jadis d'un si vif éclat. Certes, grands ont été nos malheurs pendant la dernière croisade, nul ne pourrait compter de combien de sang généreux la France s'est appauvrie. L'or renfermé dans les trésors particuliers, les bijoux des femmes ont servi à payer les rançons des pères, des époux et des fils. Nous avons vu se briser dans nos mains nos épées rougies du sang de l'Infidèle, et il plut au Christ d'approcher de nos lèvres la coupe du martyre. Ceux qui sont morts, là-bas, élèvent la voix du fond de leur cercueil. Ce ne sont pas seulement les voix éloquentes des moines, celle d'un pape vénéré qui nous crient : — Dieu le veut ! — Ce sont encore ceux dont les ossements blanchissent dans les plaines de Massoure et sous les murs de Damiette. Je suis revenu dans mon royaume pour y rétablir un gouvernement ; la mort de la reine Blanche, ma mère vénérée, faisait à la fois deux orphelins, le roi et le pays. Maintenant, mes fils sont pourvus d'apanages, mes filles s'appuient sur le bras de généreux époux ou acceptent de nobles fiancés, l'heure sonne pour moi de remplir un devoir impérieux. Mathieu de Vendôme, comte de Ponthieu, et Simon de Nesles gouverneront l'intérieur du royaume; mes frères, Charles et Alphonse, veilleront à la garde des frontières; ceux de mes fils qui resteront près de leur mère, étant en trop bas âge pour que les actes du gouvernement soient publiés en leur nom, le conseil que j'institue prendra le nom de « Conseil du Roi étant près de son fils aîné. » Ma bien-aimée femme, la reine Marguerite, ne m'accompagnera point cette fois dans cette expédition lointaine; elle n'a que trop souffert lors de la dernière croisade, elle priera pour nous et pour le salut de nos armes. Le Seigneur m'est témoin, poursuivit le roi, que je ne quitte pas sans déchirement la terre des Lis. Mais il m'a été décerné un titre plus grand que celui de roi, celui de « Vengeur de Dieu ! » Ma vie tout entière est vouée à sa cause ; des mécréants ont osé dire, un jour, que je n'aimais pas le Christ puisque je laissais vivre ses meurtriers... Mes frères veilleront à ce que les Juifs soient bannis d'un royaume où ils apportent le sacrilège et la ruine. Et, maintenant, mes féaux, mes braves, vous dont le bras et le cœur appartiennent au trône et à l'autel, me laisserez-vous partir seul avec mon armée? Serai-je obligé de convoquer le ban et l'arrière-ban? Mes barons et mes comtes ne seront-ils pas les premiers à me demander la croix? Quiconque me veut suivre en Afrique, et cingler avec moi vers Tunis, que quelques jours de traversée séparent à peine de Marseille, n'a qu'à étendre la main.

Un grand nombre de seigneurs se levèrent et jurèrent d'aider Louis IX à la conquête de l'Afrique.

Le roi vit passer un nuage sur le front de Jean de Brabant. L'ardent jeune homme comprenait que dans cette expédition beaucoup se couvriraient de gloire, et il ne pouvait s'empêcher de regretter de ne point se joindre à Louis et à Philippe.

— Mon fils, lui dit le roi avec bonté, vous vous devez à ma chère fille, devenue votre femme; vous vous devez au Brabant, à peine sorti des embarras d'une régence ; vous êtes assez jeune pour avoir le temps de guerroyer plus tard. S'il plaît au Maître que nous allons servir, point ne resterons longtemps sur les ruines de Carthage et le rivage de la mer. Considérant plus nos intentions que nos mérites, Dieu bénira les armes de son Vengeur !

— La croix ! la croix ! répétèrent un grand nombre de voix.

— Ces signes des croisés vous seront distribués en grande pompe, à l'abbaye de Saint-Denis, le jour où j'irai, entouré de ma fidèle noblesse, y chercher le bourdon, la pannetière et l'oriflamme; le lendemain, pieds nus, je me rendrai à Notre-Dame supplier le Dieu des armées de rendre nos armes glorieuses.

Puis le roi, tirant de sa poitrine un large parchemin scellé, ajouta :

— Voici l'expression de mes volontés dernières.

Ensuite, se tournant vers quelques moines Cisterciens et Franciscains qui assistaient au banquet, car Louis IX se plaisait à être toujours entouré de religieux :

— Mes Pères, dit-il, je partage mes livres entre les deux ordres auxquels vous appartenez. J'ai aidé de mes mains à bâtir Royaumont, cette cité de la vertu et de la science, et j'aime grandement les Prêcheurs de Compiègne. Je suis convaincu que toute science nous a été gardée par les monastères, et que sans les clercs des premiers siècles, les inappréciables annales de notre histoire auraient été dispersées. Répandez de plus en plus la lumière, copiez et multipliez les manuscrits. Si mon fils, Philippe, veut devenir vraiment grand, il aimera les lettres et ceux qui les professent, comme moi-même je les ai protégés et aimés.

Vous connaissez maintenant ma résolution, je ne pouvais vous l'apprendre à une heure plus solennelle. Le jour de l'union de ma fille Marguerite me semble doublement béni, puisque j'ai pu vous convaincre et vous entraîner.

— La croix ! la croix ! Los au Vengeur de Dieu ! répétèrent les gentilhommes.

Adenez se leva de nouveau, et, s'accompagnant de la harpe, il improvisa un chant guerrier qui excita, parmi ses auditeurs, un nouvel élan d'enthousiasme.

Les femmes, elles-mêmes, semblaient le partager, et si l'on vit briller une larme dans les yeux de quelques-unes, ce fut à la pensée que leurs époux ne consentiraient point à être accompagnés par elles dans ce périlleux voyage.

Après le repas, Philippe dit à Jean, avec une expression de regret :

— Votre bonne épée nous manquera là-bas, mon frère; mais le Brabant et ma sœur ont besoin de vous.

En même temps, Isabelle d'Aragon s'approcha de Marie :

— Je suivrai Philippe, lui dit-elle, c'est mon devoir, et je ne resterai point au-dessous de ce que fit, pour Louis IX, Marguerite de Provence. Le premier privilège des reines est de donner l'exemple aux autres femmes... Mais vous ne saurez jamais, Marie, à quel point mon cœur se déchire quand je songe que je laisserai, derrière moi, quatre jeunes enfants dont deux sont presque au berceau... Encore, si vous aviez habité la France, je vous aurais priée de veiller sur eux, de les aimer ... Je ne sais pourquoi ces jeunes cœurs allaient tout naturellement à vous.

— La reine Marguerite vous restera.

— Oui, je le sais, mais la reine a, elle-même, ses derniers fils à peine entrés dans l'adolescence... Promettez-moi que, si jamais un malheur me frappait, vous vous souviendriez de mes angoisses, et vous deviendriez une mère pour mes orphelins.

— Que dites-vous donc, Isabelle? demanda Philippe, qui rejoignait la princesse :

— Moi aussi, répondit Isabelle, d'une voix douloureuse, je fais mon testament. Je vous donne ma vie, puisque je vais vous suivre... et je lègue mes fils à Marie... Philippe, n'oubliez jamais que ce vœu doit vous être sacré comme celui d'une mourante.

— Quels sinistres pressentiments avez-vous donc, Isabelle?

— Beaucoup vont partir qui ne reviendront pas, murmura-t-elle.

Quelque temps après, Louis IX se rendait à Vincennes, où la reine Marguerite l'attendait. Les fils de Philippe et ceux du roi restaient sous cette garde, doublement maternelle. Puis de déchirants adieux s'échangèrent, et Louis IX, quittant Vincennes, prit la route qui devait le conduire à Tunis.

Les barons et les chevaliers juraient sur les Saints-Évangiles. (*Voir page* 42.)

IV
LE MESSAGER DE DEUIL

Un cavalier courait sur la route de Bruxelles.

La sueur mouillait ses tempes, il se soutenait avec peine sur sa

monture épuisée. L'homme et le cheval semblaient prêts à tomber
ensemble, sur le chemin. Quand, par hasard, une femme, un enfant
apparaissaient, l'écuyer jetait à terre une pièce d'argent et mur-
murait :

— A boire !

Qu'on lui tendît un gobelet rempli de vin, de lait, de cervoise ou
d'eau, il remerciait d'un signe de tête, talonnait sa monture et re-
partait.

L'homme portait des habits de deuil et la housse du cheval était
noire. Pas un ornement d'or ou d'argent aux rênes. A les voir passer tous deux, le destrier et son maître, l'un pliant par intervalle
sur ses jarrets, l'autre se cramponnant à la crinière, on ne pouvait
s'empêcher de songer à ces apparitions fantastiques, dont parlent
les légendes, que le soir on écoute sous la vaste cheminée, tandis
que le vent souffle au dehors, et qu'au dedans de la maison, les
habitants, vieillards, enfants et serviteurs, se sentent l'âme envahie
par un secret effroi.

La nuit vint, le cavalier se soutenait à peine, sa tête vacillait sur
ses épaules, de sa gorge desséchée sortait un râle sourd ; et le cheval, à demi mort, paraissant comprendre quelle hâte son maître
avait d'arriver au but de son voyage, épuisait généreusement ses
dernières forces.

Enfin, le voyageur entendit tinter des cloches ; une ville apparaissait dans le crépuscule ; il touchait au but, encore un effort et il ar-
riverait.

Mais, au même instant, la terreur le prit que la cloche qu'il entendait fût celle du couvre-feu.

L'idée que la prochaine porte de la cité pouvait se refermer avant
qu'il l'ait franchie rendit plus implacable sa volonté, et lui qui, jusqu'à ce moment, s'était montré si doux pour sa monture, lui ensan-
glanta les flancs de l'éperon. Un hennissement douloureux parut
protester contre cette cruauté inutile ; la bête fit un nouvel effort,
et déjà au milieu des ténèbres à peine trouées par la lueur de quelques falots portés par des gardiens, les deux battants d'une des
portes de la ville de Bruxelles roulaient sur leurs gonds, quand,
cheval et cavalier la franchirent d'un bond désespéré. Ce dernier
effort ne parut être d'abord qu'une téméraire folie, car le cheval
s'abattit entraînant avec lui l'écuyer.

La bête était morte.

L'homme, un des pieds pris dans l'étrier, ne donnait aucun signe

de vie. Sa tête avait heurté le pavé, et, quand le vieillard qui
venait de tourner les clefs dans les serrures approcha sa lanterne,
afin de voir le visage du malheureux, une large flaque rouge ruisselait sur les pierres.

On dégagea aussitôt le cavalier; le cadavre de sa monture, qui
obstruait la voie, fut traîné à quelques pas; puis le gardien, ayant
rempli les devoirs de sa charge, rentra dans sa maison et s'informa
du blessé auprès duquel s'empressaient avec intérêt sa fille et sa
femme.

— Comme il est jeune! dit la mère, avec l'expression de la pitié.

— Quelle douce et touchante figure! ajouta l'enfant.

La blessure du messager, lavée avec du vin aromatique, fut rapidement pansée, et il ouvrit les yeux au moment où la jeune fille
versait sur ses lèvres quelques gouttes d'un cordial.

— Où suis-je? demanda le jeune homme.

— Chez Huno, gardien de la porte de Bruxelles.

— Que s'est-il passé?.. Je ne me souviens pas...

— Sans doute, vous avez fourni une longue traite, messire
écuyer, car votre monture est tombée d'épuisement et vous a entraîné dans sa chute...

— Pauvre bête! fit le voyageur, nous avons longtemps couru le
monde ensemble... Il me semble que j'ai le crâne broyé... Je souffre
horriblement.

— Votre tête a porté sur le pavé, vous avez perdu beaucoup de
sang.

— Et vous m'avez généreusement soigné!... Merci à tous... Merci,
vous m'avez peut-être sauvé la vie... Je dis, peut-être, car je ne crois
pas qu'il soit encore possible de vivre après avoir fait un si terrible
voyage.

L'écuyer prit le breuvage que lui tendait la jeune fille, puis subitement ranimé, il se leva.

— Où se trouve le palais du duc? demanda-t-il.

— Vous vous rendez chez le prince Jean?

— A qui je dois parler ce soir même.

— Mais vous vous soutenez à peine.

— Qu'importe que je meure, si je remplis mon message.

La force d'âme impose à tous. De plus, comme l'avaient remar-
qué la femme et la fille du gardien, l'écuyer était jeune et beau, et
l'on se sentait attiré vers lui par la double sympathie qu'inspirent
la jeunesse et le malheur.

— Partons donc, répondit Huno ; je ne vous laisserai point seul dans l'état de faiblesse où vous vous trouvez ; il me semblerait commettre un meurtre si je vous abandonnais à pareille heure dans une ville inconnue. Vos secrets vous appartiennent, mais j'ai le devoir de venir en aide à mon semblable, quand il souffre.

— Partons, répondit le jeune homme.

Il jeta un regard empreint de reconnaissance sur les deux femmes qui l'avaient secouru, puis il s'appuya lourdement sur le bras de Huno.

Aucune parole ne fut échangée entre eux pendant le trajet. De temps en temps, un profond soupir soulevait la poitrine de l'écuyer, il s'arrêtait comme si la force lui manquait pour avancer davantage ; mais bientôt sa main se crispait sur le bras du gardien, et il reprenait sa marche de plus en plus lente.

Quand Huno lui montra la grande façade noire du château, l'écuyer murmura :

— Enfin !

Il se retourna ensuite vers son compagnon :

— Dieu vous récompensera, lui dit-il, vous êtes bon !

— Que la Vierge vous protège, répondit Huno, nous lui demanderons votre salut.

Une obscurité, presque complète, enveloppait le palais dont les portes étaient closes. De quelques chambres, seulement, sortaient de faibles lueurs, et l'écuyer crut entendre, au loin, les sons affaiblis d'une viole.

— Après le chant, les larmes, murmura-t-il.

Il se traîna jusqu'à la muraille et souleva un lourd heurtoir.

Une main tira rapidement un guichet à croisillons de fer, et une lanterne, projetant un vif rayonnement, mit en lumière le visage du voyageur.

— Ouvrez ! dit celui-ci, j'arrive de France.

En entendant ce nom, l'homme referma le guichet, fit grincer la clef dans la serrure, puis il dit avec une affabilité inattendue :

— Un messager de France sera le bienvenu au château. La princesse Marguerite, mon noble maître, le prince Jean, sa sœur Marie aiment tant tout ce qui leur rappelle ce beau pays ! Combien ils vont être joyeux de vous voir !

— Joyeux ! fit l'écuyer... Vous ne m'avez pas regardé, brave homme... Ai-je l'air d'un envoyé chargé d'heureux messages ? Ne vous semble-t-il point plutôt que je ressemble à un agonisant chargé de nouvelles de mort?

— Vous m'épouvantez, murmura le vieillard.

— Conduisez-moi, reprit l'écuyer, je n'ai point le droit de vous révéler les secrets qui vont plonger deux royaumes dans la désolation.

Le jeune blessé s'appuya sur l'épaule de son compagnon et franchit avec lui la grande cour. Le vieillard le confia à un groupe de pages, et aussitôt le plus âgé d'entre eux, celui sans doute qui se sentait le mieux en faveur près du prince Jean, se chargea de l'introduire.

— Adenez chantait tout à l'heure, dit-il, l'avez-vous entendu?

— Oui, répondit l'envoyé; aux chansons succèdent souvent les larmes.

Le page précéda l'écuyer, puis, avant d'entrer dans la salle où se trouvaient le prince et les princesses, il demanda:

— Quel est votre nom? afin que je demande au duc Jean s'il lui plaît de vous recevoir.

— Qu'importe mon nom, répondit le blessé, dites que j'arrive de France; ce mot suffira, j'espère.

Le page disparut après avoir soulevé une lourde portière. Un moment après il reparut en disant à l'envoyé:

— Venez.

Celui-ci venait à peine d'apparaître dans la salle, que le prince Jean, se levant avec inquiétude, s'avança vers lui:

— Vous arrivez de ma seconde patrie? lui dit-il, parlez, parlez, sans doute vous venez de la part du roi Louis IX...

Le messager releva sa tête penchée, une pâleur livide envahit son visage, son regard refléta en un rapide instant tout ce que l'œil humain peut contenir de douleur et de pitié, puis il répondit d'une voix lente, émue, comme s'il voulait laisser à chaque parole le temps de faire sa blessure:

— Je viens de la part de Philippe III, *le Hardi*, roi de France.

— Philipe? répéta le duc Jean, qui ne comprenait pas.

— Ah! mon père est mort! s'écria Marguerite, qui vint tomber dans les bras de son mari.

Celui-ci lui prodigua des soins empressés. Marie la prit dans ses bras, et ce fut entre les deux êtres qui la chérissaient le plus au monde qu'elle reprit:

— Mon père! parlez-moi de mon père!

Le messager chancela et s'appuya sur une table placée à portée de sa main. Il sentait le sol manquer sous ses pieds, des bruits de vagues bourdonnaient à ses oreilles, des nuages passaient devant ses yeux, et sa gorge comprimée ne laissait passer aucun son. Enfin il glissa sur le sol, et demeura appuyé sur un genou, la tête perdue, se sentant mourir.

Marie vit le bandeau couvrant la tête du jeune homme se couvrir de taches sanglantes, elle devina une partie de ce qui s'était passé, et, saisissant une coupe, qu'elle remplit de vin généreux, elle l'approcha de ses lèvres :

— Le malheureux se meurt ! dit-elle.

Mais au bout d'un instant l'écuyer se remit et, cédant à la volonté du prince, il s'assit dans un fauteuil, de cuir sombre, sur lequel sa tête pâle se détachait avec des tons d'ivoire.

— Parlez ! parlez ! dirent à la fois les deux princesses.

— Par où commencerai-je ce long récit, reprit l'écuyer d'une voix entrecoupée ; je suis venu ici pour tout vous apprendre et, au moment de parler, le courage me manque, ma langue s'attache à mon palais et des sanglots soulèvent ma poitrine. Ce que j'ai vu surpasse, en horreur, tout ce que peut se représenter l'imagination, et, sur le point d'évoquer ces tableaux, je sens défaillir mon courage... Et cependant, je dois remplir mon mandat jusqu'au bout, vous avez raison, il faut vous révéler à la fois et les malheurs de votre famille et ceux de la France... Vous vous souvenez, Monseigneur, de l'enthousiasme du départ, après que le roi Louis eut solennellement pris, à Saint-Denis, les insignes du pèlerin de la Terre-Sainte, et de chevalier Vengeur du Christ ? Les barons et les chevaliers juraient sur les saints-Évangiles de délivrer le Saint-Sépulcre ou de mourir pour leur foi ! Lui, et tous ceux qu'il entraînait à sa suite, croyaient au succès d'une suprême entreprise. Godefroy de Beaulieu, son confesseur, le légat de Clément IV, les moines, le clergé qui le suivaient, pour distribuer aux combattants le pain des forts et l'onction sainte, célébraient, par avance, de promptes et faciles victoires.

— Oui, murmura Jean, nous croyions tous au succès.

L'écuyer reprit :

— Le trajet de Paris à Aigues-Mortes, trajet qui dura du 14 mars au 1er juillet, de notre année 1270, fut une sorte de marche triomphale. L'armée s'augmentait de jour en jour. Chaque fief envoyait ses hommes et sa bannière à la suite du roi. On ne parlait que de la gloire qu'il y aurait, pour l'Église et pour Louis IX, à convertir le sultan de Tunis, que l'on disait grand admirateur de notre religion sainte. Notre monarque attachait un tel fruit à cette conversion, qu'il affirmait, à des ambassadeurs du maître de Tunis, qu'il consentirait à passer toute sa vie dans la plus dure des prisons, pourvu qu'il pût, un jour, être « le parrain d'un tel filleul. » La confiance du roi gagnait nos âmes. La fleur de la noblesse de France accompagnait Louis ; celui-ci regrettait seulement de n'avoir point à ses côtés l'homme qui eût été l'historien de la nouvelle croisade : Joinville, convaincu que l'expédition était à la fois dangereuse et intempestive, était resté en France, pleurant à l'avance sur le sort de son maître. L'embarquement eut lieu, le 1er juillet, à Aigues-Mortes. On pouvait compter que trois jours suffiraient pour gagner les côtes de la Tunisie, et, suivant la pensée des Croisés, le roi de Tunis, voyant cette magnifique armée lui offrir à la fois la paix et le baptême, ne manquerait pas d'éviter une guerre néfaste et d'accepter la foi de Jésus-Christ. Hélas ! à peine les nefs eurent-elles quitté le port que souffla une furieuse tempête ; les bâtiments, rapprochés par les efforts du vent et des vagues, se choquaient avec un bruit terrible. Les plus braves et les plus robustes avaient peine à demeurer debout sur le pont des navires. Sur le bâtiment du roi on célébrait l'office des morts, en suppliant le ciel de sauver la flotte... Enfin Dieu se laissa toucher, la tempête se calma, et quinze jours après le brillant départ d'Aigues-Mortes, l'armée prenait pied sur la côte africaine.

Les Sarrazins l'attendaient. Mais le premier effort de notre bravoure les repoussa, et, après avoir pris un peu de repos dans une île, nous abordâmes sur le rivage, afin de gagner une vallée dans laquelle on avait la certitude de trouver de l'eau en quantité suffisante. Le roi Louis avait promis à son frère, Charles d'Anjou, de ne point attaquer Tunis avant son arrivée. Il voulait avoir sa part de gloire dans la prise de cette ville, et ménager, à ses soldats, des chances de fortune dans le pillage d'une cité que l'on disait remplie de fabuleuses richesses. Mais le bourg construit sur les ruines de Carthage était loin d'offrir à l'armée des ressources suffisantes. Elle devait sans fin repousser les attaques des Sarrazins, furieux que leur château eût été pris par les arbalétriers du roi. Afin d'éviter ces combats partiels qui, sans lui procurer aucune gloire, affaiblissaient l'armée, le roi fit tracer autour du camp un large fossé. Ils revinrent cependant à des reprises diverses, et, plus d'une fois, notre maître dut regretter d'avoir engagé sa parole à monseigneur

Charles d'Anjou. Les soldats supportaient avec peine une inaction forcée. Ils souffraient du brûlant climat de l'Afrique et de privations de toutes sortes. Sans le respect et l'amour qu'ils éprouvaient pour Louis IX, il eût été impossible de contenir leur valeur aventureuse. A la contrainte succéda l'inquiétude. Charles d'Anjou n'arrivait pas ; enfin, une maladie terrible s'abattit sur l'armée ; on l'appela la dyssenterie, afin de ne point effrayer d'abord ceux qui en furent atteints. Mais c'était bien le mal devant lequel reculent les plus braves et, cette fois, l'armée se crut perdue... La peste soufflait sur nous ses miasmes mortels ; chevaliers, archers, combattants de toutes armes, frappés le matin, succombaient en quelques heures, au milieu d'horribles tortures. D'abord les plus courageux de nos soldats, les moines donnèrent aux morts la sépulture. Mais le trépas en atteignit le plus grand nombre et, d'un autre côté, le chiffre des victimes devint si considérable, qu'il ne fut bientôt plus possible d'ensevelir les morts. L'effroi s'emparait de tous à la pensée de toucher ces corps livides, défigurés par l'agonie. On savait que le moindre contact avec un cadavre ou les habits qui l'enveloppaient pouvait communiquer la peste. Les privations de toutes sortes affaiblissaient les plus robustes. Bien peu d'hommes trouvaient encore le courage de rendre les derniers devoirs aux malheureux qui tombaient morts à leurs pieds. Et, cependant, la présence des cadavres doublait le danger des survivants.

Je crois voir encore le roi, madame Marguerite, le roi lui-même, saisir dans ses bras les corps défigurés des compagnons de son entreprise, et les coucher dans la fosse de sable creusée par ses mains royales. Seul parmi nous, il ne connut jamais ni le dégoût, ni l'effroi, ni la lassitude. Il fortifiait ceux que le fléau n'avait pas atteints, soignait et consolait les malades, approchait le crucifix des bouches tuméfiées d'où s'exhalait un souffle empoisonné. Tout ce que pouvait donner d'héroïsme la foi en Dieu et l'amour du Calvaire éclata dans Louis, durant les jours néfastes où son armée fut décimée par la peste. Il semblait se multiplier ; on le trouvait tour à tour aux pieds des autels, dressés sur les ruines de Carthage, sous sa tente, discutant avec le légat, Godefroy de Beaulieu, les princes et les chefs principaux de l'armée : ou bien au milieu des moines, chantant avec eux les psaumes de la pénitence et suppliant le Seigneur d'avoir pitié de nous...

Encore, si des soldats obscurs étaient tombés seuls, mais Dieu avait marqué le front des grands et choisi ses martyrs parmi les

défenseurs de sa cause. Ceux qui tombèrent jadis, pendant les pré-
cédentes croisades, sous les remparts d'une ville, ou au milieu du
tumulte des combats, connurent la joie suprême d'une mort envi-
ronnée de gloire. Ils savaient qu'ils légueraient à leurs fils le souvenir de leurs prouesses ; ils souriaient même au milieu des souffrances de la dernière heure. A leur chevet, s'inclinaient des bannières
victorieuses ; les ménestrels, mêlés aux soldats, recueillaient déjà
les hauts faits dont fut illustrée leur vie, afin de les immortaliser
dans leurs poèmes et leurs chants héroïques. La mort était grande
et belle alors, on la recevait sans crainte, sans regret, avec un sourire. Elle conduisait à l'éternité bienheureuse et vaudrait l'immor-
talité parmi les hommes... Mais à Carthage, au milieu d'une plaine
de sable, déserte, effrayante, cette maladie qui prenait un homme
fort et le foudroyait en une seconde cette agonie hideuse décom-
posant les chairs, marbrant le visage, faisait des cadavres un objet
d'horreur... Oh ! Dieu seul sait ce qu'elle fut et combien en souffri-
rent à la fois et ceux qu'elle frappait et ceux qui constatèrent ces ra-
vages.

Le prince Jean Tristan, si jeune, si beau, Jean Tristan, né devant
Damiette, succomba, et le roi Louis ne voulut céder à personne le
droit d'ensevelir son enfant... J'étais là, quand il le déposa dans le
cercueil, j'eus l'honneur d'aider mon roi à remplir cette tâche funèbre, et j'ai vu le visage de Louis IX ruisselant de larmes que lui
arrachait abondamment la douleur. Mais il n'était pas seul à souffrir, les princes Pierre et Philippe, madame Isabelle d'Aragon pleuraient avec lui, et toute l'armée prit le deuil du prince qu'elle venait
de perdre...

Le légat de Clément IV ne tarda pas à tomber à son tour, le
prince Philippe se sentit atteint par ce mal terrible, enfin le roi lui-
même.

L'écuyer ne put continuer et des sanglots étouffés s'échappèrent
de sa poitrine. Ses mains se joignirent ; il leva les yeux au ciel,
comme s'il espérait en voir descendre une vision sainte ; rien ne
saurait rendre ce qui se passa, en ce moment, dans le palais de
Brabant. Marguerite pleurait, le front appuyé sur l'épaule du prince
Jean ; Marie n'essuyait pas même les larmes ruisselant sur son
visage.

Ce fut la noble fille de Marguerite de Provence qui retrouva la
première les forces de son âme.

— Mon père ! dit-elle, parlez-moi encore de mon père !

Jean de Brabant se tourna vers le messager.

— Nous devons vider ce calice d'amertume, dit-il, achevez...

L'écuyer reprit d'une voix plus basse :

— Le roi fut donc frappé... Du premier jour, il comprit que Dieu le rapelait à lui. Aussi, mandant autour de lui le prince Philippe, très souffrant lui-même, puis son frère Pierre, il leur adressa ses dernières instructions, rappela les termes de son testament, les exhorta à se montrer hardis défenseurs de la foi et zélés catholiques, les chargea de tendres messages pour Marguerite de Provence, et ceux de ses enfants qui ne l'avaient point accompagné à Tunis ; puis, ayant rempli ses devoirs de roi, épanché son amour de père, il ne songea plus qu'à Dieu. Le héros devenait un saint ! L'histoire lui consacrera la plus noble, la plus belle de ses pages, et plus tard, sans doute, le premier titre de gloire de ses successeurs sera d'être appelés « fils de saint Louis » ; l'Église le mettra sur ses autels, et ses enfants devront lever les regards vers la voûte céleste pour revoir, dans les splendeurs du paradis, celui qui s'appelait lui-même le Vengeur de Dieu.

La voix de l'écuyer s'était un moment élevée, elle retomba, et il reprit avec lenteur, comme si le récit qu'il devait faire lui devenait de plus en plus douloureux :

— La tente du roi se transforma en chapelle. On érigea un autel, une croix fut dressée au pied de son lit. Durant quatre jours il demeura sans parler. Mais Godefroy de Beaulieu, qui l'entretenait du Sauveur, voyait bien que le saint roi comprenait ses exhortations et s'associait à ses prières. Il l'entendit même murmurer : « Nous irons à Jérusalem. » A cette heure, notre bien-aimé roi ne songeait plus à batailler, même pour la gloire de son Maître, la Jérusalem dont il parlait était celle dont la beauté a été entrevue par Jean l'apôtre... Enfin, après des souffrances endurées avec un courage héroïque et une adorable patience, il rendit son âme à Dieu, répétant : « J'entrerai dans la maison du Seigneur... » A peine venait-il d'expirer et avait-on répété, dans le camp, d'une voix lugubre : — Le roi est mort ! — que l'on répétait : — Vive le roi ! — Le prince Philippe était reconnu comme le successeur de son père...

Les os du saint roi étaient à peine rassemblés, qu'une flotte se trouva en vue : Charles d'Anjou abordait avec ses troupes sur le rivage de la Tunisie... Sans le retard qu'il apporta à rejoindre le roi, l'armée et Louis IX eussent sans doute été sauvés.

Nos troupes restèrent encore près de deux mois sur ce funeste rivage.

Enfin, après une série de combats contre l'ennemi, le duc d'Anjou conclut une paix honorable. Notre jeune roi, que l'armée avait surnommé *le Hardi*, en souvenir du courage dont il venait de donner des preuves, pendant ces mois terribles, se trouvait en ce moment si cruellement malade, qu'il écrivit son testament et en chargea le Franciscain et le Dominicain qu'il envoya en France avant lui. Ce fut seulement, pendant le 15, le 16 et le 17 novembre, que s'embarquèrent, sur les nefs, les restes de la magnifique armée qui avait suivi Louis IX sur les rives africaines.

Le roi Philippe divisa son armée en trois corps : la première devait revenir en France avec lui : la seconde voguerait vers la Terre-Sainte, sous le commandement d'Édouard d'Angleterre et du comte de Poitiers; la troisième, conduite par Charles d'Anjou, attaquerait Constantinople.

Mais Philippe n'avait pas vidé son calice d'amertume, et les premiers jours de son règne furent frappés de tant de deuils, qu'on s'étonne qu'il ait eu la force de les suporter. Il reçut, durant le voyage, les derniers soupirs de son frère Thibaud.

— Lui aussi ! murmura Marguerite.

— Après le prince Thibaud ce furent le comte et la comtesse de Poitiers, qui, partis exténués de Carthage, expirèrent pendant la route. Enfin...

— Encore ! quoi? encore dit la duchesse de Brabant.

— Ah ! ceci fut terrible et lamentable... Passant, un jour, une rivière à gué, madame Isabelle d'Aragon tomba de cheval, et deux jours après, le 28 janvier 1271, elle expirait, ainsi que l'héritier qu'on attendait d'elle.

— Ah mon frère ! mon pauvre frère !

L'envoyé resta un long moment le front caché dans ses deux mains.

— Est-ce tout? demanda Jean d'une voix étranglée.

— J'ai suivi le cortège, et j'ai fait ce voyage, dit le messager d'une voix à peine intelligible... Quand nous entrâmes dans Rome, le roi conduisait avec lui les cercueils de Louis IX, son admirable père, du prince Thibaud de Navarre, du comte et de la comtesse de Nevers, celui de la reine, enfin celui de l'enfançon royal, mort en naissant... Que de larmes répandues dans les églises des Saints Apôtres ! Que de vœux faits sur leurs reliques ! Quel convoi de cercueil blasonnés, timbrés de couronnes, renfermant tout ce que le jeune monarque avait de plus cher au monde; son père et sa femme... Ces pèlerinages accomplis, il reprit sa route par Viterbe, le Mont-Cenis, Lyon, la Bourgogne, enfin il arriva à Paris...

— Paris! Il est en ce moment à Paris?

— Oui, monseigneur, n'y viendrez-vous pas, afin d'ajouter à la pompe des funérailles que l'on y va célébrer?

— Certes, répondit Jean, je ne ferai faute d'aller consoler Philippe. Ne venez-vous point me trouver de sa part?

— Non, monseigneur, répondit l'écuyer. Mon royal maître, abîmé dans la douleur, depuis son retour à Paris, passe ses jours enfermé, dans une chambre tendue de noir, au milieu de ses enfants ou bien en compagnie de son chambellan.

— Pierre La Brosse?

— Oui, monseigneur.

— Alors, vous avez pris sur vous d'accourir, au péril de votre vie et sous votre responsabilité?

— Depuis fort longtemps je fais partie des écuyers de madame Marguerite..

— Vous êtes un brave et loyal serviteur, dit le duc.

Le prince ôta la lourde chaîne qui pendait à son cou et la passa à celui de l'écuyer.

— Votre nom? que nous ne l'oublions jamais.

— Audouin.

— Merci donc, Audouin, mon féal... Nous partirons demain; ce soir même mon chirurgien mettra un appareil sur ta blessure; pour ménager tes forces, tu nous suivras jusqu'à Paris, dans une litière fermée.

Le messager sortit en s'appuyant à la muraille.

Après son départ, un grand bruit de sanglots éclata douloureusement dans la salle, où restaient trois jeunes êtres qui ne devaient jamais se consoler.

Amaury se levait dans un transport de joie. (*Voir pages* 55-56.)

V

PIERRE LA BROSSE

Dans une salle tendue de velours noir, et faiblement éclairée par des vitraux, on pouvait à peine distinguer un groupe formé d'un homme dans l'âge de la jeunesse et de la force, et de quatre petits enfants. Deux d'entre eux couvraient de baisers une des mains qui leur était abandonnée; le plus petit entourait de ses bras le cou de l'homme qui pleurait. L'aîné, debout près de son père, tentait de maîtriser sa douleur et s'efforçait de calmer ses frères. Mais le spectacle de désespoir dont ils étaient témoins, les étreintes passionnées de l'homme qui, parfois, les serrait sur son cœur, comme si, dans cette caresse, il devait retrouver un peu d'énergie, agissaient profondément sur ces âmes délicates. En dépit de leurs promesses et des conseils que leur donnait leur frère aîné, ils éclataient parfois en larmes, tendant les bras dans le vide, comme s'ils s'attendaient à voir entrer une créature tendrement aimée et depuis longtemps absente.

Cette famille désolée était celle de Philippe III, *le Hardi*, roi de France.

Il pleurait ceux que la mort venait de frapper successivement, depuis Louis IX jusqu'au petit « enfançon, » sur le front duquel il avait eu à peine le temps de mettre un baiser.

Ah! sans doute, il chérissait tendrement ses quatre fils, mais combien il regrettait leur mère! Comme il trouvait le palais vide depuis la mort d'Isabelle. Enfermé dans une salle du château, pièce semblable à une chambre mortuaire, il semblait qu'il eût à la fois horreur des hommes et de la lumière. La nuit semblait apporter quelque soulagement à sa peine et il éprouvait un besoin de silence absolu.

Un seul homme avait l'autorisation de pénétrer près de Philippe, et de lui offrir, à toute heure, des consolations, c'était Pierre La Brosse. Loin d'essayer d'atténuer les regrets du roi, il les augmentait pour ainsi dire, rappelant tour à tour les saintes vertus de Louis IX et la beauté d'Isabelle.

Il semblait n'avoir pas de préoccupation plus grande que celle d'épargner à son maître les soucis inhérents au pouvoir. Depuis son retour de Tunis, il le déchargeait avec empressement de tous les soucis de la royauté, réunissant dans ses mains des attributions diverses, et prenant à cœur de se rendre indispensable par tous les moyens.

C'était hélas! une tâche trop facile. Philippe abattu, découragé, n'attendait plus rien de la vie. Le sceptre lui semblait un fardeau trop lourd.

Il ne pouvait retrouver l'énergie nécessaire pour s'occuper de l'administration de la justice et des finances.

Après avoir témoigné, au milieu des malheurs dont Carthage fut le théâtre, un sang-froid et une force morale qui lui valurent à la fois l'attachement et l'admiration de tous, il se sentit envahi à son retour en France par une désolation sans borne. Le moindre travail lui semblait odieux. Toucher au sceptre, à la main de justice qui venaient de tomber des mains du Vengeur de Dieu lui semblait une profanation. Il n'était plus, en ce moment, ni roi, ni chef d'armée, c'était un époux pleurant sa jeune et belle reine, un père versant des larmes sur le front des petits enfants qui, dans ses bras, appelaient leur mère.

Pour la troisième fois depuis le matin, la porte de la salle s'ouvrit, et dans la grande lumière qu'elle laissa pénétrer subitement dans la chambre, il fut facile de distinguer un homme vêtu avec un luxe austère. Son visage accentué avait la pâleur des penseurs et des envieux ; dans ses yeux, dont l'expression changeante se dissimulait sous des paupières un peu lourdes, on pouvait surprendre, de temps à autre, des lueurs inquiétantes. La bouche fermée devait difficilement laisser échapper les secrets que cet homme gardait au fond de sa pensée.

Il embrassa, d'un regard rapide, le groupe formé par Philippe et par ses fils ; puis il s'approcha de son royal maître avec les marques du plus profond respect.

— Sire, dit-il, je vous en supplie, pour l'amour même des enfants de France, renoncez à cette solitude. Elle peut devenir funeste à des êtres si jeunes, si impressionnables. Ne vaudrait-il pas mieux tenter de les arracher au souvenir des pertes que vous venez d'essuyer, que de les leur rappeler sans cesse par votre propre désespoir ! Je sais, oui, je sais trop que jamais la noble, l'incomparable Isabelle ne sera remplacée dans votre âme. Vous porterez éternellement son deuil ; mais ce qui convient à un homme doué de force morale est impossible à des enfants.

— Je consens volontiers à ce qu'ils s'éloignent, Pierre, répondit le roi.

Puis, repoussant doucement de la main ce groupe charmant et désolé :

— Quittez-moi, leur dit-il, Pierre a raison, on ne devrait jamais attrister l'enfance. Vous pleurez en me voyant pleurer... Loin d'adoucir votre peine, je vous afflige davantage. Ne pouvant vous rendre votre mère, je devrais vous remettre dans les bras de votre aïeule.

L'aîné des enfants se cramponna au bras de son père :

— Non! non! dit-il, garde-nous près de toi... peut-être que cela
te console de nous avoir ici; tu sais que nous t'aimons, tu reçois
nos caresses... Garde-nous, père, garde-nous!

Et les quatre petits enfants redirent ensemble :

— Père, garde-nous!

La Brosse parut, un instant, partagé entre le regret et l'atten-
drissement.

— Je comprends, je partage le deuil du père et celui du fils,
mais ce fils, ce père est un roi, et ne doit ni ne peut oublier les devoirs que ce titre lui impose.

— Laisse-moi au moins ensevelir mes morts!

— Sire, le peuple n'a pas le temps d'attendre.

— C'est vrai! murmura tristement Philippe, que viens-tu donc me
demander?

— De signer des pièces nombreuses et de les marquer de votre
sceau.

En même temps Pierre La Brosse se dirigea vers une fenêtre
qu'il ouvrit, fit pénétrer dans la chambre une clarté crue, puis rapprochant une table, il y plaça un grand nombre de parchemins,
alluma un flambeau, mit près de la main du roi un bâton de cire,
puis il lui dit :

— Plaît-il, à mon roi, que je lui lise ces pièces?

— Non, non, répondit Philippe avec une sorte d'épouvante. En
connais-tu le contenu?

— Je les ai moi-même rédigées, sire.

— Alors cela suffit, dit le roi en tirant le sceau royal de sa poitrine.

Pierre la Brosse fit un geste comme pour arrêter le mouvement
du roi.

— Je vous en supplie, sire, dit-il, veuillez contrôler mon travail.
Mes vues pourraient s'éloigner des vôtres; peut-être ai-je mal jugé
ce que vous auriez décidé autrement dans votre sagesse.

— Tu sais bien, Pierre, que j'ai en toi une confiance absolue. En
te la prouvant dans une mesure aussi large, il me semble obéir à
mon père et continuer son œuvre. Lui aussi prisait haut ton dévouement et tes lumières. Il m'a légué un ami en te laissant à moi...
Un ami! quel homme peut se vanter de posséder un trésor semblable, et surtout un souverain que chacun croit avoir intérêt à tromper... Que désires-tu hors la grandeur et la prospérité de la France?
Va, je le sais, ma confiance est bien placée... pose toi-même le
sceau sur ces parchemins.

— Si vos pairs du royaume savaient....

— Combien je te suis attaché en reconnaissance de tes services!
Je ne le cache point, Pierre, et je te donnerai, dans peu, de nouvelles marques de mon affection.

— On en murmure déjà trop, sire!

— Pourquoi, Pierre?

— On me juge trop petit compagnon pour vivre dans l'intimité
de mon souverain... On oublie que je l'ai vu prince, presque enfant... Les nobles seigneurs, dont les titres remontent presque à
l'origine de la monarchie, prononcent le nom de Pierre La Brosse
comme ils feraient de celui du dernier des manants... Certes, je
suis sans orgueil, et n'ai d'autre fierté que celle de mériter votre
protection et votre confiance... Mon père était un très mince gentilhomme et l'on affecte souvent de me traiter comme un vilain.

— Toi! un homme attaché à ma personne!

— Votre serviteur, Pierre La Brosse, oui, sire.

— Ah! fit le roi, tu as bien fait de venir ce matin, Pierre... Reste-
t-il une feuille de vélin complétement blanche?

— En voici une.

— Donne... Je vais écrire... et quand mes orgueilleux vassaux
liront ceci, je te jure qu'ils se conduiront avec toi d'une autre manière.

Philippe saisit une plume et traça rapidement quelques lignes. Il
approcha la cire du flambeau, puis scella de son grand sceau le parchemin.

— Voici, mon féal, dit-il.

Pierre La Brosse saisit le parchemin d'une main fébrile; à peine
y eut-il jeté un regard, que son front rougit sous l'impression d'une
joie subite.

— Baron de Luxeuil, fit-il, moi!

— Oui, toi; et la noblesse que je te confirme sera transmissible
à la race. Va maintenant, Pierre, ne me parle plus d'affaires. Charge-
toi de toutes celles que tu peux traiter et sois convaincu que je ne
te démentirai pas.

Pierre mit un genou en terre :

— Vous me comblez, sire, dit-il, vous me comblez.

— Puis ayant scellé, devant Philippe, les différents parchemins
qu'il avait apportés, il referma la grande croisée et sortit de la
chambre, dans laquelle il laissait le roi aussi morne et les enfants
sous l'impression d'une sorte de frayeur.

Ce que venait de dire La Brosse était vrai. Les seigneurs de la cour de France ne pouvaient s'accoutumer à la grandeur croissante du ministre.

Le favoritisme n'existait pas encore.

Jusqu'à ce jour, la préférence des rois avait été motivée par d'éminents services rendus. Cette fois, un homme de bien peu, issu de rien, l'emportait sur les plus anciennes familles. Elles en ressentaient une irritation sourde que nul n'osait manifester devant Philippe, mais qui se trahissait à l'égard de Pierre La Brosse dans l'occasion. On commença par se défier de sa douceur, on en vint à redouter son hypocrisie. Ses agissements devinrent suspects. On jalousa la confiance que lui témoignaient Louis IX et Philippe. Quand le nouveau roi revint d'Italie et qu'il fut prouvé que le favori pouvait seul pénétrer près du roi, le mécontentement dégénéra en colère. La haute noblesse le trouvait de trop petite maison pour frayer avec lui. Aussi la joie de cet ambitieux fut-elle grande, quand, le roi lui octroyant un titre, il songea que, lui aussi, ferait graver ses armes sur son cachet et que sa femme les porterait brodées sur sa cotte hardie. Tout ce qu'il avait refoulé de sentiments hautains se donna librement carrière. Sa contenance, habituellement timide, changea subitement, et quand il rentra chez lui, ce fut non plus avec la joie d'un homme ayant remporté un succès, qu'il raconta ce qui venait de se passer à sa femme, mais avec une expression de triomphe dans laquelle se manifestait le plaisir que lui assurait la rage de ses ennemis.

— Hugonne, dit-il d'une voix brève, nous n'étions que riches, nous voici puissants. Le roi Philippe comprendra que le titre de baron entraîne des frais de représentation, que je ne saurais me permettre sans son aide. Tant que je suis resté Pierre La Brosse, à qui l'on marchandait, quand on ne la lui refusait pas, la petite noblesse de son père, on m'a relégué dans une place à part, tenant à la cour le milieu entre le gentilhomme attaché à la personne du roi et le manant supporté dans les salles des gardes. On a répété à haute voix, que je suis une sorte de chirugien-barbier composant des philtres et pratiquant des saignées, on m'a fait boire le dédain jusqu'à la lie, et je me suis tu jusqu'à cette heure. J'ai rampé jusqu'au jour où mon adresse et ma patience me permettent de relever la tête... Baron de Luxeuil! Et les dons du roi ne s'arrêteront pas là... La mort de son père, celle de sa femme et de ses frères le jettent dans un désespoir qui bientôt sera de l'atonie. Aujourd'hui même il m'a confié les sceaux; dans un mois il me les abandonnera tout à fait... Dès-lors, ce que le roi Philippe me refusera en bienfaits, me sera offert en présents par ceux qui solliciteront mon suffrage.

Hugonne secoua la tête.

La femme de Pierre La Brosse était une femme encore jeune, mais pâle et mélancolique. Epousée par La Brosse à une époque où la dot qu'elle apportait servait de premier échelon à sa fortune, elle le suivit dans son ascension progressive, sans changer ni la nature de ses pensées ni ses habitudes. Elevée modestement par un marchand drapier, d'une beauté médiocre, d'une santé florissante, elle répandit autour d'elle, pendant plusieurs années, une joie paisible et saine. Des habits modestes lui suffisaient; elle ne portait point de bijoux; tout ce qui changeait la vie qu'elle menait durant sa jeunesse dérangeait sa placidité. Lentement le caractère de Pierre éteignit cette gaieté aimable; l'ambition de son mari troubla son contentement facile; elle n'entendit parler devant elle que d'argent amassé, de titres obtenus. Au lieu des meubles simples, formant son mobilier, elle vit arriver chez elle des caisses bardées de fer.

Avec le crédit de son mari s'accrut son avarice. Il lui fit des cadeaux nombreux dans lesquels n'apparaissait jamais que la trace d'une préoccupation orgueilleuse. Quand elle tenta de séparer sa vie de celle de Pierre et de se réfugier dans sa tendresse pour ses cinq enfants, il l'accusa de se désintéresser de ses affaires. Ses fils, eux-mêmes, devinrent un sujet d'orgueil. Il voulut qu'ils fussent lettrés, afin d'humilier la plupart des compagnons de leur âge. Il leur interdit des jeux bruyants en rapport avec leurs goûts, et leur défendit de continuer à voir les adolescents dont les mères avaient été les amies de Hugonne.

Celle-ci tenta vainement de réagir contre des tendances dont le résultat devait être d'attrister toute la famille au profit de la vanité d'un seul; Pierre demeura inflexible.

Hugonne finit par céder.

Privée de la société des femmes vers lesquelles son cœur la poussait, elle se résigna, par vertu, à vivre dans la solitude peuplée seulement par ses fils. L'un d'eux, surtout, compensait amplement les sacrifices qu'elle multipliait, afin d'obtenir que la paix régnât dans sa maison.

Amaury avait alors seize ans à peine. C'était un beau et hardi jeune homme, brave comme un lion, et que son cœur et ses goûts inclinaient du côté de sa mère. A mesure qu'il grandissait, Amaury comprenait davantage quel abîme moral le séparait de son père. Il lui obéissait, mais il ne se livrait plus, sans mesure, à une tendresse qui eût fait toute sa joie. Toute son affection allait vers sa mère. Dès que Hugonne apparaissait au milieu de ses enfants, Amaury se levait dans un transport de joie, courait vers elle, lui baisait les mains en lui disant : O ma mère, combien je t'aime!

Cependant, comprenant que le cœur de son fils perdait de sa tendresse filiale envers son père, Hugonne le rattacha à ses devoirs par la puissance du sentiment religieux.

Amaury néanmoins ne cessa de la chérir plus que son père avec abandon et bonheur ; à Pierre la Brosse il obéit parce que cela était son devoir.

Le baron de Luxeuil essaya plusieurs fois d'intéresser Amaury à des affaires pouvant rapporter de gros profits, mais, dès que le jeune homme comprenait que la délicatesse la plus scrupuleuse pouvait souffrir de cette combinaison, il se récusait simplement. D'abord, Pierre voulut connaître les raisons pour lesquelles son fils lui refusait son concours; le jeune homme évita longtemps de répondre, l'obstination de son père l'obligea de confesser la vérité.

Alors La Brosse comprit, avec autant de douleur que de colère, que son fils le méprisait.

Le triomphe de Pierre La Brosse se trouva donc attristé dès le premier jour, par l'attitude que prirent sa femme et ses enfants.

Il se contint devant eux, mais quand il se trouva seul, sa colère s'épancha avec violence. Il les accusa de manquer à la fois de bon sens et de cœur, il répéta qu'il se séparerait d'Hugonne si le roi n'était aussi sévère pour les mœurs.

La seule consolation qu'il goûta, ce fut de se dire qu'il ferait payer cher leurs insolences passées à tous les seigneurs qui l'avaient traité de barbier-chirurgien.

Après une nuit d'un sommeil agité, il se leva, oublia les légers ennuis de la veille, et ne songea plus qu'à se rendre chez son noble maître.

D'habitude, Pierre La Brosse entrait chez le roi sans se faire annoncer. Mais ce matin-là, au moment où il pénétrait dans l'antichambre de Philippe III, un jeune page se leva fort respectueux, mais lui dit d'une voix ferme :

— Le roi, notre sire, ne reçoit personne ce matin.

— Qu'est-ce à dire, page effronté?

— Le roi Philippe III est en famille avec le duc de Brabant et la princesse Marie.

Pierre La Brosse eut une affreuse grimace ; il comprit qu'il n'y avait pas à insister en ce moment, et il se retira le cœur rempli d'une sourde rage. Sa joie de la veille était déjà loin il se demandait combien de temps se prolongerait le séjour, en France, du duc de Brabant, et pour deviner quel pouvait être, à ce sujet, le souhait de la sœur du roi, il quitta l'antichambre royale et se dirigea vers une salle de gardes, dans laquelle il comptait trouver une partie de la suite du duc. En effet, les écuyers et les valets brabançons, mêlés aux pages et aux serviteurs de la maison du roi, devisaient en vidant des gobelets d'hydromel.

En reconnaissant le conseiller, le confident de Philippe, leur premier instinct fut d'interrompre à la fois la causerie à voix basse et les parties de dés, mais le baron de Luxeuil prit sa physionomie la plus affable, et, s'approchant des gens du prince Jean, il les interrogea sur leur voyage.

— Mon noble maître, craignant de causer une peine trop vive à madame Marguerite, avait résolu de tarder à l'informer des malheurs qui viennent de fondre sur lui, afin de la préparer, lentement, à recevoir ces lamentables nouvelles ; j'ignorais qu'il lui eût dépêché un messager.

— L'homme qui est venu, un soir, heurter à la porte du palais, répondit l'écuyer à qui s'adressait La Brosse, agissait sans mission. Il a cru bien servir ses maîtres en leur apprenant à quel désespoir le monarque de France était en proie ; et notre seul regret est de l'avoir vu arriver en si pitoyable état. Nous avons cru vingt fois qu'il mourrait pendant le trajet de Bruxelles à Paris. Mais le mire de monseigneur a répondu de sa vie et, dans quelques jours, il pourra reprendre son service au palais.

— Et comment se nomme ce serviteur dévoué ?

— Andouin.

— Je ne manquerai pas de raconter sa conduite au roi qui le récompensera.

— Monseigneur, il a baisé la main de madame Marguerite, il est payé.

— J'espère que l'on prépare les appartements de vos nobles maîtres ?

— Une aile entière du palais leur est assignée pour le temps de leur séjour. C'est notre sainte reine Marguerite qui, comprenant que la douleur de son fils l'empêcherait de pouvoir s'occuper de ses hôtes, a pourvu à tout. J'espère pour elle et pour notre sire, le roi,

que le duc de Brabant, sa femme et sa sœur resteront longtemps à
la cour de France.

— Oui, Dieu le veuille! répondit Pierre La Brosse.

Le baron de Luxeuil quittait la salle des gardes sous l'impression
d'une sourde colère.

Il rentra chez lui et, loin de s'y enfermer pour laisser un libre
essor à son mécontentement, il chercha Hugonne, afin de se venger
sur elle des déceptions de son orgueil.

La nuit avait été longue et pénible pour la pauvre femme; plus
désolée que satisfaite de l'accroissement de fortune de son mari, elle
envisageait l'avenir avec une sorte de terreur. Amaury comprenant, avec une exquise délicatesse, les angoisses de cette femme
admirable, sur laquelle pesait le joug d'un maître dur, avait couru
près d'elle, dès le départ de son père pour le palais de Philippe.

— Mon fils bien-aimé, lui dit-elle, la famille va cesser d'être
unie; encore un peu de temps et tu ne m'appartiendras plus. Ton
père t'entraînera dans une sphère où tu trouveras, à chaque pas,
des difficultés et des embûches. Nous allons, dans peu de temps,
sans doute, quitter une demeure devenue trop étroite pour les valets
qui l'empliront; vous appartiendrez tous à votre père, qui croira
réaliser votre bonheur en s'occupant seulement de l'accroissement
de votre fortune.

Hier, j'ai bien compris quelles épreuves nouvelles m'attendaient;
je les accepte en chrétienne, mais il dépend de toi de rendre ma
croix moins lourde. J'ai pu, jusqu'à ce jour, te cacher une partie
de mes secrètes angoisses et les dissentiments existant entre ton
père et moi; je croyais de mon devoir de te taire ces choses et Dieu
seul voyait mes larmes. Quelques mots de ton père eussent suffi
pour t'éclairer.

Je vois à tes paupières rougies que tu as pleuré hier; je devine,
à la tendresse plus grande de tes caresses, que tu me plains autant
que tu m'aimes. N'accuse pas trop ton père, cependant. Peut-être
ai-je tort, en ne m'efforçant pas, autant que je le pourrais, de le
suivre dans la marche ascendante de ses ambitions. Mais quelque
chose en moi se révolte contre l'accroissement des honneurs qu'il
obtient après les avoir brigués, et des sommes considérables qui
viennent remplir ses coffres. Je tremble toujours qu'il consulte plus
son esprit que sa conscience et songe à la joie d'humilier ses rivaux,
ses ennemis, plutôt que de penser aux comptes que lui demandera
son Dieu. Les femmes ont des pressentiments qui les trompent rare-

ment, mon Amaury bien-aimé, et je m'effraie, et je demande à Dieu de me faire quitter ce monde avant qu'une catastrophe...

— Ah! ma mère! pourquoi prévoir ces malheurs...

— Je l'ignore, mon enfant. J'éprouve seulement une sorte de soulagement à te le dire. Me sachant pleine de sollicitude et d'angoisse, tu me viendras davantage en aide.

— Que voulez-vous de moi, mère?

— Le voici. Reste soumis à ton père d'une façon absolue, tant qu'il ne te demandera rien de contraire à la justice. Tu ne peux, tu ne dois point aller au-delà... Cela est horrible, n'est-ce pas, pour une femme, d'adresser de telles recommandations à son enfant... Mais, si je ne t'éclaire pas, qui le fera, mon bien-aimé? Souviens-toi de rester fidèle à Dieu et au roi! Quand je dis fidèle à Dieu, Amaury, je n'entends point le prier seulement des lèvres, mais souhaiter son triomphe et sa gloire, comme le bienheureux monarque qui vient de mourir à Carthage en prononçant son nom. Garde-toi, surtout, de te faire une fausse conscience. On ne peut mentir à Dieu, on ne doit pas davantage se mentir à soi-même. Quand le merveilleux instinct que Dieu mit en nous te criera : — Voilà qui est mal! écoute cette voix intérieure et abstiens-toi. Ne faiblis point dans les petites choses, elles entraînent vers des périls que tout d'abord on ne prévoyait point.

— Je vous jure, ma mère, dit Amaury, en portant à ses lèvres le crucifix suspendu au rosaire à grains d'or, que sa mère portait au cou comme un collier, de vous consulter en toute chose pour ce qui concernera mes devoirs de chrétien.

— J'ai ajouté, fidèle au roi, reprit Hugonne.

— Je vous le promets, ma mère.

Amaury se jeta dans les bras d'Hugonne, et ne s'en arracha qu'au moment où un pas retentissant se fit entendre dans la pièce voisine.

Un instant après, Pierre La Brosse entrait dans l'appartement de sa femme.

Il arpenta cette pièce pendant quelques minutes sans parler, les sourcils froncés, la bouche crispée.

— Vous allez vous réjouir sans aucun doute, dit-il à sa femme, car vous êtes une des compagnes que les contrariétés de l'époux mettent en joie. Hier, effrayée à l'idée de changer quelque chose à votre manière de vivre, vous devez être joyeuse aujourd'hui, en songeant qu'il survient un événement capable d'arrêter peut-être ma fortune, au moment où je pouvais la croire assurée.

Le duc Jean de Brabant, sa femme et sa sœur sont à Paris...

— Quoi! dit Amaury, cette ravissante princesse Marie.

— Oui, la princesse Marie... La reine Marguerite les a fait installer, pour longtemps, paraît-il... Et le premier effet de leur présence a été que le roi m'interdit son accès aujourd'hui.

— Mais il me semble, dit Hugonne, que les épanchements de la famille...

— N'ai-je pas réussi, non point à séparer Philippe de sa mère, mais à empêcher que celle-ci prît sur lui l'empire qu'elle ambitionnait? Marguerite, pour avoir été dominée longtemps par Blanche de Castille, n'en eut pas moins son heure d'ambition, et profitant d'une heure d'intimité et de confiance, n'obtint-elle pas de son fils qu'il ne s'occuperait d'aucune affaire jusqu'à ce qu'il eût atteint l'âge de trente ans! Il lui aurait convenu de continuer à le tenir en tutelle. Mais j'étais là, moi, je veillais! Ce fut grâce à mon influence que le roi déchira le parchemin investissant sa mère de longs pouvoirs!... Marguerite comprit quelle main lui portait ce coup, et la reine n'est pas mon alliée. Tant que la famille du duc de Brabant demeurera ici, je subirai une sorte de disgrâce; mais je suis patient, et la veuve de Louis IX ne possède pas mon énergie. Donc, mon bon fils! cette ravissante princesse Marie, comme vous disiez tout à l'heure, est pour nous une ennemie, comme tous ceux qui se mettent entre moi et le roi.

Un geste violent de Pierre La Brosse termina la phrase, puis, faisant un signe impératif à son fils :

— Venez, Amaury, dit-il.

Suivi d'un page, le Roi sortit pour faire une promenade. (*Voir page 64.*)

VI

LA FIANCÉE DU ROI

Philippe ne retrouva d'énergie que pour célébrer avec magnifi-
cence les funérailles de son père, dont il voulut lui-même déposer

les ossements à Saint-Denis. Cette cérémonie terminée, comme il
éprouvait une invincible épouvante pour tout ce qui pouvait lui rappeler ses immenses infortunes, il se rendit au château de Vincennes,
où chaque pas devait lui montrer les traces du héros et du père
qu'il avait perdu. Il ne put supporter l'idée des pompes d'un couronnement avec le grand deuil qu'il portait en lui, et que l'amitié
seule empêchait de dégénérer en désespoir.

Philippe était profondément bon, catholique sincère, docile aux
avis des gens de bien. Ne soupçonnant jamais le mal qu'il lui était
impossible de commettre, il eut seulement le malheur de témoigner
une confiance absolue à un homme qui, jusqu'alors, ne s'était révélé à lui que par des services rendus et des actions utiles. Mais
quel prince eût paru complètement grand après le fils de Blanche de
Castille?

Philippe succédait à son père, comme Louis VII à Louis *le Gros*,
et Louis VIII à Philippe-Auguste. Pieux comme son père, il manquait de la haute intelligence du saint Roi. Capable de grandes
actions, et courageux jusqu'à l'héroïsme, il pouvait ressentir des
heures de faiblesse et d'abattement qui le laisseraient incapable d'un
effort prolongé.

Près de lui se dressa un mauvais génie, dont il subit l'influence
assez de temps pour préparer une catastrophe doublement terrible.
Et cependant, le nom de Philippe reste pur. Tout l'odieux de la
conspiration ourdie contre la maison de France retomba sur le misérable qui, pour monter au niveau où il prétendait atteindre, se
faisait un marchepied de tout, même d'un cercueil.

Trois mois après que Louis IX reposa dans la basilique de Saint-
Denis, Philippe le Hardi fut couronné.

Ce jour-là, l'épée *Joyeuse* « qui devait être baillée au plus loyal
et au plus prud'homme du royaume » fut tenue par Robert II,
comte d'Artois, pendant la cérémonie du sacre. Le duc de Bourgogne et le comte de Flandre furent les seuls pairs laïques présents.

Jusqu'à ce jour, il n'avait point semblé à Philippe qu'il fût véritablement souverain. Fils tendre, il se contentait de pleurer son
père; époux, de donner des larmes à Isabelle d'Aragon.

Un sacre solennel lui rappela des obligations sacrées.

La présence de sa sœur Marguerite, de Jean de Brabant, celle de
Marie, lui aidèrent à soulever le fardeau de la royauté! C'était avec
eux qu'il tenait conseil. Un souffle de consolation passait alors sur
lui. A toute heure, rapproché d'un homme à l'esprit et au cœur

chevaleresques, de princesses à l'âme noble et pure, il apprenait le gouvernement sous l'influence de leur bonté, de leur loyauté et de leur tendresse.

Tandis qu'il s'occupait, le matin, avec Jean de Brabant, des sérieuses affaires du royaume, Marie et Adenez, rapprochant d'eux Louis de France et ses frères, les instruisaient en les distrayant. Isabelle d'Aragon, grave et austère, attirait peu les enfants, ceux-ci s'attachèrent à Marie avec une rapidité dont rien ne saurait donner l'idée. Sa jeunesse en fleur se rapprochait de leur enfance. Nulle, aussi bien qu'elle, ne savait les charmer par un récit attrayant, les intéresser par le chant d'une ballade. Presque chaque jour, pendant cet été de 1271, qu'elle passa près d'eux dans le sombre château de Vincennes, elle les conduisit sous le grand chêne dont le peuple connaissait le chemin. Bientôt les pauvres gens, les opprimés, les orphelins et les veuves apprirent que, sous l'ombre du vieil arbre, se tenait encore une cour de justice, et, peu à peu, ils revinrent exposer leurs besoins et plaider leurs causes.

Aucun garde, aucun juge ne leur interdisait l'entrée de cette salle de verdure. Un jeune homme, presque un enfant, avait le soin de maintenir un peu d'ordre au milieu de cette foule : c'était Amaury, fils d'Hugonne, qui, à force de supplications, était parvenu à obtenir que son père le plaçât près de Marguerite et de Marie. Il éprouvait pour cette dernière une admiration enthousiaste, et lui aidait, dans la mesure de ses forces, à remplir la mission qu'elle s'était donnée.

Après l'office matinal, Marie de Brabant, suivie de Blanche de Louvain et d'Amaury, son page, se dirigeait vers le chêne, vénéré déjà comme un autel. Assise sur les racines rugueuses, ayant autour d'elle Louis de France et ses frères, elle attendait ceux qui croyaient avoir à se plaindre d'une injustice ou qui sollicitaient une faveur. S'agissait-il d'une grande misère à soulager, les princes puisaient dans une aumônière et donnaient, avec quelques pièces d'or, le courage et le bonheur à un malheureux. Un dommage grave avait-il été causé par un homme puissant à un misérable serf, Marie prenait des notes sur ses tablettes et promettait le châtiment du coupable. Le feu venait-il de consumer une masure, on envoyait des maçons pour la rebâtir. Une mère en pleurs suppliait-elle que l'on fit dire des messes pour l'âme de l'enfant qu'elle avait perdu, Adenez les inscrivait, et le lendemain, un saint moine célébrait l'office divin pour le pauvre mort.

Vers l'heure du dîner, les Enfants de France revenaient souriants du bien accompli, rendus plus graves cependant par les maux dont ils avaient entendu le récit.

Après le repas, tous quatre s'approchaient de Philippe, et lui exposaient les demandes des pauvres gens, ou bien ils lui remettaient les suppliques rédigées par Adenez.

Durant deux mois, toujours sous le coup d'un deuil dont l'amertume s'adoucissait à peine, Philippe fit droit aux demandes de ses fils, sans s'inquiéter par quel canal leur arrivaient ces requêtes équitables, ces supplications éplorées. Mais, par une belle journée de septembre, le roi, qui se promenait avec ses enfants dans le jardin de Vincennes, questionna Louis de France, l'aîné, le préféré entre tous.

— Où donc trouves-tu, lui dit-il, tous les malheureux qui s'adressent à toi?

— Je ne les trouve pas, répondit Louis d'une voix grave, en levant sur son père de grands yeux bleus limpides, je les attends.

— Dans une salle du château?

— Non, sous le grand chêne de mon aïeul.

— Qui t'y conduit?

— La princesse Marie ; elle affirme qu'elle m'apprend mon métier de roi.

— C'est bien, répondit Philippe, oui, c'est bien.

Il embrassa le jeune prince et n'ajouta rien.

Le lendemain seulement, il se leva à une heure matinale, et suivi d'un page, le Roi sortit pour une promenade dans la forêt.

Tous deux sortirent du château et Philippe se dirigea vers ce chêne qu'il connaissait si bien.

Marie de Brabant et ses fils se trouvaient déjà sous l'arbre séculaire. Adenez se tenait auprès d'eux.

— N'approchons-nous pas, Sire? demanda le page à Philippe III.

— Non point, répondit le roi, Louis m'a répondu hier que Marie de Brabant lui enseignait son métier de roi, peut-être ai-je également besoin de l'apprendre.

Ce matin-là, un homme s'avança le premier vers Marie. Une large cicatrice coupait en deux sa face énergique, deux des doigts de sa main droite étaient abattus, et au sifflement de sa parole on pouvait juger qu'une blessure terrible avait atteint les poumons. Il portait le front haut et marchait sans courber sa taille. Quand il parla à Marie de Brabant, ce fut non point avec la servilité d'un mendiant, mais la dignité d'un soldat.

— Madame, lui dit-il, j'ai fait partie de la première croisade du saint roi. A Massoure, un Sarrazin m'a fendu la face d'un coup de cimeterre; et la pointe d'une lance m'est entrée dans la poitrine, sous les murs de Damiette, où j'ai tué, à moi seul, dix infidèles; un coup de sabre mutila cette main. Quand je revins en France, ma femme était morte de chagrin et mes enfants de misère. J'ai rudement travaillé, tant qu'il m'a été possible de labourer et de moissonner. Aujourd'hui mes forces sont à bout. Cependant il me répugne de mendier, obtenez pour moi du roi, notre sire, une place de gardien, soit au château, soit à Paris. Un soldat de Massoure ne doit pas manger le pain de l'aumône.

Philippe écrivit rapidement quelques lignes et cacha ses tablettes dans sa poitrine.

— Soyez certain, dit Marie, que je parlerai au roi. Ses grandes douleurs ne le rendent point égoïste, il fera pour vous ce qu'eût fait son noble père.

— Je te prendrai pour surveillant de mon jardin et de ma faisanderie, dit le jeune prince. C'est beau de voir de vieux soldats de Massoure. Je ne suis qu'un enfant, mais j'aime les braves.

Et Louis de France tendit au mutilé une petite main que celui-ci pressa sur ses lèvres.

Alors une pâle jeune fille, s'appuyant sur le bras d'un homme portant un costume de serf, dit d'une voix timide :

— Thibaud appartient au comte de Baunois, et j'habite sur les terres du baron de Nanteuil; nous nous chérissons depuis l'enfance, mais nous ne pouvons nous marier sans le consentement de nos seigneurs qui nous le refusent. Cela est bien dur, madame, et c'est la loi...

— Que puis-je pour vous? demanda Marie.

— Obtenir le consentement que nous souhaitons, et plus encore, nous faire acheter par un même maître, afin que les dissensions et les haines qui les divisent ne nous empêchent ni d'être heureux, ni d'élever nos enfants dans l'amour de Dieu et du travail.

Encore une fois, Philippe traça quelques lignes.

Ensuite, ce fut le tour d'une vieille femme, si cassée, si décrépite, qu'elle semblait ne pouvoir se tenir debout. Le bâton sur lequel elle s'appuyait tremblait dans sa main. Ses pieds étaient nus, et des haillons couvraient ses membres grêles.

— C'est une grande pitié, dit-elle d'une voix chevrotante, c'est une grande pitié de se voir traîner, à mon âge, devant des juges...

Je tremble trop pour qu'il me soit possible de travailler, la charité
des chrétiens me nourrit, et pour chauffer, durant l'hiver, mes
pauvres membres, je ramasse le bois mort et les branches cassées
par le vent... Peut-être est-ce défendu... Je ne savais pas... Je pre-
nais mon fétu de paille comme les fourmis... Mais des gardes du
roi sont arrivés et m'ont trouvée traînant mon fagot... Je ne pouvais nier, je n'y songeais même pas. On m'a condamnée à une rude
amende... Dérision, une amende à moi! Je couche dans les paillers
et dans les granges des braves gens... Alors on m'a dit : Si tu ne
paies, tu seras jetée au fond d'un cachot... Un cachot... J'ai toujours
vécu en pleine lumière, à la clarté du soleil, et je suis si près de la
tombe que j'ai peur de la nuit... Vous êtes jeune et belle, madame, vous semblez douce et bonne, obtenez ma grâce du roi
Philippe.

— Je la demanderai, répondit Marie.

— Et moi, dit Louis, moi quand je serai roi...

— Y songez-vous, Louis, cette parole...

— Dieu me garde longtemps mon bien-aimé père, Marie! mais
quand je serai le maître de la France, tous les pauvres pourront
ramasser le bois mort dans mon bois de Vincennes.

Encore une fois Philippe écrivit.

Un paysan s'approcha.

— J'avais un champ, dit-il, un champ dont le blé suffisait pour
nourrir toute la famille... Mon voisin en recula tant de fois la
borne, que maintenant je ne récolte pas même de quoi manger
pendant six mois. Les droits de la justice sont chers et l'homme
de la terre est pauvre.

Marie ôta de ses cheveux une magnifique perle :

— Venez ici, lui dit-elle, et achetez la terre du voisin injuste.

Après ce groupe vinrent des hommes irréconciliables, apportant
leur différend à juger : des jeunes filles souhaitant un conseil, des
chrétiens fervents sollicitant l'érection d'une chapelle pour honorer
une statue miraculeuse.

Des lèvres de Marie tombaient l'avis salutaire, la consolation. Les
Enfants de France vidaient leurs escarcelles. Des larmes mouil-
laient leurs yeux, tandis qu'ils s'entendaient bénir.

— Marie! dit Louis de France, oh! Marie, tu ne devrais jamais
nous quitter.

La princesse posa la main sur les lèvres de l'enfant.

— Mon mignon, lui dit-elle, ceci n'est point possible, mon frère aussi a des États à gouverner et des sujets à conduire, à rendre heureux ; je partirai de France en même temps que lui.

— Bientôt? demanda l'enfant qui devint pâle.

— Je suis déjà restée longtemps ! trop longtemps peut-être, murmura-t-elle.

Le Roi, en entendant cette parole, sentit son cœur battre à coups pressés.

Il s'éloigna, tandis que tous ceux qui venaient d'obtenir une audience de Marie la quittaient en la bénissant.

Un moment après, la princesse reprenait, avec les fils de Philippe, le chemin du château.

Alors Louis de France, s'emparant de la main de Marie, lui dit à voix basse :

— Ce n'est pas seulement à cause des pauvres gens que je voudrais ne point te voir nous abandonner, mais la vie était si triste quand tu n'étais pas là... Nous restions une partie du jour dans de grandes salles sombres, nul ne s'occupait de nous, quand nous n'avions point notre aïeule. Il semblait même qu'on avait peur de nous rapprocher de notre père... Tu ne sais pas cela, toi : il existe un homme qui me hait, moi et mes frères, qui hait notre aïeule, et qui a dû se réjouir de la mort de notre mère... C'est horrible, n'est-ce pas ! trouver un bonheur dans les larmes des orphelins. Mais La Brosse n'a pas de cœur. La Brosse voudrait rester tout seul avec le roi, et si cela arrivait jamais, nous serions les enfants les plus malheureux du royaume.

— Ainsi, tu ne l'aimes pas?

— Moi, je le hais ! il nous portera malheur.

— Le roi, qui est un homme sage, a confiance en lui.

— Les hypocrites inspirent parfois confiance. Depuis que tu es avec nous, Pierre reste chez lui, tandis qu'Amaury nous accompagne ; Amaury est un brave, un mignon chevalier. Entre toi et lui on pourrait être si heureux !

Louis garda un moment le silence, puis il reprit :

— Si tu pars, ne reviendras-tu jamais?

— Je ne sais, répondit Marie.

— As-tu donc oublié la prière de notre mère? Elle nous a, un jour, donnés à toi et tu as juré de nous aimer et de nous défendre.

— Je me souviens... fit Marie, mais je ne suis point maîtresse de ma destinée...

Elle baissa la tête, et entraîna plus rapidement les enfants vers le château.

Le soir, à l'heure où la famille se trouvait réunie, après le souper, dans une grande salle garnie d'armoires remplies de manuscrits précieux, le roi Philippe s'assit à une table, approcha de lui un flambeau d'argent, prit une plume, et demanda à Marie :

— Princesse, daignerez-vous, ce soir, me servir de chauffe-cire ?

— Volontiers, répondit-elle.

Le roi prit un certain nombre de feuilles de parchemin qu'il parcourut rapidement du regard.

— Le vieux Jacquet... un soldat qui s'est battu à Massoure, et qui, chargé de garder la tente de ma noble mère, tua de sa main plusieurs infidèles... Glorieux débris d'une grande armée... Une pension de cent agnels d'or et la place de gardien des jardins des Enfants de France...

— Ordre à Pierre La Brosse de racheter à leurs maîtres, le comte de Baunois et le baron de Nanteuil, un jeune serf appelé Thibaud et sa fiancée Marjolaine... Compter une dot de vingt écus d'or à la fiancée, et lui faire don d'une maison construite sur le domaine royal...

— Autorisation sera donnée, à partir de ce jour, à tous les pauvres gens, de ramasser du bois mort dans les forêts du roi, et remise est faite de toutes les peines encourues par ceux qui, avant ce décret, auraient exercé le droit de fouage dans les bois. Laquelle ordonnance a pour but d'honorer la pauvreté de Notre-Seigneur dans l'étable de Bethléem.

— Un champ, d'une contenance exigeant quatre journées de labour, sera acheté au nom de Pierretin, paysan, en échange de l'abandon qu'il a fait au roi de France d'une perle d'un prix inestimable.

Et prenant le bâton de cire de la main de Marie, le Roi scella les ordonnances.

— Il y a trahison, dit Marie d'une voix suppliante.

— Non, répondit le roi. Vous avez raison, madame, ce n'est pas seulement à mes fils que vous apprenez leur métier de roi ; vous m'avez montré qu'un souverain n'a pas le droit de se laisser envahir par la douleur, si grande, si légitime qu'elle soit. Je prierai, je pleurerai encore, mais je retournerai au bois de Vincennes, m'asseoir sous l'ombrage du chêne où le saint roi, mon père, rendait la justice. Oui, j'ai raison de le dire, la perle que j'ai rachetée à ce paysan est sans prix ; car ce n'est pas seulement un bijou que vous lui sacrifiez en faisant ce don, mais j'ai vu couler vos larmes,

larmes de pitié, larmes d'amour que recueillent les anges, et qui sont mille fois plus précieuses que cette perle elle-même.

Marie ne répondit plus rien, mais un moment après elle se leva, serra les Enfants de France dans ses bras avec une tendresse émue, puis, s'appuyant sur l'épaule de Blanche de Louvain, elle se retira.

Dans la galerie, elle rencontra son frère qui regagnait son appartement, elle le rejoignit et, marchant droit à lui, mettant les deux mains dans les siennes et le regardant bien en face avec sérénité, mais aussi avec l'expression d'une volonté ferme :

— Nous partirons demain, n'est-ce pas? lui demanda-t-elle.

— Oui, répondit Jean.

Ils n'ajoutèrent rien. Le duc de Brabant, questionné par sa femme Marguerite sur la cause de cette décision inattendue, prétexta le soin du gouvernement de son duché.

Quand au roi Philippe, cette nouvelle parut lui causer une souffrance violente. Il épancha ses regrets avec une sorte d'éloquence désespérée.

— Je sais, dit-il à Jean, oh! je sais trop combien le séjour de Vincennes doit paraître triste à la princesse Marie... Le bien qu'elle faisait ici pouvait seul l'engager à prolonger son séjour en France... Qu'elle se souvienne du moins que je lui aurai dû de soutenir avec plus de courage le fardeau de douleur dont je suis accablé.

Le roi s'entretint longtemps avec sa sœur Marguerite; quand il revint près du duc de Brabant, Marie essuyait les larmes dont les yeux des Enfants de France étaient remplis.

— Ainsi, c'est vrai, tu reviendras? demanda le prince Louis à Marie.

— Non, répondit-elle d'une voix faible.

L'enfant frappa du pied avec une sorte de violence.

— Oh! si j'étais à la place du roi mon père!

— Que ferais-tu? demanda Philippe.

— La princesse Marie ne quitterait jamais Vincennes, répondit Louis. Elle n'était pas seulement bonne pour moi, elle conjurait encore un mauvais esprit par sa présence, comme les anges chassent les démons.

— Que veux-tu dire? demanda le roi.

— Depuis que ma tante Marguerite, mon oncle Jean et la princesse Marie vivent avec nous, Pierre La Brosse vient moins souvent au château... Et Pierre La Brosse me hait autant que je le déteste.

— Mon fils! dit Philippe presque sévèrement, n'oubliez pas que j'ai confiance dans le dévouement de celui dont vous parlez.

— Qu'est-ce que cela prouve? fit Louis, dont le visage s'enflamma, les apôtres n'avaient-ils pas confiance en Judas, jusqu'à l'heure où celui-ci trahit son maître!

— Louis! Louis! dit Marie, que dites-vous, cher prince?

— Une vérité qui me brûle, depuis de longs mois, le cœur et les lèvres.

Le prince évita de regarder Philippe, se jeta dans les bras de la princesse Marie, et longtemps après que la litière des princesses et la troupe des cavaliers, accompagnant le duc, eurent disparu dans un nuage de poussière, les Enfants de France sanglotaient encore.

Pour les consoler, le roi les envoya chez leur aïeule. Quand ils en revinrent, un page leur apprit que Pierre La Brosse venait d'arriver au château.

Le baron de Luxeuil avait agi avec autant de finesse que de prudence. Comprenant que la présence d'une sœur et d'un frère, celle d'une jeune et belle princesse contrebalanceraient son influence ou la déjoueraient, il s'était promis d'abandonner Philippe aux jouissances de la famille et de l'amitié, certain de retrouver plus tard son maître aussi confiant, aussi généreux. Ses prévisions parurent devoir se réaliser. Attristé par le départ de Marguerite, de Marie et de Jean de Brabant, Philippe III sut gré à son favori de se présenter à l'heure précise où la situation allait lui paraître lourde.

L'entretien du baron de Luxeuil et de son maître roulait uniquement sur des hôtes regrettés. Dans la crainte que le roi le soupçonnât de jalousie, Pierre La Brosse amplifia les éloges que Philippe donnait au noble caractère de Jean et de sa sœur. Ce soir-là, il ne s'entretint nullement des affaires du royaume.

Il exprima seulement le regret que le château de Vincennes fût si loin de sa maison de Paris, et le roi décida que son chambellan, que chaque heure rapprochait de la situation de premier ministre, occuperait, le plus souvent, un appartement près de son maître.

Le cercle dans lequel La Brosse enfermait le roi se resserrait.

Ce fut pour accaparer davantage la volonté d'un monarque affaibli par la douleur et par les vestiges du mal qui faillit l'enlever à Tunis, que Pierre La Brosse se fit donner un appartement proche de celui du roi.

Cependant il ne tarda point à reconnaître qu'un changement s'était opéré dans l'humeur et dans les habitudes du monarque.

Son existence physique et les conditions de sa vie morale n'étaient plus les mêmes.

Il avait secoué la torpeur dans laquelle il se trouvait plongé au moment de l'arrivée inattendue des princesses.

Sans doute, il accueillait Pierre La Brosse avec bonté, il lui laissait le soin d'un grand nombre d'affaires, mais le ministre ne tarda point à s'apercevoir qu'il devait plutôt les préparer que les conclure. Le sceau ne quittait plus les mains royales, et Philippe écoutait, durant de longues heures, la lecture de documents fastidieux sans paraître pris d'ennui et de dégoût.

Il fit plus, il voulut parfois que Louis de France restât à ses côtés durant de longues heures. L'enfant, assis sur les genoux de son père et la tête appuyée sur son épaule, écoutait la voix un peu aigre de « Piérou » ; mais, loin de s'ennuyer de la longueur de semblables séances qui exigeaient du prince une continuelle tension d'esprit, Louis apportait une application au-dessus de son âge à tout ce que son père lui recommandait d'écouter, il le résumait ensuite d'une façon succincte et lucide, afin de prouver qu'il avait compris.

— C'est encore mon métier de roi que j'apprends, disait Louis entre deux baisers.

Pierre La Brosse était trop habile pour laisser comprendre, au souverain, qu'il devinait une partie de son secret.

Loin d'apporter la moindre entrave aux projets du monarque, et de s'efforcer de lui arracher le soin des affaires importantes, il l'en accabla, travaillant le jour et la nuit avec son royal maître. La santé de celui-ci ne tint pas contre un excès de fatigue succédant à un excès de douleur, et Philippe le Hardi, pris de terribles accès de fièvre, laissa, malgré lui, échapper de ses mains une partie du pouvoir qu'il avait tenté de conserver.

Lentement, avec une prudence mêlée d'habileté, le baron de Luxeuil reprit, à la fois, la direction des affaires politiques et celle de l'extérieur. Seulement, tandis qu'autrefois il mettait un orgueil visible à prouver son influence, on eût dit qu'il s'en défendait, en s'efforçant de rendre au roi une autorité si souvent usurpée.

Philippe ne s'aperçut pas que ses projets demeuraient à l'état de rêve, tant Pierre affecta devant lui d'humilité et d'abnégation.

A force de parler de son désintéressement, il en avait convaincu son royal maître, et lorsque celui-ci lui donna successivement les seigneuries de Langeais, Château-sur-Indre, de Danville, il crut n'avoir encore rien fait pour son ministre.

Il accapara le labeur et le pouvoir, sans se rendre compte qu'à la suite de ses deuils et d'une longue maladie, le roi pouvait, faute de se jeter dans l'action, se laisser glisser sur la pente du rêve.

Philippe commença à sentir autour de lui un vide que ne comblèrent ni l'amour maternel de Marguerite de Provence ni les caresses de ses enfants. Le château de Vincennes versa sur lui sa tristesse morne. Il y évoqua tour à tour l'ombre d'Isabelle la Vaillante, partageant avec lui mille dangers renaissants sur la côte africaine, puis l'image de cette jeune fille dont le souvenir avait le pouvoir d'éloigner de lui la désespérance : Marie de Brabant.

Ce nom revint bientôt sans cesse et sans fin à sa pensée ; il fut d'abord un charme, il devint ensuite une sorte d'obsession. Enfin, cédant un jour au besoin d'épancher ce qui se passait en lui, Philippe se confia à sa mère.

— Épousez Marie, lui dit-elle, je l'aimerai comme une fille.

Le soir même, le roi fit appeler Audouin.

Le jeune homme n'avait jamais cessé d'être l'objet de la bienveillance du roi depuis que celui-ci avait compris qu'il lui devait la consolation d'avoir vu arriver près de lui Marie, Jean et Marguerite. Plus d'une fois le jeune messager avait été honoré de missions de confiance, et il s'en était acquitté avec autant de zèle que d'intelligence.

Audouin, dit-il, retourne en Brabant, et remets cette cassette à la princesse Marie.

Le serviteur s'inclina. Quelques jours plus tard, un genou à terre, il présentait à Marie de Brabant le coffre où Philippe avait mis la couronne de France.

Elle se jeta aux pieds de la Reine. (*Voir page* 83.)

VII

AU CHATEAU DE VINCENNES

Paris et Vincennes sont en fête ; la France toute entière se réjouit de voir le roi secouer le poids des deuils dont il porta si longtemps le fardeau. Une jeune et belle reine qui, pour la cour, n'est déjà plus une inconnue, va rendre la vie à ces palais, où ne retentissaient plus ni le chant du trouvère ni les instruments de musique.

L'amour du peuple et celui des grands allait au-devant de Marie de Brabant. Sur la route qu'elle devait parcourir se dressaient des échafauds représentant, à l'aide de personnages symboliques, le respect, le culte que tous auraient pour elle. La foule s'étouffait le long des champs et dans les allées du bois ; on avait jonché de feuillages et de fleurs le chemin que devait suivre le cortège. Une masse d'hommes de tout âge, de toute condition, se pressait aux abords du palais. Quand des voix lointaines annoncèrent que l'on apercevait le cortège, la joie devint du délire, les mains agitèrent des chapeaux ou élevèrent des rameaux de verdure.

— La voilà ! dit un homme de haute taille, appartenant à la corporation des bouchers... Elle monte une haquenée blanche, et sourit doucement à ceux qui l'entourent. Oui, oui, longue vie à madame Marie !

— Elle reviendra écouter les doléances des pauvres gens sous le chêne de Louis IX, ajouta une femme.

— Sans compter, murmura un marchand drapier des halles, qu'une jeune reine pourrait bien être cause de la disgrâce de ce misérable La Brosse, qui est le premier des usuriers de Paris.

— Comment notre roi, Philippe, peut-il lui garder si grande amitié ?

— Notre sire, jusqu'à ce moment, a cru que Piérou lui rendait service en le débarrassant des affaires. Et le nouveau baron de Luxeuil en a profité pour commettre exaction sur exaction. Nul n'approche le roi depuis que sa faveur monte comme une marée. Piérou traite toutes les affaires. L'or qui devrait entrer dans les épargnes de l'État emplit les coffres de l'intrigant. Et ce n'est pas seulement le peuple qui se plaint, les seigneurs le haïssent encore plus que nous.

— Croyez-vous tout ce que l'on raconte de ce qui se passe dans sa famille, mon compère ? demanda un second marchand à celui qui venait de prendre la parole.

— J'en suis sûr : le père d'Hugonne était mon ami, et depuis qu'elle est mariée à ce misérable, Hugonne a versé toutes ses larmes. Elle étouffe au milieu du luxe qu'on lui impose, et tâche de rendre aux pauvres en charité ce que son mari dérobe par fraude et marchés injustes. Piérou domine ses fils cadets et ses filles, mais sa femme lui échappe, et Amaury ressemble à sa mère. Vive Dieu !

Vive Dieu! le plus beau cadeau de joyeux avènement que pourrait faire la jeune reine à son peuple, ce serait de lui permettre de trancher la tête de Piérou.

— Voyez donc comme le roi semble heureux! dit une jeune fille.

— Et les princes! quelle belle mine ils ont sur ces petits chevaux venus du midi, exprès pour l'entrée de la reine.

— Los! los! au roi Philippe et à la reine Marie!

En entendant ces exclamations, ces cris, en lisant sur les visages une allégresse franche, la sœur du duc Jean se sentait plus attendrie que fière.

— Qu'il est facile d'aimer la France et les Français! murmura-t-elle en s'adressant à Philippe.

Celui-ci paraissait revivre. Toute son âme brillait dans ses regards. Il saluait le peuple qui l'acclamait en le remerciant, pour ainsi dire, de l'accueil enthousiaste fait à la jeune princesse. Les Enfants de France semblaient avoir hâte de se séparer d'un cortège solennel et pompeux, pour se jeter dans les bras de celle qui allait devenir leur mère.

A peine les portes se furent-elles refermées sur le cortège royal que la nouvelle reine se vit entourée par les enfants de Philippe.

— Que je suis heureux! lui dit Louis de France. Je demandais chaque jour à mon père si tu ne reviendrais pas. D'abord il pleurait quand je lui adressais cette question, plus tard il finit par sourire.

Et c'étaient des baisers, des mots charmants, des caresses sans trêve. Et Marie, au milieu de la jeune famille qui se donnait si complètement, si naïvement, parut oublier que les petites mains froissaient sa royale parure, que les caresses dérangeaient sa coiffure, que la gravité d'un tel jour se trouvait peut-être compromise. Mais elle semblait si belle, si touchante, que le roi la regardait avec un mélange d'ivresse et de respect. Ce n'était pas seulement une jeune reine qui franchissait le seuil de son palais, c'était une compagne souriante, une mère tendre, une femme dont la haute intelligence le dominait presque, et, en même temps, une créature naïve, ayant le sourire près des larmes, comme les enfants qu'elle pressait dans ses bras.

Deux personnes l'observaient avec une sorte d'obstination : la reine douairière, Marguerite de Provence, se réjouissant de trouver en elle une fille respectueuse et tendre, et le premier ministre fixant sur la jeune femme un regard dont il dissimulait avec peine l'expression haineuse.

Le courtisan s'était cependant composé une figure de circonstance. Il souriait. Mais l'ironie contenue se cachait dans le rictus des lèvres, et les paupières avaient beau s'abaisser sur les prunelles, quiconque aurait, en ce moment, étudié la physionomie du premier ministre, se serait demandé quelle menace sourde et inexorable il cachait dans ce regard faux.

A deux pas du baron de Luxeuil se tenait Amaury. Sa main reposait sur la garde d'une épée, il contemplait la reine Marie avec une admiration qu'il n'essayait point de dissimuler. Les âmes pures n'ont pas besoin de voile. Lui aussi souriait, mais presque avec orgueil. N'avait-il point deviné, le jour où le roi surprit Marie sous le vieux chêne de Vincennes, qu'elle reviendrait en France le front orné d'une couronne royale?

Amaury fut un des premiers jeunes seigneurs qu'elle reconnut. Sur un signe de Marie de Brabant, Amaury s'avança.

— Je vous attache à la maison des princes, mes fils, lui dit-elle, et c'est entre mes mains que vous jurerez de vous dévouer à leurs personnes.

Amaury plia le genoux.

— Madame la reine, dit-il, pour votre service et pour le leur, je suis prêt à donner ma vie !

Et malgré lui, par une sorte d'étrange intuition, son regard alla de la reine souriante à la figure de son père, qui venait de s'assombrir.

— Mon roi, dit Marie en se tournant vers Philippe, et en s'asseyant près d'une table immense couverte d'un tapis à crépines d'or, je viens d'entendre les cris de joie et d'amour de la population française, il me tarde de lui rendre, de quelle manière que ce soit, le bonheur qu'elle témoigne en me voyant prendre place à vos côtés sur le plus beau trône du monde... Les reines de France doivent posséder de magnifiques prérogatives, permettez-moi de les exercer... Il est un droit que jamais je ne céderai à personne, le droit non point de faire grâce, car il vous appartient, mais celui de vous supplier de vous montrer miséricordieux... Philippe, mon roi, vous m'avez donné trop de diamants et de perles, ce sont des larmes à sécher qu'il me faut aujourd'hui...

— N'êtes-vous point fatiguée du voyage, de la longueur du cortège? Ne pouvez-vous remettre à demain?

— Remettre, quand il s'agit de consoler... Il doit y avoir ici des parchemins tout prêts à être chargés de condamnations à mort...

Parmi les malheureux que poursuit la justice criminelle, il existe des coupables sans doute, des fous certainement, des innocents peut-être...

— Que votre volonté soit faite, Marie, répondit Philippe.

— Quel bonheur! s'écria Louis de France, nous allons continuer à apprendre notre métier de roi.

— Pierre, dit Philippe, va chercher les actes de procédure que tu m'as apportés hier.

Le front du baron de Luxeuil s'empourpra. Il hésita une seconde, ses lèvres s'agitèrent, puis il s'inclina et il sortit.

Un moment après il revenait apportant, dans ses mains crispées, une grande quantité de parchemins.

— Oh! mon Dieu, s'écria Marie avec épouvante, il était temps que j'arrivasse.

Elle parcourut successivement divers cahiers du regard :

— Margonne Aubier, sorcière... le bûcher... Sorcière! une pauvre fille qui aura avoué des crimes imaginaires... Habub... braconnier... Le pain lui manquait, il a tiré sur le gibier du roi, c'est mal, sans doute... Fleur-de-Blé, Josolle... des égarées qu'on peut ramener au repentir... Mieux vaut leur parler du Bon-Pasteur que de les mettre au pilori, et de les fouetter en place publique... Gérard d'Aunoure, injures envers le baron de Luxeuil... prison perpétuelle...

Marie se tourna vers Pierre La Brosse :

— Je me montrerais moins sévère, dit-elle, s'il s'agissait de moi. Vous ignoriez sans doute ce châtiment excessif?

— Non, répondit le baron de Luxeuil d'une voix âpre, non, madame, je ne l'ignorais pas. Mais la confiance dont le roi m'honore me suscite assez d'envieux pour qu'il soit nécessaire d'arrêter les progrès de leur haine et le venin de leurs calomnies. Qui se montre indulgent finit par devenir victime de sa longanimité. C'est au nom de loyaux services rendus que je demande justice.

— Ne craignez-vous point, messire, que cette justice ressemble à une vengeance?

— Quoi! fit Pierre La Brosse avec une violence mal déguisée. Il sera permis d'affirmer, impunément, que j'abusais de la confiance du roi Louis IX, et que des sommes considérables ont été prélevées, par moi, sur les fonds destinés à l'armement de la dernière croisade!

— Qu'importe! répondit Marie avec un sourire, si votre conscience est pure, et si votre vie est assez modeste, votre fortune assez médiocre pour faire tomber dans le vide ces paroles malséantes.

Elle reprit l'amas de parchemins étalés devant elle, et continua :

— Seront pendus haut et court : Mathieu l'Angevin et Antoine Pidas, pour avoir mal traité l'envoyé de monseigneur le baron de Luxeuil, qui réclamait la dîme au nom de son maître... Seront jetés pour toute la vie dans un cul de basse fosse, Renard et Louvetier, pour avoir chanté un couplet insultant contre monseigneur le baron de Luxeuil... Ivouet et Bertaud seront conduits au gibet de Montfaucon... Gilles Paillau, écartelé... Douze misérables, convaincus d'avoir fabriqué de la fausse monnaie, seront bouillis en place de Grève.

Les sinistres parchemins tombèrent des mains de la jeune reine :

— Philippe, mon roi, dit-elle, je ne m'appelle pas Justice, je me nomme Clémence... Ces hommes, ces femmes sont coupables à des degrés différents, et la loi qui châtie est indispensable. Les crimes de quelques-uns sont grands, si le châtiment est terrible... Mais pour un jour, pour une heure, égalez presque ma puissance à celle de Dieu... Il créa, je sauve... Oh! cher Philippe! ne permettez pas qu'aux acclamations qui viennent de saluer Marie de Brabant, se mêlent les cris de douleur des suppliciés... Ceux-là prieront pour vous, pour elle, pour les Enfants de France... Ce soir, la bonne nouvelle leur sera donnée, et demain la reine Marie, allant de prison en prison, fera remise de leur peine à tous ceux qui ne commirent que de minces délits, et portera vos lettres de grâces aux plus coupables.

Marie, en adressant cette demande au roi, avait les yeux remplis de larmes, et cependant un sourire errait sur ses lèvres. Elle espérait, elle croyait que le roi se rendrait à sa prière. Celui-ci ne se hâtait point de répondre, non qu'il hésitât à accorder à la nouvelle reine les faveurs sollicitées, mais parce qu'il prolongeait la joie qu'il trouvait à la contempler rayonnante de beauté, et rendue plus sainte par la miséricorde.

Pierre La Brosse, lui aussi, attachait sur Marie de Brabant un regard fixe et scrutateur. Les lèvres serrées, l'œil mi-clos, afin de garder plus sûrement le secret de sa pensée, il attendait la décision de Philippe avec une nerveuse impatience.

Le roi prit la main de la jeune femme, la porta à ses lèvres, puis il lui dit d'une voix émue, d'une voix partant du cœur pour aller au cœur :

— Mettez là : *Nous, la reine* MARIE...

La princesse obéit et Philippe ajouta son nom à celui de la jeune femme.

— Que je vous aime! lui dit-elle, toute tremblante d'émotion.

Louis de France se jeta dans ses bras et la couvrit de baisers.

— Les Français t'adorent, lui dit-il, j'irai avec toi dans les prisons demain... Je serai si heureux de consoler les pauvres gens... Et si content, ajouta-t-il avec malice, de voir la colère de Piérou.

— Louis, voilà un mauvais sentiment, dit la reine.

— C'est que, dit le jeune prince, je sens qu'il me hait, et je ne veux rien devoir à personne.

Rendue joyeuse par le bien qu'elle venait de faire, Marie, lasse des représentations, des pompes et des fêtes, demanda à être délivrée, pour ce jour-là, de bals, de festins et de concerts. Elle éprouvait une sorte de hâte à visiter le château de Vincennes, où elle devait vivre ; et quittant les princes, les pairs et les dames de la cour, elle prit, avec Philippe et les enfants, le chemin des jardins.

Ils se trouvaient dans un état de délaissement presque sauvage.

En revenant de Tunis, Philippe avait défendu qu'on semât des fleurs dans le jardin ; il le voulait assez lugubre pour y promener sa tristesse et y répandre des larmes. Et les jardiniers n'avaient pas même émondé les branche folles et gourmandes.

Vincennes avait déjà subi des destinations et des changements divers.

Connu depuis 847, par un titre de l'abbaye de Saint-Maur-des-Fossés, qui le désigne sous le nom de *Vilcenna*, il faisait partie de la terre et de la paroisse de Fontenay. Une bulle de Benoît III, donnée l'an 980, mentionne ce lieu sous le même nom, et on le retrouve encore, en 1037, dans un acte signé du roi, Henri 1er. En 1075, Philippe 1er fit don, à l'abbaye de Saint-Magloire, de charges de fagots et de bûches, aussi fortes que pourraient les porter deux ânes. Plus tard le nom de Vilcenna s'altéra et devint *Vicenne*, puis *Vincennes*. Mais, si l'ancienneté du lieu est contestée, il est impossible de fixer la date de la construction du premier château de Vincennes. Il est certain que Louis VII y fonda, en 1164, un monastère donné à des religieux du Grand-Mont, qui furent remplacés par des Minimes ; puis, que Philippe-Auguste, en 1183, fit entourer de murailles une portion de la forêt, afin d'y enfermer beaucoup de daims, de cerfs et de chevreuils. Instruit de ce projet, Henri, roi d'Angleterre qui tenait, en ce moment, à conserver l'amitié du roi de France, fit prendre, dans ses duchés de Normandie et d'Aquitaine, un grand nombre de bêtes fauves qu'il envoya au monarque, en leur faisant remonter la Seine en bateau. Louis IX y séjourna souvent ; il se plaisait à y remplir les devoirs de tous les seigneurs hauts-justiciers. Ce fut à Vincennes que,

lors de son retour de Sens, en 1239, Louis IX fit mettre en dépôt
la *Couronne d'Épines* ; il la porta plus tard à Notre-Dame-de-Paris,
et se rendit en grande pompe, accompagné de ses frères, de Vincennes à la Basilique, marchant pieds nus, par respect pour l'au-
guste relique qu'il portait.

En 1274, Philippe le Hardi agrandit l'enclos de Vincennes, ordonna
de bâtir une nouvelle clôture du côté de Saint-Mandé, et acheta différentes terres qui devaient alimenter les viviers du château. Mais, en
même temps, il défendit que l'on donnât un aspect joyeux aux jardins
où Louis IX et Marguerite de Provence s'étaient promenés dans
leur jeunesse, et où le roi montrait, à la nouvelle reine, une bague sur
laquelle il avait fait graver une croix, une marguerite et une fleur de
lys. « Hors cet annel n'ai point d'amour ! » lui disait-il alors. Et cela
était vrai : Dieu, la France et Marguerite furent les trois grandes
tendresses de Louis IX.

Marie de Brabant se sentait attendrie par les souvenirs qu'avait
laissés, à Vincennes, celui qu'elle avait vu et admiré à Compiègne
durant les fêtes du mariage de Jean. Mais, en même temps, elle comprenait que, pour rendre à Philippe l'énergie de volonté qu'il avait
pu perdre, sous l'influence de tant de deuil, elle devait changer autour d'elle l'aspect de toutes choses.

— Philippe, lui dit-elle, dans le Brabant où le soleil n'a peut-être
pas tout l'éclat du soleil de France, nous cultivons les fleurs, non
pas seulement avec goût, mais avec passion. Nos parterres de tulipes
ressemblent à des tapis éclatants. Au lieu de nous borner à laisser
croître, au hasard, ces arbrisseaux à demi sauvages, nous transplan-
tons des massifs d'arbustes couverts de calices magnifiques ou de
grappes odorantes. Il me semble que la vue des merveilles de Dieu
est nécessaire à mon existence. Certes, je serai bien heureuse dans
ce pays, heureuse de votre tendresse, et de ce naïf amour des enfants qui vient spontanément à moi ; mais il me semble qu'il me manquerait quelque chose si je ne voyais plus de fleurs. Me permettez-
vous de bouleverser ces jardins, cher sire, et de donner à ces parterres l'aspect qu'avait celui du palais de Bruxelles ?

— N'êtes-vous point ici souveraine maîtresse, Marie ?

— Voyez-vous, mon Philippe, ma jeunesse fut triste, et je ne par-
vins à la remplir que par l'étude. Vous m'avez permis de garder
Adenez, qui fut le favori de mon père, et auquel je dois tout ce que
j'appris ; Adenez écrira en belle langue rimée les faits de votre règne ;
si vous ne les connaissez, nous lirons ensemble ses poèmes : *Cléo-*

madès, *Beuvon de Commarclis, Aimery de Narbonne*. Il fut la
gloire du Brabant, il deviendra celle de ma nouvelle patrie. Je l'ai
chargé de mettre avec soin, dans mes bagages, tout ce qui me servait
jadis à manipuler des remèdes pour les souffrants. Je vous parlais
tout à l'heure de fleurs et de plantes, ne croyez pas que je les aime
seulement pour leur beauté. Je connais la puissance de leurs sucs,
les qualités de leurs dictames ; je sais préparer des breuvages capa-
bles d'endormir la douleur et de guérir les blessures... Me permettez-
vous, cher sire, de continuer à extraire des herbes et des fleurs des
remèdes simples et pourtant précieux ?

— Marie, Vincennes est à vous, la France est votre royaume, et
ce pauvre Philippe, que vous avez trouvé le cœur brisé, sent qu'une
vie nouvelle pénètre en lui. Vous serez ici la bonté, la grâce, la
lumière. Je vivrai pour vous, par vous...

— Et nous gouvernerons tout seuls ?

— Oui, tout seuls, Marie.

— Qu'est-il besoin de ministres, quand les deux époux tiennent à
régler toute chose suivant la justice et pour le bien de leurs sujets...
Je ne retournerai plus seule sous le grand chêne de Vincennes. Les
pauvres gens nous parleront sans crainte et sans honte... Nous
deviendrons forts, non pas seulement du nombre de nos soldats, mais
de l'amour de notre peuple... Tenez, Philippe ! à la pensée de répandre le bien autour de moi, d'être adorée de la France, je sens dans
mon cœur une telle plénitude de joie, que j'ai peur de le voir éclater.

Philippe serra sa jeune femme sur son cœur.

Quand Marie rentra dans ses appartements, Blanche de Louvain,
qui l'attendait, lui demanda :

— Ma reine est-elle contente ?

— Oh ! Blanche ! ton amie est bien heureuse.

— Qui ne vous aimerait pas !

— Qu'as-tu fait de cette longue soirée, ma fille ?

— Je l'ai passée, entre notre vieux maître Adenez et notre nouveau
page, Amaury de Luxeuil. Il est si enthousiaste, si sincère dans son
admiration pour vous, qu'il s'efforce d'oublier qu'il est le fils de Pierre
La Brosse.

— Pierre La Brosse, murmura Marie, mon frère ne l'aimait pas...
Il m'a conseillée de m'en défier, et, aujourd'hui, en sollicitant du roi la
grâce de tous les coupables dont il avait à signer la condamnation,
j'ai trouvé moyen d'irriter cet homme, en lui retirant la joie d'une
vengeance... Ne parlons plus de lui, Blanche, et puisque Amaury

nous semble dévoué, laissons-le veiller; les jeunes princes semblent l'aimer beaucoup.

Tandis que Blanche enlevait les diamants de Marie, celle-ci apprit à son amie quelle transformation allait subir le jardin de Vincennes.

— Demain, dit-elle, expédie un courrier à mon frère, afin qu'il m'envoie ici les plantes les plus rares et les plus magnifiques. Je veux faire de Vincennes un véritable paradis. On dira, dans une année, que la baguette d'une fée l'a touché. Il me faut des fleurs partout, Blanche ; des fleurs en bordures, en plates-bandes, des fleurs largement épanouies dans les bosquets, des grappes enlacées dans les fourrés d'arbustes. Le roi consent à tout ce que je lui demande. Est-ce qu'il ne se serait point senti mourir au milieu des tristesses qu'il accumulait autour de lui? Et ses enfants ! Pouvaient-ils vivre étouffés par les hautes murailles de ce château et ce vaste bois sombre? Non ! non ! de la lumière, de l'air, des fleurs et des parfums ; des oiseaux sur les branches, au milieu des bosquets, et dans les salons, le soir, les chants du roi des Ménestrels, car Philippe me laisse Adenez, et m'autorise à continuer avec lui mes études de chimie. Nous ferons des savants des Enfants de France.

— Dieu soit béni de vous faire si heureuse !

En effet, tout semblait sourire à cette jeune femme, belle, douce, docte et aumônière qui avait pour unique ambition de recueillir l'héritage de cette Blanche de Castille, que l'on surnomma « l'amour des pauvres, » titre plus glorieux que celui de reine et qu'elle emporta au ciel pour l'entendre répéter par les anges.

Marie, sans épuiser le trésor par ses bienfaits, répandait des secours avec une générosité touchante. Sa parure y perdait peut-être ; mais si grand était le rayonnement de son visage qu'on ne songeait jamais à se demander ce que valaient les pierreries de son bandeau.

Tout changea de face à Vincennes. Quelques mois suffirent pour y transporter des fleurs, jusqu'alors inconnues en France, et dans ces jardins si tristes jadis, on vit s'épanouir les calices des lauriers-roses et des centaines de fleurs rares, dont les formes nouvelles, les couleurs éclatantes, les parfums pénétrants surprirent et charmèrent à la fois. Les plantes médicinales ne furent point oubliées. On leur réserva une portion du jardin, complètement séparée des parterres. Marie fit seule la récolte des bourgeons, des pétales, des feuilles et des racines utiles. Dans une chambre haute du château, Adenez installa le laboratoire, et il n'était pas rare, durant certains soirs d'hi-

ver, tandis que le roi travaillait seul, de voir une colonne de fumée
monter droite et blanche vers le ciel.

— La jeune reine prépare des baumes pour les souffrants, mur-
muraient les pauvres, les gens simples.

La magicienne compose les philtres qui lui servent à garder la
tendresse du roi ! répétait Pierre La Brosse.

Pendant les premiers mois du séjour de Marie à Vincennes, le
baron s'effaça d'une façon presque absolue ; il affecta de se démettre
de tous les pouvoirs que Philippe lui avait successivement confiés.
Il parut comprendre que les chagrins et l'état de souffrance du monarque avaient seuls motivé l'abandon d'une partie de son pouvoir.
Trop fier pour s'exposer à une disgrâce, il affecta un vif désir de repos,
quitta le château, s'occupa davantage de ses affaires personnelles et
laissa régner ensemble Marie et Philippe. Ce ne fut pas seulement
le roi qui respira comme si on le délivrait d'un fardeau, les grands
de la cour applaudirent à ce changement, le peuple l'apprit avec joie.
On eût dit que la France se trouvait subitement délivrée d'un mauvais génie. L'amour, que l'on portait au roi, grandit à mesure que
diminua l'influence de La Brosse.

Mais si le père se montra moins à Vincennes, Amaury, en revanche,
ne quittait jamais la reine et Blanche de Louvain. Il les accompagnait à la promenade, les suivait à la chapelle, surveillait les jardiniers chargés de lui préparer des fleurs. Il se trouvait toujours là
pour tendre à la reine son missel, ou présenter sa viole à Blanche de
Louvain. Celle-ci, qui d'abord avait accepté Amaury pour page,
s'effrayait parfois de son empressement. Sans doute le jeune homme
était accompli, mais le caractère de Pierre La Brosse, son père, lui
inspirait une répulsion telle que jamais l'idée d'une union avec
Amaury n'aurait pu traverser l'esprit de la jeune fille.

Et cependant, elle n'en pouvait douter, le fils de Pierre l'aimait de
toute la force d'un cœur naïf qui jamais ne put dissimuler ni mentir.

Quand elle le comprit, Blanche, si elle n'avait écouté que son
instinct, aurait éloigné le jeune page ; mais de ce que le baron de
Luxeuil se cachait un peu dans l'ombre, elle n'en pouvait conclure
qu'il avait cessé d'être à craindre, et la présence d'Amaury pouvait
servir de contre-poids aux rancunes du père.

Puis lentement, sans comprendre quel travail mystérieux s'ac-
complissait au fond de son âme, la sympathie qu'Amaury éprouvait
pour elle, Blanche la partagea. Effrayée, elle se jeta aux pieds de

la reine et lui confia les troubles de son cœur. Mais celle-ci fut loin d'y voir un danger.

— Sans doute, lui dit-elle, Pierre La Brosse m'est hostile, son ambition le rendra toujours l'ennemi de celui qui prendra une part de la confiance du roi, mais Amaury est pur de toute fraude, de toute ambition. Quel effroi te cause cette tendresse secrète qui jamais ne s'est trahie? Je ne sais pourquoi, mais il me semble que j'y trouverai un secours au lieu d'un péril. Laisse Amaury dans notre cour intime, à côté d'Adenez et des Enfants de France. Nous n'avons pas le droit de nous montrer ingrates à l'égard de ce jeune homme, car nous ignorons si son père ne l'a pas fait souffrir à cause de l'affection qu'il nous porte.

— Vous l'exigez, ma reine? demanda la jeune fille.

— Blanche, répondit Marie, souvent le bonheur complet dont je jouis m'épouvante. On n'a pas le droit, en ce monde, de posséder une félicité si parfaite. Est-il un vœu que je puisse former sans le voir exaucer tout de suite? Une seule joie me manquait. Entourée des enfants de Philippe et d'Isabelle d'Aragon, je me demandais si j'ignorerais les devoirs et les bonheurs de la maternité, eh bien! je n'adresse plus au ciel que des actions de grâces... Dans quelques mois, moi aussi, je bercerai un fils dans mes bras, et Philippe sentira, s'il se peut, grandir encore sa tendresse. Un enfant! j'aurai un enfant à moi.

— En effet, dit Blanche, vous n'aurez plus rien à souhaiter.

— Rien que la continuation d'une félicité qui dépasse presque les forces de mon cœur.

Blanche n'éloigna pas Amaury, et, encouragée par les conseils de la reine, elle cessa de lutter contre l'innocent penchant qui l'entraînait vers le jeune page.

La Reine vint au devant du monarque. (*Voir page 88.*)

VIII

LE POÈME DE LA REINE BERTHE

La reine ne quittait plus le berceau de son enfant; absorbée dans
des joies maternelles, affaiblie par la souffrance, elle perdait le sou-

venir des affaires du royaume auxquelles, depuis son mariage, elle prenait une part active, et des fêtes auxquelles elle assistait autrefois avec un plaisir naïf. Sa viole restait suspendue dans son retrait, et nulle harmonie ne lui semblait aussi douce que celle de la voix, incertaine encore, de son fils. La souveraine s'effaçait devant la mère. Philippe approuvait la réclusion de Marie et, après avoir rempli ses devoirs de monarque, il la rejoignait près du berceau de Louis d'Évreux.

S'il était un homme qui, plus que tout autre, s'était réjoui de voir s'augmenter la famille royale d'un nouveau rejeton, c'était Pierre La Brosse.

Doué d'une patience à toute épreuve, le ministre avait compté que la maternité ferait tomber des mains de Marie le sceptre dont elle s'était emparée.

Connaissant admirablement le caractère de Philippe, Pierre La Brosse se trouva dans le cabinet de travail de son maître à l'heure précise où celui-ci s'effrayait du nombre d'affaires qu'il devait étudier, et de la quantité de parchemins soumis à sa signature.

Il n'était pas sans remords à l'égard du baron de Luxeuil, et il s'accusait d'ingratitude. Depuis longtemps, cet homme qui avait travaillé, besogné tour à tour avec Louis IX et Philippe, se trouvait presque oublié. Aussi, ce ne fut point sans une sorte d'embarras que le monarque accueillit le favori auquel il semblait avoir retiré la meilleure part de sa confiance.

La Brosse fut assez habile pour ne point paraître comprendre ce qui se passait dans l'esprit du souverain. Il reçut ses ordres avec un empressement mêlé d'une sorte de timidité, et il affecta de demeurer peu de temps dans le cabinet du roi.

Celui-ci prit pour une fierté, justement blessée, ce qui n'était que le résultat d'une politique habile, et, le lendemain, quand le baron de Luxeuil lui rapporta terminé un travail qui lui avait coûté une nuit de veille, Philippe témoigna à Pierre tant d'amitié que celui-ci prolongea son entretien sur les affaires publiques.

— Prenez garde, sire! prenez garde! fit le baron en parcourant avec intérêt une liasse de parchemins. Le chiffre des aumônes et celui des dons faits aux abbayes peut entraîner loin, et rentre dans la question des finances. Vous devez le savoir, votre trésor royal s'est considérablement appauvri. Les dernières expéditions de Louis IX ont ruiné la France, et vous n'avez pas voulu que votre avènement au trône fût marqué par des taxes nouvelles. Il devient indispensable d'établir des réformes, et de multiplier les économies. Mon plan, soigneusement élaboré et patiemment suivi, aurait suffi pour ramener, en peu de temps, l'or et l'argent dans votre trésor, et faire prospérer le commerce dans le royaume.

— Pourquoi ne pas me l'avoir soumis?

— La reine ne l'eût point approuvé.

— Ses avis peuvent être bons, et je me plais à les accueillir; mais, tu l'as dit, les relations de la politique extérieure, les combinaisons de finances sont peu du fait des femmes, et il fallait tout le génie de ma mère Blanche de Castille pour mener à bien les ambassades, les cessions de duchés, et compétitions des provenances de grands fiefs. La reine n'est du reste nullement ambitieuse, et se tiendra pour satisfaite si je ne diminue pas le chiffre des libéralités qu'elle peut répandre; d'ailleurs, désormais, elle aura moins de temps à consacrer aux affaires.

— C'est vrai, dit La Brosse, qui parut réfléchir. Et Dieu veuille lui épargner les peines, les soucis, les angoisses qui surviennent parfois même dans les familles les plus hautes, quand naissent les enfants d'un second lit.

— Ah! s'écria le roi, je n'ai rien de semblable à craindre. La reine chérit mes enfants avec une tendresse si grande, qu'Isabelle elle-même ne les eût pas mieux aimés.

— Remerciez-en Dieu, sire! Un diadème se change souvent en couronne d'épines et fait cruellement saigner le front qui le porte! Cependant, que ne font pas pour conquérir cette couronne ceux à qui l'ambition mord le cœur? Il faut fermer l'histoire et refuser de feuilleter nos annales, pour nier que les secondes épouses des rois ont toujours rêvé des royaumes pour leurs fils.

— Vive Dieu! s'écria Philippe, ma bien-aimée Marie verra s'accomplir ce souhait comme tous ceux qu'elle pourra former. Louis d'Évreux, mon dernier-né, ne sera ni sans terre ni sans apanage! Et fallût-il, à la pointe de mon épée, lui gagner un royaume en Orient, j'entreprendrais volontiers une nouvelle croisade. Dans ma famille, Pierre, les premiers ne seront point les derniers.

— Sire, répondit le baron de Luxeuil, hâtez-vous de répéter ces paroles à madame la reine; je suis certain qu'elle a déjà pleuré sur le berceau du prince Louis d'Évreux, à la pensée qu'il serait moins puissant que ses frères.

— Tu ne la connais pas, La Brosse! Tout à l'heure tu te plaignais qu'elle eût mal compris tes intentions en pensant, dans son cœur, que tu avais l'ambition de rester le premier dans les conseils de ton roi ; à ton tour je te reprocherai, avec une peine et une amertume ayant leur source dans ma tendresse pour elle et dans mon amitié pour toi, de ne point deviner la grandeur d'une âme dont la pureté, la générosité ne peuvent être connues que de Dieu et de moi.

— Eh bien ! mon maître, reprit le baron de Luxeuil, dissipez nos préventions mutuelles, rapprochez de la reine, à qui vous devez un intime bonheur, le ministre qui voudrait mourir pour votre service. Quand deux êtres se dévouent à une même cause, tout leur commande de s'unir afin d'atteindre leur but. Je me ferai si humble, si petit aux genoux de madame la reine, qu'en me pardonnant la rapidité de mon élévation passée, elle se trouvera complètement rassurée sur l'avenir ; je ne lui envie rien que le droit de me dévouer comme elle ; je ne lui demande rien que la permission de vous servir tous deux.

En ce moment Amaury entra.

Il venait prier le roi de se rendre dans l'appartement de Marie.

— Je veux que tout nuage se dissipe aujourd'hui même, dit le roi ; il y va de la prospérité du royaume, de la grandeur de mon règne et du bonheur de ma vie. Viens, Piéron, mon féal, je ferai à l'instant même la paix avec toi et ma jeune et belle reine.

Amaury tressaillit. Il étudiait son père depuis quelques semaines, et s'effrayait de la rapidité avec laquelle il avait repris sur Philippe son ancien empire. Le respect qu'il devait à Pierre La Brosse ne pouvait lui ôter la clairvoyance. Les révélations de sa mère l'avaient mis à même de pénétrer le caractère du baron de Luxeuil, au lieu de se borner à en observer la surface, et ce fut avec une terreur instinctive qu'il pensa qu'un rapprochement allait avoir lieu entre la reine et le ministre.

— Pauvre jeune reine ! murmura-t-il. Il ajouta : Je serai là, je veillerai...

Philippe, s'appuyant sur Pierre La Brosse, gagna les appartements de Marie.

A sa vue, la Reine se leva et vint au devant du monarque et le conduisit au milieu de ses enfants, et auprès du berceau où reposait Louis d'Évreux sous la garde de Blanche de Louvain.

Philippe avança lentement.

— Je viens chez vous non point parce que vous me demandez, mais pour vous présenter l'humble requête de mon ami et féal Pierre La Brosse. Il déplore que vous méconnaissiez ses intentions, il

vient vous supplier de le prendre en meilleur gré, il met à vos pieds
son dévouement et sa vie.

— Messire, dit Marie de Brabant, en regardant le baron de Luxeuil,
Dieu, qui lit dans nos pensées les plus secrètes, sait que je ne souhaite que du bien à vous et aux vôtres. Je ne vous ai jamais haï,
sachant que vous avez, tour à tour, servi le saint roi Louis IX et
mon noble époux, Philippe. Sans avoir eu de haine, craignant plutôt que vous comprissiez mal mes désirs et mon vouloir, j'accepte
non pas la paix, car qui n'a pas déclaré la guerre n'a point de paix à
signer, mais l'alliance que vous me proposez. N'ayons tous deux
qu'une devise unique : Tout pour Dieu, la France et le Roi.

— Tout pour la France et le roi Philippe ! répondit La Brosse.

— Vous avez oublié Dieu, messire, Dieu qui, lui, n'oublie pas.

Le baron de Luxeuil mit un genoux en terre, et porta à ses lèvres
la main de la reine.

Le visage du roi rayonnait, celui de Marie conservait sa sérénité ;
mais un nuage passa sur le front de Blanche de Louvain, et son regard chercha celui d'Amaury.

Les yeux d'Amaury se baissèrent.

A partir de ce moment, Pierre La Brosse multiplia tous les
moyens afin de persuader à la reine qu'elle n'avait pas de plus fidèle
sujet que lui.

Loin d'attendre qu'elle songeât à reprendre une part dans les affaires du gouvernement, il prévenait ses souhaits, en lui faisant
remettre les placets, les demandes de grâces. Marie recevait les
doctes moines dont Louis IX avait été le protecteur. Elle dotait les
monastères, enrichissait leurs bibliothèques de manuscrits précieux,
fondait des collèges de chanoines.

Un jour, en souvenir du Brabant, allant visiter le béguinage,
fondé par Louis IX, elle s'arrêta surprise et presque alarmée, en
rencontrant au milieu d'elles la jeune et souriante béguine qui lui
avait donné des soins au moment où on l'emporta de la cellule de
la Voyante.

Depuis la soirée pendant laquelle la prophétesse de Nivelles lui
avait fait des prédictions sinistres, Marie, entraînée par la rapidité
des événements qui s'étaient succédé, n'avait plus songé à la curiosité qu'elle avait eue de soulever, pour Jean d'abord, pour elle ensuite, le voile de l'avenir. Les voyages qu'elle fit à Paris entraînèrent
son cœur et sa pensée dans un cercle d'idées bien différentes. Le
bonheur dont jouissait son frère commença par chasser le souvenir

de sa visite à Nivelles. Ce fut seulement en se retrouvant en face de la jeune béguine qu'elle se rappela les sombres tableaux évoqués par la Voyante. Elle était entrée souriante dans cette sainte maison, elle en sortit oppressée, en répétant à la jeune religieuse :

— Priez pour moi! priez pour moi!

— Je demanderai au Seigneur qu'il vous garde en joie, madame la reine!

Il ne fallut rien moins à Marie que les caresses de Louis d'Évreux, les baisers des Enfants de France, et la vue du roi pour ramener en elle la sérénité. Le soir, sa prière fut plus longue, plus fervente que d'habitude, elle éprouvait le besoin de se jeter dans les bras de Dieu, comme si elle devait redouter un péril.

Le lendemain, le beau soleil qui se leva sur Vincennes acheva de dissiper sa tristesse. Il y avait grande réception au château, non point qu'on y donnât des fêtes bruyantes, mais Philippe aimait, comme Louis IX, à s'entourer de gens doctes et pieux. Les savants français, les moines éloquents, les étrangers qu'attirait en France la renommée de ses Écoles de rhétorique et de scolastique, venaient à Vincennes et y étaient reçus avec honneur. Marie de Brabant, que l'on savait amie des lettres, Adenez dont la réputation de poète s'étendait à toute l'Europe, et dont on se disputait les poèmes à prix d'or, ne contribuaient pas peu à l'éclat de ces fêtes paisibles, sortes de tournois pacifiques, où l'on parlait tour à tour, avec éloquence, de la cause de Dieu, des hauts faits de la chevalerie, de l'empire des femmes sur une société civilisée, et du grand honneur dans lequel on doit tenir les gens doctes. Brunetto Latini, Albert, que l'on surnommait déjà le Grand, Thomas d'Aquin, dont il avait prédit la grandeur; des historiens et des poètes, des trouvères, des peintres de missels que se disputaient les rois se dispersèrent dans les jardins, après le repas de midi. Marie marchait suivie de Blanche et de quelques-unes de ses femmes. Amaury et les Enfants de France allaient de Philippe, qui devisait avec ses hôtes, à la reine Marie.

Le jardin de Vincennes excitait une admiration générale. On n'était point encore accoutumé, en France, à ce luxe de corolles, à ces parfums délicieux, à l'art charmant qui avait présidé à l'arrangement des parterres.

Le roi souriait; les éloges, donnés à l'œuvre de Marie, lui causaient un sensible plaisir. Il se souvenait de la tristesse de ces bois dans lesquels il se promenait jadis quand il sentait son âme opprimée par une douleur qu'il croyait inguérissable, et il comparait ces jardins riants, et son âme renouvelée, aux tristesses du passé.

— Madame la reine est véritable magicienne! dit Pierre La Brosse en s'adressant à Brunetto Latini.

— Elle me semble plus près d'être une sainte, dit le moine de Souabe en s'adressant à Brunetto Latini.

Celui-ci poursuivit sans paraître entendre Albert.

— On dirait qu'elle tient à ses ordres un esprit familier, changeant à son gré les idées des hommes et l'aspect des choses... Prince! fit soudainement Pierre en saisissant le bras de Louis de France, au moment où celui-ci allait cueillir une branche de laurier rose, prince, prenez garde! Le suc de cette fleur est mortel... Il n'y a que des poisons ici...

— Des poisons? demanda le roi.

— Demandez à ce savant moine, sire... Une goutte du suc de telle de ces plantes versée sur les lèvres suffirait pour foudroyer un homme... Qu'un breuvage composé avec les feuilles de cette autre soit pris par hasard, et le sang se fige dans les veines, l'engourdissement saisit d'abord les pieds, gagne le corps puis arrive au cœur dont il suspend les battements...

— Cela est vrai, répondit Albert; mais nous nous trouvons en ce moment dans une partie réservée du jardin où, d'ordinaire, Madame la reine et Adenez entrent seuls.

— Des fleurs si belles! dit le roi, quel dommage!

— Mais sire, poursuivit le moine, si ces plantes peuvent être dangereuses à qui se servirait de leurs sucs sans en connaître les propriétés, elles renferment aussi des remèdes souverains... Les solanées, que vous voyez ici, suspendent la douleur... La digitale calme les dangereux battements du cœur. Dieu mit le bien à côté du mal, et vous savez, mieux que personne, combien la reine est une habile chimiste; elle sauve plus de gens avec ses breuvages qu'Archambaud votre mire privilégié.

— Oh! fit le baron de Luxeuil, je ne redoute rien pour les hommes, ma sollicitude ne s'étend que sur les Enfants de France, dont la vie est si précieuse, et qui courent des dangers réels dans ces jardins.

— Quand nous y venons! s'écria Louis de France, notre mère Marie nous accompagne. Elle nous enseigne les vertus de ces herbes, de ces arbrisseaux que vous semblez craindre. La branche de laurier-rose que je cueillais ne pouvait, en rien, être dangereuse... Le faible parfum n'en saurait nuire, et je ne crois pas qu'il soit possible

à aucun être au monde de nous chérir comme notre mère. Sans
doute, elle ne répète pas à toute heure ses protestations de tendresse
et de dévouement, mais nous lisons son amour dans son regard,
dans son sourire, et quand je lui parle, comme je m'adresse à vous,
en ce moment, elle ne baisse jamais les yeux.

— Prince, répondit Pierre La Brosse, d'une voix dont le timbre
lent et doux se trouvait démenti par la rougeur qui venait d'envahir son visage, vous avez le temps d'apprendre qu'il est des regards
qui mentent, et des sourires qui trompent.

— Vous êtes dans l'erreur, répliqua Louis, je sais déjà distinguer
la duplicité de la franchise, l'ambition de la tendresse et l'amour
d'une sourde haine.

— Le fils d'Isabelle d'Aragon devrait mieux me comprendre.

— Ma sainte mère est morte! dit Louis, et sa mémoire m'est sacrée : je la supplie de veiller sur moi et sur le roi mon père... Mais
il a plu à celui-ci de me confier aux soins d'une seconde mère, et
celle-là, je l'aime de toute mon âme. Mon cœur se trouvait d'accord
avec ses vœux quand la princesse de Brabant devint reine de France.

— Vous disiez tout à l'heure, monseigneur, que vous saviez distinguer l'amour de la haine, plus tard vous apprendrez quelle dif-
férence il existe entre une mère et une marâtre...

Pierre La Brosse prononça ces derniers mots si bas que le prince
seul les entendit.

Il frémit de tout son corps, son visage devint blême, et d'un
geste rapide, se haussant sur la pointe des pieds, il souffleta le baron de Luxeuil avec la branche de laurier-rose qu'il tenait à la main.

Pierre se recula comme si un serpent l'eût piqué.

Ni les seigneurs, ni les dames et les savants dispersés dans le
jardin n'avaient entendu les paroles échangées entre le prince et
le ministre; le mouvement rapide de l'enfant, l'exclamation poussée par les invités, voisins de Louis, et au milieu desquels se trouvait
le roi, attira subitement l'attention vers un seul point. On vit Pierre
blême de rage, et le prince debout, fixant sur le ministre des yeux
étincelants.

Philippe s'approcha de l'enfant.

— Mon fils, dit-il, vous venez d'insulter publiquement le fidèle
serviteur de votre père.

— J'ai souffleté Pierre La Brosse, répondit Louis.

— En ceci, vous avez mal agi, mon fils.

— Ma conscience me dit le contraire.

— Le conseil de mon confident et ami, le baron de Luxeuil, avait pour motif d'empêcher une imprudence. Il m'arriva un jour, étant enfant, de parler avec colère à un serviteur de mon père Louis IX, et celui-ci m'ordonna d'adresser des excuses à celui que j'avais offensé. Ainsi ferez, mon fils.

— Jamais, répondit le prince. J'étais dans mon droit. Pierre La Brosse m'avait blessé jusqu'au fond du cœur.

— Qu'avez-vous dit à cet enfant, mon féal?

— Je lui ai recommandé la prudence, sire.

— Vous savez bien que jamais la parole que vous m'avez dite ne passera mes lèvres. Vous le savez, La Brosse! et vous en abusez! Soit, si mon père me croit coupable d'un tort quelconque, il me châtiera. Je ne baisserai pas ce regard, je ne pousserai pas une plainte, je ne me courberai pas! Je suis le fils de Philippe le Hardi!

Marie de Brabant s'avança.

— Cher enfant! lui dit-elle, je vous en prie, ne méconnaissez pas l'autorité du roi.

Louis de France se jeta dans les bras de la reine, et d'une voix entrecoupée de sanglots, car toute cette frêle et nerveuse constitution se trouvait ébranlée:

— Oh! que je vous aime, dit-il, que je vous aime!

Marie leva sur Philippe un regard suppliant, et soulevant l'enfant royal à demi évanoui, elle l'emporta.

Elle gagna le palais et coucha le prince sur un lit placé dans la chambre des enfants. Marie ne croyait point, comme le roi, que le prince eût cédé à un emportement sans motif; elle connaissait la sagacité de l'enfant, la droiture de son cœur, l'habituelle douceur de son caractère. Louis devait avoir une cause grave pour s'être laissé entraîner à ce mouvement de colère. L'émotion que le prince avait témoignée en la voyant suffisait pour faire naître un soupçon dans son esprit. Elle devina que Louis, en frappant au visage Pierre La Brosse, l'avait seulement vengée. A genoux près du lit de l'enfant, tenant sur son bras la tête pâle du prince, elle lui parla d'une voix tendre et douce, effleurant le front de l'enfant de son souffle pur, et calmant sous sa main les battements tumultueux de son cœur.

— Tu ne voudras pas davantage m'apprendre la vérité, Louis, mais je sais, vois-tu, je sais, sinon les mots, du moins le sens des paroles dites par ce serpent maudit à face humaine. Depuis que je suis entrée dans ce palais, où il régnait en maître pendant les deuils de Philippe, n'a-t-il pas chaque jour poursuivi son œuvre abomi-

nable... Oh! sans doute, il ne tente pas de me peindre au roi sous
des couleurs trop noires... il s'est borné d'abord à me montrer à lui
comme une enfant bonne à fonder des chapelles ou à répandre des
aumônes dans le sein des pauvres. Il s'est borné à m'amoindrir... Il
me laissait ma viole et mes manuscrits, et me croyait plus capable
de comprendre les poèmes d'Adenez que le gouvernement d'un
royaume... Je me taisais... Est-ce que je tiens au pouvoir, sinon
pour empêcher Pierre La Brosse de commettre des injustices et d'em-
plir les cachots... Mais tout a changé depuis que ton frère d'Évreux
est venu au monde. Il affecte maintenant de vous protéger, comme
si mon cœur avait changé à votre égard .. Il souffle la suspicion
dans votre âme... En le châtiant, Louis, tu m'as vengée...

L'enfant ne répondit pas.

— Mon Dieu, reprit la reine, est-ce que ma couronne va déjà
m'ensanglanter le front? Se servira-t-on des êtres innocents qui
m'ont pris mon cœur tout entier, pour le torturer à loisir? Cela est
horrible! monstrueux! de calomnier une femme, une jeune mère
qui n'a jamais fait que du bien...

— Je ne l'ai pas cru! répéta le prince, je ne le crois pas!

— Tu n'as pas voulu répéter au roi l'outrage proféré contre moi,
mais ici, tu peux me le dire, Louis.

— Non, dit l'enfant, d'ailleurs, si j'ai deviné que le mot était une
injure, je n'en comprends pas absolument le sens.

— Je te l'expliquerai.

— Mère, je croirais vous offenser en le prononçant.

— Qui sait, au contraire, si tu ne me sauveras pas?

L'enfant fixa deux yeux ardents sur Marie :

— Qu'est-ce qu'une marâtre? lui demanda-t-il.

La reine tressaillit, et rapprocha davantage l'enfant de sa poitrine.

— Une marâtre, lui dit-elle d'une voix lente, afin que tous les
mots pénétrassent bien dans l'esprit de Louis, et pussent se graver
dans sa mémoire, une marâtre est la femme étrangère qui vient
usurper la place de la mère morte. C'est la jeune épouse hautaine,
ambitieuse, qui entre dans la maison de l'époux dont la première
compagne est partie... Elle déteste les enfants de la trépassée. Si
cette rancune ne se manifeste pas au grand jour, elle n'en existe
pas moins au fond de l'âme... Mais lorsque grandit l'aversion de la
seconde femme, c'est surtout après la naissance de ses fils, à elle...
L'envie lui dévore le cœur... Elle voudrait supprimer les aînés, héritiers des biens et des titres du père... Ce qui leur appartient de

droit lui semble volé aux petits enfançons qu'elle a mis au monde...
Un travail dévorant, sans trêve, se fait dans son cerveau... D'horribles tentations l'assiègent... L'envie se change en rage, et la rage
en haine... Le démon rôde autour d'elle pour lui souffler ses conseils perfides... Elle refuse d'abord de l'entendre, puis elle cède à
ses insinuations diaboliques, et le jour où l'esprit du mal s'empare
d'elle, tout à fait, la misérable descend jusqu'au crime...

— Ah! fit Louis en jetant ses deux bras autour du cou de Marie
de Brabant, je savais bien que vous, vous étiez une vraie mère!

Ils pleurèrent tous deux enlacés, front contre front, joue contre
joue; les sanglots de l'un trouvaient un écho dans les sanglots de
l'autre... Également purs, affectueux et beaux, doués de toutes les
qualités charmantes et rares de l'enfance innocente, de la jeunesse
sans tache, oh! comme ils s'entendaient tous deux, à cette heure,
Marie de Brabant et l'enfant royal! Comme leur âme débordait de
tendresse; avec quelle émotion communicative et puissante ils
échangeaient leurs baisers.

La portière fut soulevée, Blanche, Adenez et Amaury parurent.

Le roi des ménestrels venait le premier.

Blanche de Louvain s'appuyait sur le page.

Amaury s'agenouilla devant la reine :

— Vous êtes une sainte, lui dit-il, et celui-là est un ange.

— Un ange souffrant... répondit Marie.

— Aussi, reprit Adenez, tandis que les hôtes du roi, quittant les
jardins, emplissent les vastes salles du château de Vincennes, nous
venons faire avec vous cette veillée douloureuse.

— Et, reprit Blanche, Adenez votre favori apporte le manuscrit
de son poème : *Berthe aux grands pieds*.

— Vous allez nous lire des vers? demanda Louis de France en se
soulevant et en regardant Adenez avec un sourire.

— S'il vous agrée, Monseigneur!

— Et que puis-je souhaiter de meilleur? Passerai-je jamais plus
douce soirée que celle-ci... Couché dans les bras de ma mère, j'entendrai un poème d'Adenez... Dis-moi que tu n'es plus Flamand,
Adenez, et que, désormais, tu appartiens à la France.

— J'appartiens à Marie de Brabant, répondit le ménestrel. Mon
cœur, ma tête et mon bras sont à elle. Et qui sait si, au milieu des
courtisans qui l'entourent, et des historiens qui s'apprêtent à noter
tous les faits de son règne, la voix de son poète ne sera pas celle

qui ira le plus loin pour répéter à tous qu'elle fut moins belle qu'intelligente, et plus sainte que savante?

Un soupir s'échappa des lèvres d'Adenez.

— Adenez, tu vas nous lire ton poème sur la reine Berthe.

— Peut-être aucune ne laissa-t-elle une légende plus touchante. Je ne sais, reine, si, dans les siècles futurs, on croira aux épreuves souffertes par *Berthe aux grands pieds*, mais j'aime cette figure à l'égale de celles de Grisélidis, de Geneviève qui, comme vous, Madame, fut duchesse de Brabant, d'Ida de Toggenbourg et de tant d'autres, devenues martyres de la calomnie, tendres victimes dont Dieu seul connut, pendant longtemps, le secret douloureux. Vous chérirez, vous aussi, cette jeune fiancée du roi Pépin que l'on envoie chercher pour la placer sur un trône, et dont la place est prise par une misérable, tandis que la princesse, abandonnée dans une forêt par les hommes d'armes, ayant ordre de l'assassiner, vit, durant de longs mois, dans la pauvreté, travaillant comme une mercenaire, jusqu'à ce que le roi, chassant dans le bois, s'arrête dans la cabane qu'elle habite, se fiance à elle et apprend à la fois la trahison de son indigne rivale et le véritable nom de celle qui devint mère de Charlemagne.

— Le beau sujet! s'écria Marie de Brabant. Tu as raison, mon Adenez, point n'est de femme plus infortunée qu'une reine, quand le malheur la poursuit. Tout concourt à nous amollir l'âme, et le milieu joyeux, somptueux et brillant au milieu duquel nous avons vécu, et les promesses de bonheur qui n'ont cessé de retentir à nos oreilles. Oh! la dernière des vassales souffre moins qu'une reine, quand la calomnie éprouve celle-ci ou que l'ingratitude fond sur elle comme un vautour... Tu me dédieras ce poème, Adenez, et si jamais la douleur me visite, je chercherai dans le courage, que montre Berthe pour triompher de l'infortune, la force de souffrir sans me plaindre.

— Reine, dit Adenez, je craindrais...

— Que ce poème me parût une prophétie... Ne redoute rien de semblable, mon fidèle, si tes vers harmonieux racontent des faits sinistres, aucun ne dépassera en horreur ce qui fut dit jadis à Marie de Brabant par la Voyante de Nivelles.

Adenez s'inclina et déclama dans une langue sonore la touchante histoire de *Berthe aux grands pieds*.

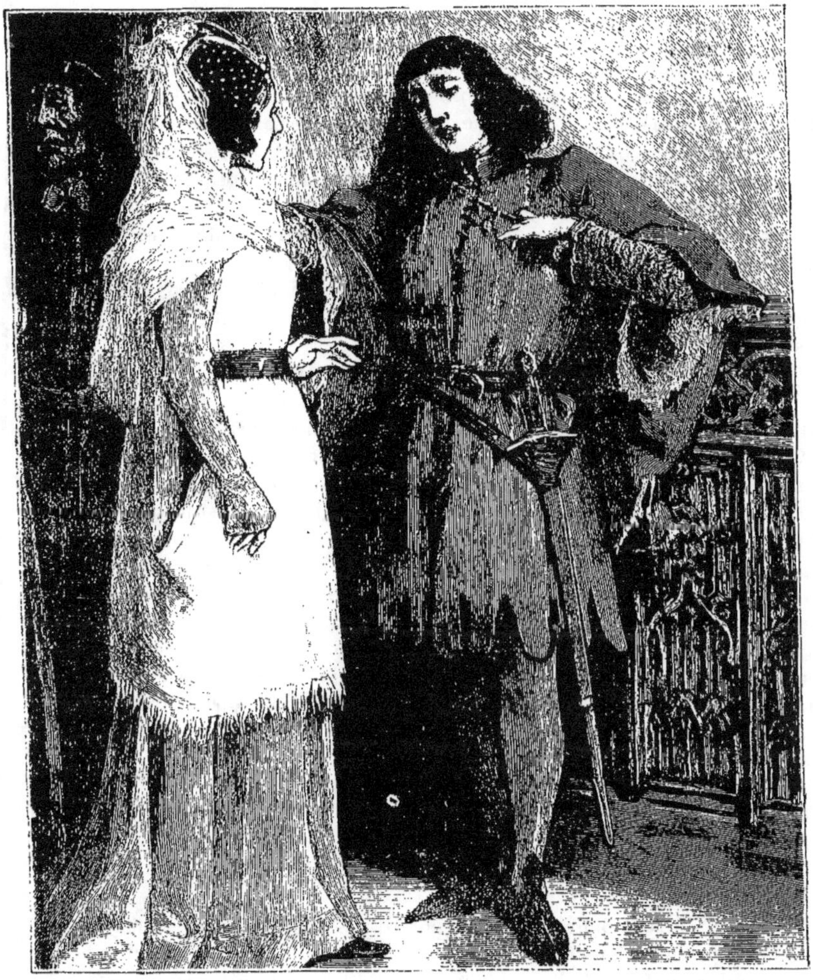

Qu'avez-vous, Amaury? (*Voir page* 99.)

IX

LE FLACON D'OR

Il faisait presque nuit, Adeuez venait de suspendre une lecture à laquelle Philippe et ses fils semblaient prendre un grand intérêt. Les

dames et les damoiselles, de la suite de la reine, avaient abandonné
les laines et les aiguilles de la magnifique tapisserie à laquelle tout
à l'heure elles travaillaient. Rien ne saurait rendre le calme heureux
de ce groupe studieux et charmant. Les Enfants de France, groupés
autour de Louis d'Évreux, regardaient le petit enfant endormi dans
les bras de Blanche de Louvain.

Les causeries reprirent à demi-voix, et une ravissante jeune fille,
se penchant vers sa royale maîtresse, lui dit :

— Madame la reine, vous m'aviez promis un flacon d'eau de rose,
pour parfumer mes guimpes safranées, n'avez-vous point récolté
assez de fleurs pour composer vos parfums?

— Si, mon enfant, répondit la reine avec un sourire, et, ce soir
même, je tiendrai ma promesse... Blanche, tiens Louis dans tes bras,
Amaury se rendra au laboratoire... Quoique vous n'y soyez pas souvent entré, ajouta Marie en se tournant vers le page, vous trouverez
aisément ce que je vous demande... Sur une table de marbre blanc,
vous prendrez un flacon d'argent ciselé, dont le bouchon est formé
d'un rubis, apportez-le-moi... Voici la clef.

Amaury se leva, quitta la salle et se dirigea vers le laboratoire;
mais à peine en avait-il ouvert la porte qu'il poussa un cri de surprise. Au fond de la pièce, munie de creusets et de fourneaux, se
trouvait une vaste armoire, remplie d'onguents, d'élixirs, de breuvages divers, dont Marie de Brabant portait d'habitude la clef suspendue à son cou par une chaînette. Or, devant cette armoire, en ce
moment ouverte à deux battants, se tenait un homme occupé à remplir un flacon d'or. Il n'avait pas entendu Amaury, et ce fut le cri
de surprise poussé par le page qui lui apprit l'entrée de celui-ci.

L'homme avait le visage tourné du côté de l'armoire, et en cet
instant il était impossible à Amaury de distinguer ses traits, mais
il s'élança vers celui qu'il prenait pour un voleur, lui cria :

— Que faites-vous ici, misérable?

Celui qu'il apostrophait ainsi ne répondit pas; alors Amaury, sans
calculer que les chances d'une lutte restaient inégales entre un
homme dans la force de l'âge et un adolescent, bondit vers l'intrus,
et lui posa les mains sur l'épaule. L'homme se tourna rapidement,
mais il fut impossible à Amaury de le reconnaître sous le masque
de velours qui cachait ses traits. Avec une adresse et une rapidité
qu'Amaury ne pouvait prévoir, et contre laquelle il lui fut impossible
de se défendre, l'homme qui avait pénétré, par fraude, dans le laboratoire de Marie de Brabant, enveloppa la tête d'Amaury avec la cape

qu'il tenait sur le bras et empêcha le page de voir son visage. Arrachant ensuite l'écharpe de son chaperon, il la lia autour du cou du page afin de maintenir la cape. Sûr de n'avoir pas été reconnu, il s'élança hors du laboratoire dont il referma la porte derrière lui.

Amaury n'eut pas de peine à se débarrasser des plis de l'étoffe ; en une minute, il se trouva sur pied, se demandant, avec une sorte de rage impuissante, quel était l'homme qu'il avait trouvé dans cette pièce interdite à tous, et dont la reine et Adenez possédaient seuls la clef. Devait-il révéler à Marie de Brabant ce qui venait de se passer ?

Que pouvait-il dire ? La façon dont il avait été terrassé, garrotté, l'humiliait dans son orgueil. Ne pouvant livrer le nom de l'audacieux, il crut préférable de se taire. Peut-être la curiosité seule avait-elle amené un serviteur du palais dans ce retrait mystérieux. Pendant le temps qu'il mit à réfléchir, la nuit était complètement venue. Il devint impossible au page de distinguer le flacon qu'il devait descendre. Il alluma un flambeau de cire, et chercha sur la table de marbre la petite buire d'argent au bouchon de rubis. Il la trouva, puis, afin qu'il ne restât aucune trace de l'accident qui venait de se passer, il referma l'armoire. En ce moment un jet de lumière tomba sur un objet brillant, Amaury se baissa pour l'examiner C'était une sorte d'agrafe, de forme sarrasine, qu'il était difficile de confondre avec un autre bijou.

— Voici, pensa le page, qui me révélera quelque jour le nom de l'homme que j'ai surpris dans le laboratoire de la reine.

Il roula la draperie du chapeau dans la cape, descendit l'escalier, courut à son appartement et y cacha ces différents objets, puis il revint dans la grande salle où la reine l'attendait.

— Vous avez eu quelque peine à découvrir ce flacon ? demanda Marie de Brabant à son page.

— Je l'avoue, Madame, répondit celui-ci.

— Tenez, Loïse, dit la reine, voici l'essence de rose qui parfumera vos guimpes.

Mais revenant vers Amaury, dont la pâleur l'avait frappée, la reine s'inquiéta de son page.

— Qu'avez-vous, Amaury, votre visage porte la trace de fatigue ou d'émotion...

— Madame la reine, dit le jeune homme, j'ai craint de vous avoir fait attendre.

— Soyez sans inquiétude, répondit doucement la reine, je connais votre zèle et suis satisfaite de votre service.

Un instant après, le roi, Marie, les princes et Blanche de Louvain entraient dans la salle à manger.

Le repas fut joyeux comme l'avait été la journée, et seul Amaury demeura silencieux, se demandant le mot d'une énigme que son instinct lui disait être redoutable.

Durant toute la nuit, il lui fut impossible de dormir.

Lorsqu'il descendit, le matin, il trouva Blanche de Louvain emmenant avec elle les trois plus jeunes enfants de Philippe.

Louis de France déjeunait seul avec la reine; tandis que le roi travaillait avec Pierre La Brosse.

Louis et Marie se sentaient en gaieté, l'enfant adressait à la jeune femme des questions qui la faisaient sourire. Elle n'avait gardé qu'un écuyer pour les servir tous deux. Louis questionnait Marie sur le Brabant, sa chère patrie, sur le duc Jean qu'elle n'avait point revu depuis son mariage.

— Où donc est-il, maintenant? demanda Louis.

— Mon enfant, répondit la reine, mon frère est un de ces princes qui comptent pour rien les titres qu'ils n'ont point conquis. Jean aspire à être renommé pour le plus preux des chevaliers de son temps. Il veut conquérir toutes les couronnes que l'adresse et la vaillance se disputent dans les tournois, et, dans la crainte que son nom soit pour lui une protection, caché sous une armure complètement blanche, et ne portant qu'un cygne d'or sur un bouclier d'argent, il combat, de la lance et de l'épée, à pied et à cheval, les tenants qui se présentent successivement en champ clos. Lorsque le chevalier au cygne d'or aura cueilli des palmes dans toutes les cours d'Europe, il reviendra en Brabant.

— Et la duchesse Marguerite?

— Elle tient à la gloire de son époux et applaudit à sa conduite.

— Mais, demanda Louis, si vous souhaitiez lui écrire, ma mère?

— Je serais fort en peine, à cette heure, de lui expédier un courrier.

— Je suivrai l'exemple de mon oncle Jean, quand je serai grand, ma mère; seulement je mettrai sur mon écu, non un cygne, mais un lion : je suis le fils de Philippe le Hardi.

— Oui, cher enfant, répondit la reine, son digne fils.

— Faites-moi raison, je vous en supplie, dit Louis, et versez-moi un peu de ce vin qui arrive de Chypre.

— Le vin de Chypre est trop chaud, trop fort pour moi, répondit Marie, mais je vous traiterai en homme comme votre père, Louis, et vous serez le chevalier du Lion.

— Oui, le chevalier du Lion! répéta l'enfant en élevant sa coupe qu'il vida d'un trait.

Il reprit ensuite, en tenant ses beaux yeux bleus fixés sur Marie :

— C'est une belle vie que d'être prince; on donne à tous l'exemple de la valeur, de la bonté... On se fait aimer de tous, et c'est beau d'être chéri, ma mère; je le sais, moi qui aime tant me réfugier dans vos bras, et reposer ma tête sur vos genoux.

Il s'arrêta subitement, et porta la main à sa poitrine.

— Vous ressemblez, lui dit-il, aux figures que l'on voit sur les vitraux des chapelles, ou que les enlumineurs représentent dans les missels... Il m'est doux de vous regarder... Quand vous veillez sur mon sommeil, il me semble que je repose mieux... Et puis, en vous aimant, je ne suis pas seulement la pente de mon cœur, je vous défends et je vous venge...

Les yeux bleus du prince laissèrent éclater un rayon d'intelligente tendresse, qui s'éteignit subitement. Un voile couvrit sa prunelle, et un frisson agita son corps frêle.

— Qu'avez-vous, Louis? demanda la reine, vous souffrez?

— Rien, ce n'est rien, ma mère... J'ai senti une brûlante chaleur à la poitrine, voilà tout... C'est fini, c'est passé!..

Il fit remplir de nouveau sa coupe et quitta la table en même temps que la reine.

Celle-ci, inquiète du malaise qu'il venait de ressentir, s'assit sur un siège bas, installa le prince sur des coussins amoncelés, et, pour le distraire de la souffrance qu'il paraissait endurer par intervalle, elle reprit l'entretien commencé :

— Vous disiez donc, Louis, que vous vous feriez chérir de tous, et que le peuple vous aimerait.

— Oui, il m'aimera! songez à tout ce que je devrai faire pour que mon aïeul ne rougisse pas de moi plus tard. Quand on nous voit jouer, moi et mes frères, on dit tout haut : — « Ce sont les fils de Louis IX, le saint! » — Et puis pour vous qui depuis longtemps m'apprenez la prière, la clémence, je veux me conduire de telle sorte que l'on ajoute : « — Il fut élevé par Marie de Brabant. »

Le prince jeta ses bras autour du cou de la reine et la tint embrassée.

— C'est singulier, dit-il, je souffre toujours, je souffre beaucoup... De l'eau! ma mère! donnez-moi de l'eau !

Marie de Brabant emplit d'eau un hanap d'argent ciselé, et l'approcha des lèvres de l'enfant.

— Voyez-vous, mère ! c'est du feu que j'ai dans la poitrine.

En ce moment, le roi et Pierre la Brosse entrèrent.

— Philippe, dit la reine d'une voix émue, je ne sais ce qu'a Louis ; il se plaint, il souffre... Tout à l'heure il était gai, souriant ; subitement il s'est senti pris de frissons ; la soif le dévore et la fièvre le brûle...

Le roi frappa sur un timbre et dit à Audoin, qui accourait :

— Préviens Archambaud.

Archambaud était le mire le plus savant de France, et Philippe avait en lui une confiance absolue, fondée sur un entier dévouement.

Archambaud ne l'avait point quitté pendant la terrible expédition de Louis.

Le mire habitait le château de Vincennes. Aussi, Audoin le trouva-t-il dans le petit logement qu'il occupait au dernier étage d'une des tours. Archambaud, comme presque tous les savants de son temps, s'occupait d'astronomie et se trouvait là en possession d'un merveilleux observatoire.

Il suivit Audouin, descendit dans la salle où se tenait Philippe, Marie, le baron de Luxeuil et le jeune prince, et s'approcha rapidement de celui-ci.

Le visage de l'enfant était d'une pâleur livide, ses yeux s'entouraient d'un cercle noir, il respirait avec peine, et quand il relevait ses longues paupières, l'égarement se lisait dans ses prunelles.

Archambaud posa la main sur le front de l'enfant, puis sur sa poitrine, et demeura un moment silencieux. Les paroles qui s'échappaient des lèvres du prince ne présentaient aucun sens ; on distinguait seulement le nom de Marie.

— Qu'a pris le prince, ce matin? demanda le mire.

— Fort peu de chose, répondit la reine, la moitié d'une aile de faisan et quelques fruits...

— Qu'a-t-il bu? ajouta Archambaud.

— De la cervoise, puis du vin de Chypre.

— Laquelle de ces deux coupes est celle du prince ?

— Celle-ci, répondit la reine.

Le mire prit le hanap ; il était vide, mais une goutte de liqueur restait au fond, et recueillant cette goutte le mire la mit sur sa langue. Une visible contraction crispa ses traits.

— Pouvez-vous, Madame la reine, me désigner le flacon de vin de Chypre?

— Le voici, dit Marie.

Archambaud le mit à côté de la coupe, puis étendant la main sur ces deux objets, il dit avec une solennité terrible :

— Sur mon baptême et sur mon éternité, ce vin de Chypre est empoisonné !

— Empoisonné ! s'écria Marie qui se leva frémissante.

— Archambaud ! que dis-tu ? répliqua le roi ; ta science s'égare à cette heure... Tu vois un crime où il n'y a qu'un malheur...

— Je donnerais les restes d'une vie près de s'éteindre, pour ne pas croire à un semblable crime, ô mon roi ! Mais j'ai dit la vérité, dans ce vin de Chypre, la main d'un monstre a versé du poison.

Puis se tournant vers Marie de Brabant :

— Ne ressentez-vous, Madame, aucun des symptômes du mal dont se plaint le jeune prince ?

— Je n'ai pas touché à ce vin, dit Marie, Louis seul en a bu... Oh ! je vous en conjure, Archambaud, sauvez mon enfant ! Tous les diamants de ma couronne pour sa vie !

— Madame, répondit Archambaud, je n'ai point besoin de récompense pour disputer à la mort le fils de mon royal maître... La main du criminel fut habile, et ma science est bornée...

Le mire quitta rapidement la salle afin d'aller chercher un contre-poison. Quand il revint les lèvres de l'enfant étaient convulsées, ses yeux agrandis se fixaient avec angoisse sur le visage de la reine.

— Je souffre tant ! lui disait-il ; si vous saviez comme je souffre, ma mère... Et puis, c'est horrible ce que vient de dire Archambaud... Qui donc voudrait me tuer, je n'ai jamais fait de mal à personne, moi, personne ne me hait... Pourquoi haïrait-on un enfant ! Archambaud me sauvera, n'est-ce pas ! Ce serait terrible de mourir... J'étais si heureux de vivre entre le roi mon père, et vous ma mère, qui m'aimiez si tendrement... Mes frères, où sont mes frères ?

— Ils viendront vous voir, ils viendront, répondit la reine, quand vous souffrirez moins, mon bien-aimé...

— Oui, vous avez raison, il faut leur épargner le chagrin de me voir endurer de pareilles douleurs...

Il retomba sans mouvement dans les bras de Marie.

Le breuvage qu'Archambaud fit couler lentement entre les lèvres du prince soulagea visiblement celui-ci. L'enfant se redressa, prit la main de son père et la pressa sur ses lèvres.

— Me voilà mieux, dit-il, beaucoup mieux... Archambaud est le plus savant homme du royaume.

Le roi s'assit près du lit improvisé de Louis, et La Brosse se glissa au chevet. Sombre, silencieux, il n'avait pas prononcé un seul mot depuis la révélation formulée par le mire.

En voyant Louis plus calme, la reine reprit confiance, et Philippe lui-même reprenait un peu d'espoir, quand le fils d'Isabelle, se soulevant avec peine, dit à Marie de Brabant :

— Je voudrais voir un moine, un des saints moines qu'aimait mon aïeul... Si Dieu m'appelle, je veux aller à lui pur comme les anges...

— Mais tu ne mourras pas! Louis, s'écria Philippe.

— Le moine! le moine! répéta l'enfant...

— Ne refusez rien au prince, sire, dit Archambaud d'une voix grave.

— Pierre! s'écria le roi, allez chercher un prêtre.

La Brosse sortit, et Louis le suivit d'un singulier regard.

Un moment après, un vieux moine entrait dans la salle. Philippe et Marie, après avoir couvert de baisers le front de l'enfant, le laissèrent seul avec le moine.

— Vous ne savez pas, mon Père, vous ne savez pas ce que vient de dire Archambaud... Je meurs empoisonné... Comprenez-vous cela? Un petit enfant que l'on tue... Je ne me souviens pas d'avoir jamais fait de peine à personne... Jamais, mon Père! jamais! Je me sentais heureux de vivre, heureux de l'idée d'être roi un jour et de faire du bien aux pauvres gens... Et il ne restera rien de ces rêves... Et je ne me promènerai plus jamais dans le grand bosquet de lauriers roses avec la reine qui était ma mère, avec mes frères que je chérissais tendrement... On a voulu ma mort, à moi, et je meurs...

— Archambaud vous sauvera, mon fils, répondit le moine; sa science est grande, vous êtes robuste pour votre âge...

— On ne me sauvera pas, mon Père... Je sens un brasier dans ma poitrine... rien ne l'éteindra, rien!.. Je veux penser à Dieu, à Dieu qui m'attend et m'appelle..., des anges vont me recevoir là-haut! et cependant, je regrette mes frères; je verrai la Vierge me tendre les bras, et je pleure à la pensée de quitter la reine, qui fut pour moi une mère si tendre...

— Le Seigneur ne vous interdit pas de regretter les biens dont il vous prive, répondit le moine, il demande seulement que vous vous soumettiez à sa volonté.

— Attendez! attendez un moment, mon Père... Me résigner... c'est-à-dire accepter les souffrances, la mort, avant l'heure... c'est bien dur... Regarder le Sauveur sur la croix, et dire : Que votre

volonté soit faite!... oui, qu'elle soit faite! Mais c'était beau, le ciel
bleu! C'était bon, les caresses paternelles! Oh! la vie! la vie! Demandez à Dieu un miracle, mon Père.

— Je le demanderai, répondit le moine... Mais je ne vous ai point
parlé de l'acte le plus généreux que vous deviez accomplir...

— Lequel? demanda l'enfant.

— Vous m'avez dit, prince, et j'espère encore que vous vous trompez, et qu'il faut voir un malheur où Archambaud soupçonne un
crime... Mais si cela était vrai... Si le poison vous a été versé par
une main coupable, il faut pardonner, mon fils, il faut n'emporter
à Dieu qu'une âme pleine de miséricorde.

— Pardonner! Mais je regrette de mourir! La nuit du tombeau
m'effraie! Pardonner à celui qui, froidement, a calculé qu'un gobelet
de Chypre me ferait endurer d'horribles tortures et me priverait ensuite à jamais de tout ce que j'aime... Non! non! Je ne puis pas
pardonner, mon Père... Et ce n'est pas seulement ma mort que ce
misérable aura sur la conscience, mais le désespoir de mon père, la
douleur de la reine, le chagrin de mes frères...

— Le Sauveur ne pardonna-t-il point à Judas?

Louis de France resta un moment sans répondre.

— Dieu me repousserait si j'emportais ma haine avec moi?

— Il ne pourrait mettre à sa droite celui qui refuserait de l'imi-
ter.

— Alors, dit le prince avec effort, je pardonne, oui, du fond du
cœur.

Le moine passa sa main tremblante sur le front de l'enfant royal,
et le bénit. Ensuite, ouvrant toutes grandes les portes, il fit signe
au roi, à la reine et aux Enfants de France qu'ils pouvaient entrer.

Marie de Brabant se précipita vers le lit du prince, que ses frères
entourèrent en pleurant. Le roi, pâle et muet, resta debout au chevet. Au pied du lit, se tenait le baron de Luxeuil, son visage était
livide, et les mains qu'il crispait à sa ceinture semblaient agitées
d'un tremblement nerveux...

Deux nouveaux personnages pénétrèrent dans cette pièce emplie
de sanglots étouffés : c'étaient Blanche de Louvain et Amaury. Le
page soutenait la fille d'honneur de la reine, qui tomba sur les genoux devant la couche de l'aîné des enfants de Philippe.

Louis de France les reconnut et leur tendit la main. Tous deux
se précipitèrent vers l'enfant mourant dont les lèvres, se rapprochant
de l'oreille de Blanche, murmurèrent :

— Aimez bien la reine! Après moi, ce sera son tour...

Archambaud rapprocha des lèvres du prince le flacon d'élixir, et les douleurs s'apaisèrent encore une fois. Le calme descendit sur son beau visage, il tourna les yeux vers le moine, et parut le prendre à témoin qu'il obéissait aux ordres qu'il venait de recevoir.

Ensuite il se pencha vers Marie de Brabant :

— Me permettez-vous de disposer de ce qui m'appartenait hier?

— Oui, cher enfant, répondit-elle en étouffant ses larmes.

On réunit sur la couche de Louis ses jouets, son missel, ses bijoux, des armes proportionnées à sa taille. Il prit chacun de ces objets et les remit à ses frères avec un mot affectueux. Le missel, que son aïeule lui avait donné, fut offert à Marie de Brabant.

— Vous couperez, pour mon père, une boucle de mes cheveux, ajouta-t il.

Amaury reçut son poignard, et Blanche une agrafe. Une seule personne fut exceptée parmi les assistants, ce fut le baron de Luxeuil.

— Prince, dit celui-ci en s'avançant, et en fixant sur l'enfant un regard clair et fascinateur, ne me léguez-vous rien, à moi, le plus fidèle serviteur du roi!

— Vous vous trompez, messire, répondit le prince, Dieu, vous et moi, nous savons que je vous lègue mon éternel souvenir...

Il fit un signe de la main, comme s'il avait besoin de silence, puis il laissa retomber son front sur les oreillers.

Cette fois l'élixir d'Archambau ! ne produisit aucun résultat.

L'agonie commençait.

Elle dura jusqu'au soir.

Dès que Philippe fut instruit de la gravité du mal, il envoya des courriers à Paris afin de prévenir ses frères du malheur qui fondait sur sa maison. Cette nouvelle infortune le trouvait sans force. Après avoir ramené en France tant de cercueils, il ne se trouvait plus le courage d'en voir s'ouvrir un autre.

Le désespoir, dont son âme était pleine, comprimé en présence de l'enfant, éclatait avec une incroyable violence dès qu'il s'éloignait du chevet de Louis. Celui-ci, du reste, certain qu'il lui restait peu 'heures à voir son père, ne pouvait se passer de sa présence. Il voulait, jusqu'à la fin, serrer sa main contre ses lèvres pâles, et il rassemblait ses forces pour tenter de le consoler.

— Vous avez quatre autres enfants, lui disait-il, il faut vouloir ce que Dieu veut, mon père... J'aurais fait plus tard un bon petit roi,

il me semble, mais Dieu va me donner dans le ciel une couronne in-
corruptible. Ce sera au tour de mon frère de régner.

Il fit signe au jeune prince de venir près de lui :

— Dis à notre mère Marie de te répéter les leçons qu'elle m'avait
données sous le grand chêne de notre aïeul.

Les sanglots étouffaient les jeunes princes, que Blanche de Louvain entraîna. Le jour baissait; les douleurs du mourant s'étaient
calmées, Dieu permettait à cet enfant d'expirer en paix. Tantôt il
suppliait le moine de le recommander à Dieu, tantôt il disait à
Marie :

— Ne m'oubliez pas, ma mère! je vous aimais tant!

Enfin, s'adressant à son père d'une voix dont la gravité semblait
empreinte de la solennité de la tombe, il ajouta en le regardant avec
une ineffable tendresse :

— Je voudrais une promesse de vous, mon père, une promesse
qui consolerait ma dernière heure. Si vous me la faisiez, je mour-
rais en souriant aux anges qui vont venir recueillir mon âme.

— Mon fils, répondit Philippe en retenant avec peine ses sanglots,
demandez ce que vous souhaitez, et je vous l'accorderai...

— Promettez-moi d'avance... donnez-moi votre parole royale,
cette parole de chevalier que rien ne donne le droit de trahir.

— Ceci, je ne le puis, dit Philippe, avant que je sache ce que vous
souhaitez. Mais, sur ma tendresse pour vous, je puis vous dire que
j'espère ne vous rien refuser.

— Mon père, reprit Louis, Archambaud a dit une chose horrible...
Il a parlé de poison... Je ne veux pas croire qu'on ait voulu tuer un
pauvre enfant... Mais si cela était... Si une main criminelle a réellement attenté à ma vie, promettez-moi que vous ne poursuivrez point
l'empoisonneur... Je lui pardonne au moment de paraître devant le
souverain Juge... N'est-ce pas, ma mère, il faut que mon père oublie comme j'oublie moi-même?

— Vous êtes un ange, Louis, dit Marie de Brabant en fondant
en larmes.

Philippe ne répondit rien, son visage avait pris une expression
de rigidité implacable.

— Parlez! parlez! mon père! Il me semble que j'irai vers Dieu
avec plus de confiance, si vous m'accordez ce que j'implore.

Mais Philippe continua de garder le silence.

Non, il ne pardonnait pas au misérable qui venait de tuer son fils
aîné, l'héritier de sa couronne, l'enfant qui, le premier, lui avait fait

connaître les joies de la paternité. Dans son âme bouillonnait une colère insensée à la pensée de laisser un tel crime impuni.

Le moine comprit à la fois ce qui se passait dans l'esprit de l'enfant et dans celui du père, il se rapprocha du prince.

— Ayez confiance dans la justice de notre sire, et dans sa miséricorde, lui dit-il. Il saura concilier sa tendresse pour vous et les droits de la justice.

— L'horizon est tout rouge ; quand il pâlira, mon Père, je rendrai le dernier soupir... Bientôt je verrai d'autres cieux, d'autres astres, une autre lumière ; l'Étoile du matin et le Soleil de justice ! Oh ! mon aïeul ! mon aïeul ! Je le vois, je le reconnais...

Louis de France tendit les bras, son visage s'illumina d'une expression de joie extatique, et le dernier mot qui s'échappa de ses lèvres, fut :

— Pardon !

Sa tête retomba sur les coussins, un cri d'angoisse s'échappa de toutes les bouches, et au même instant un grand bruit de chevaux retentit dans la cour.

Les Pairs du royaume, accourant à l'appel de Philippe le Hardi, arrivaient au château de Vincennes.

Le roi chancelant quitta la salle, appuyé sur l'épaule du baron de Luxeuil.

Il ne resta plus dans la chambre mortuaire que Marie de Brabant, le moine et Archambaud.

Un baiser de Marie ferma les paupières de l'enfant, puis la reine tomba sur ses genoux, les bras jetés en travers du corps de Louis de France.

— Dieu m'en est témoin, dit-elle, je l'aimais autant que mon propre fils, et si Louis d'Évreux était mort, je ne me sentirais pas l'âme plus angoissée...

Elle continua de pleurer, tandis qu'Archambaud répondait aux prières du moine.

Je réponds de l'innocence de la Reine ! (*Voir page* 112.)

X

ACCUSATION

Les Pairs du royaume, que le roi avait fait mander pour ouvrir une enquête sur la mort mystérieuse de Louis de France, s'étaient

constitués en cour de justice. Ils s'efforçaient vainement de calmer
le désespoir du malheureux monarque ; celui-ci ne voulait plus se
souvenir que Dieu lui laissait d'autres enfants, qu'il conservait un
héritier de sa couronne. Il semblait, en ce moment, qu'il n'avait
jamais aimé que Louis et le préférait à tous les autres.

— Celui-là, disait-il, aurait vraiment été digne de régner. Tous
les nobles instincts étaient en lui : à une intelligence au-dessus de
son âge, il joignait une franchise de caractère, une tendresse de
cœur le rendant cher à tous ceux qui vivaient près de lui... Encore
si Dieu l'avait frappé... Si une maladie foudroyante s'était abattue
sur mon enfant... Mais non, il a été tué, tué lâchement... On a pu
verser du poison dans la coupe de cet être pur et charmant, qui ne
connaissait pas de plus grande joie que celle d'essuyer les larmes
des infortunés...

Et les sanglots de Philippe redoublaient.

— Je n'ai plus de force pour souffrir, dit-il à son frère. Je croyais
avoir épuisé toute la lie de mon calice, et la goutte la plus amère
restait au fond.

Tout à coup il se releva livide, effrayant, les poings crispés, l'œil
plein de flamme.

— Le coupable ! fit-il, qu'on me livre le coupable... Il existe des
juges et des bourreaux en France, je leur dois le meurtrier de mon
enfant... Par la main de justice que me légua mon père, je jure
qu'il sera châtié d'une façon épouvantable.

Voyons, reprit-il en se tournant vers le comte d'Artois, soupçonnez-vous quelqu'un ? Pouvez-vous deviner qui commit cet acte abominable d'assassiner un bel enfant, heureux de vivre, souriant à
l'existence, qui se faisait belle et glorieuse pour lui... Il eût été
roi de France, il s'enorgueillissait d'avoir pour aïeul celui que je
supplie l'Église de mettre au nombre de ses saints... Louis n'avait
jamais demandé que des grâces, il n'aurait pas blessé un oiseau...
Ah ! c'est horrible ! horrible ! D'Artois, mon frère de Bourgogne,
vous chercherez, vous me révélerez le nom du coupable... A celui
qui le traînera devant moi, je promets...

En ce moment la porte s'ouvrit et un homme s'avança d'un pas
lent dans la salle. C'était Pierre La Brosse.

— Sire, dit le baron de Luxeuil, voulez-vous savoir quel poison
a tué le prince que vous pleurez ?

— Oui, répondit Philippe.

— Archambaud est un savant homme... Grâce au vin resté dans le flacon de Chypre, il a pu déterminer que du suc de laurier-rose avait été jeté dans la coupe de Louis de France.

— Et qui soupçonnes-tu?

— La seule créature à qui le crime soit profitable... La seule qui ait intérêt à voir succomber, l'un après l'autre, les Enfants de France, afin de voir régner son fils... Aujourd'hui Louis, demain Philippe, ensuite viendra le tour de Charles, comte de Valois, enfin Robert; et quand sera éteinte la lignée de la fille de Jacques d'Aragon et d'Yolande de Hongrie, il ne restera plus que Louis d'Évreux !

— Tu mens ! tu mens ! s'écria le roi qui, après avoir écouté La Brosse avec une sorte de stupeur, retrouvait toute son énergie pour défendre une femme adorée. Tu as toujours haï la reine, et tu profites du malheur qui me frappe pour tenter de me la faire soupçonner. N'était-elle pas une mère pour les fils d'Isabelle? Ne savait-elle pas que j'aurais guerroyé sans crainte pour donner un royaume à son enfant?

— Vous m'avez pressé de parler, sire, reprit La Brosse, j'ai cédé à votre vouloir et, comme je le supposais, j'en suis déjà puni. Seulement, à cette heure, les choses changent de face. Vous n'avez plus seulement devant vous un coupable, mais deux : j'accuse la reine, et vous m'accusez; j'affirme, car maintenant j'affirme, sire, que Marie de Brabant, par ambition et par haine, a empoisonné Louis de France, et vous m'accusez, moi votre baron, votre ministre, de calomnier la reine... Si nous eussions été tous deux, face à face, seuls, je serais déjà honteusement chassé de votre présence et menacé du dernier supplice; mais nous avons, vous et moi, sire, pour témoins les premiers Pairs du royaume réunis en tribunal. Ils ont entendu mes allégations; ils ont recueilli votre réponse. Je les adjure de remplir leur office et de prendre en main cette double cause.

— Je le leur défends ! pour l'honneur de la reine !

— Vous craignez donc bien de la trouver coupable?

— Je redoute de lui faire une mortelle injure, qu'elle ne me pardonnerait jamais !

— Et cette terreur vous portera à laisser, entre ses mains, des fils dont le sort peut devenir celui de Louis de France ! J'en ai trop dit pour reculer, sire, j'accuse ! oui, j'accuse Marie de Brabant d'être empoisonneuse et meurtrière ! et pour en acquérir la preuve, il suffira de pénétrer dans le mystérieux laboratoire où elle manipule ses poisons.

La voix de La Brosse s'était élevée, sa taille haute se dressait dans la pénombre; il dominait alors d'une façon absolue et le roi rempli d'épouvante et les princes dont l'un, le duc de Bourgogne, paraissait consterné, tandis que le comte d'Artois semblait, avec peine, contenir son indignation.

— Sur mon âme, dit le roi, je crois Marie, épouse dévouée, mère tendre, et reine irréprochable.

— Et moi, s'écria le comte d'Artois, en se levant, une main appuyée sur son épée, face aux juges, sur mon honneur de gentilhomme, cet honneur dont nul n'a jamais douté, puisqu'il m'a valu le glorieux surnom de Robert le *Noble,* je réponds de l'innocence de la reine! Elle n'est pas seulement la femme d'un souverain que j'honore, elle est de ma famille et de mon sang; si je suis fils de Robert Ier, frère de votre père, Louis IX, beau cousin, je suis aussi le fils de Mahaut de Brabant. Doublement allié et parent de Marie, je réponds d'elle comme de moi-même. Jamais dans notre maison ne fut commis de forfaiture! A partir de l'heure où l'ancien barbier La Brosse se permet d'élever une voix calomnieuse contre la plus pure des femmes, je lui voue une guerre sans merci! Celle de la loyauté contre l'hypocrisie! celle du dévouement contre l'intérêt personnel! Quel que soit votre attachement pour cet homme, moi, Robert d'Artois, au nom de toute la chevalerie française, je le dénonce comme un calomniateur!

La Brosse fit deux pas du côté de Robert.

— J'accepte la lutte! dit-il; vie pour vie! honneur pour honneur! Archambaud a déclaré que Louis de France avait été empoisonné avec du suc de laurier-rose, que le mire visite le laboratoire de la reine en votre présence.

— Vous ne permettrez pas cela, sire, répliqua le comte; Marie de Brabant ne mérite pas semblable insulte.

— D'Artois a raison, fit le duc de Bourgogne, une perquisition équivaudrait presque à un commencement d'accusation.

— Que redoutez-vous, si elle est innocente?

— De paraître céder aux suggestions d'un homme tel que toi.

— Vous me semblez oublier, comte Robert, que vous parlez devant le roi.

— Je parlerais ainsi devant Dieu, car je parle selon ma conscience. Et tout homme loyal a le droit de s'emporter contre un félon, et de lui jeter l'injure à la face, quand ce misérable ose s'attaquer à une femme, à une reine...

— Sire, dit La Brosse, ne défendrez-vous pas votre ministre?
Le roi hésitait.

D'un côté Pierre La Brosse, son confident, son ministre depuis
de longues années, possédait sur son esprit une grande influence.
Il avait trop remis dans les mains de La Brosse les affaires de l'État,
il lui avait trop confié les secrets les plus intimes de son cœur, pour
que celui-ci perdît soudainement tout crédit et toute influence;
mais, d'un autre côté, Philippe chérissait tendrement la reine; depuis qu'il l'avait pour compagne, elle avait dévoilé trop de qualités
charmantes, fourni des preuves de trop de savoir, de vertu et de
grâce pour qu'il lui fût possible de croire qu'elle avait pu concevoir
la pensée d'un crime. Ce qui dominait en ce moment dans l'âme du
roi, c'était moins le soupçon que le besoin de détruire ce soupçon
même. Il croyait, à cette heure, La Brosse égaré par excès d'amour
pour les jeunes princes, par le besoin de les défendre contre un ennemi aussi dangereux qu'habile.

Les Pairs étaient au comble de la stupéfaction et, ne sachant quel
parti prendre, gardaient un morne silence.

Quant au comte d'Artois et au duc de Bourgogne, à leur vieille
rancune contre La Brosse s'ajoutait, à cette heure, l'insulte faite à
une reine qu'ils admiraient et chérissaient. Ils se regardaient comme
certains de prendre La Brosse dans le piège tendu par celui-ci, de
le convaincre de calomnie, et d'obtenir contre lui un jugement assez
flétrissant pour qu'il n'osât jamais reparaître à la cour.

L'astucieux La Brosse comprit ce qui se passait dans l'âme des
deux princes, et il résolut de pousser l'imprudence jusqu'à ce qu'il
ne fût plus possible au roi ni à ses cousins de reculer.

— Je m'attendais à ce qui se passe, reprit-il d'une voix amère.
Vous défendez moins, à cette heure, la reine Marie, que vous ne
m'attaquez, messeigneurs. Il est plus commode de traiter de barbier fourbe et calomniateur l'ami, le confident du roi, que de prouver l'innocence de la reine! Vous ne touchez pas à celle-ci dans la
crainte de voir votre idole tomber de son piédestal. En vérité! je
n'y songeais point. Est-il possible de donner pour juges à l'empoisonneuse un prince de sa famille? Ne semble-t-il pas plus commode
de jeter de la boue à la face de Piérou! Souvenez-vous tous de ceci,
cependant, messeigneurs! quand les paroles que je vais vous dire
devraient être les dernières qui sortiront de mes lèvres,
si je me tais devant vous, qui refusez de vous rendre à l'évi-
dence, et qui ne voulez pas étendre la main pour trouver des

preuves de la culpabilité de la reine, je crierai au peuple, à la nation tout entière : « Une femme vient d'empoisonner l'aîné des Fils de France! Ils périront tous comme celui-ci... Tous! Philippe, Robert, le plus jeune, le plus beau, et il ne restera que Louis d'Évreux ! Louis d'Évreux! le fils de la marâtre. »

Robert d'Artois s'élança, la main haute, contre Pierre La Brosse.

Ce fut le duc de Bourgogne qui arrêta son bras prêt à frapper.

Philippe venait de retomber sur son siège :

— Mon enfant! mon enfant! répéta-t-il au milieu de ses sanglots.

Ce cri, dont Robert d'Artois et le duc comprirent toute la portée, les fit pâlir de rage. La Brosse, avec son infernal génie, venait de toucher la plaie vive du cœur de Philippe. Elle éveillait dans son cœur des craintes terribles à l'égard de ses autres enfants; il forçait pour ainsi dire la main du roi.

— Mon cousin, dit Robert au duc de Bourgogne, nous avons fait notre devoir en soutenant l'innocence de la reine, je ne crois plus maintenant qu'il nous soit possible d'empêcher la visite de son laboratoire.

— C'est le seul moyen d'en finir avec ce lâche, ajouta le duc en désignant La Brosse.

— Mon fils! mon bien-aimé Louis! répéta le roi.

— Où se trouve Archambaud? ajouta le comte Robert.

— Je l'ai laissé dans l'appartement de la reine, répondit le baron de Luxeuil.

Le comte frappa sur un timbre et Audouin parut.

— Préviens Archambaud que notre sire souhaite lui parler.

Audouin s'inclina et sortit.

— Il nous faut maintenant la clef du laboratoire, reprit le duc de Bourgogne.

La demander à la reine, en ce moment, pourrait la troubler dans sa douleur,

— Il suffira d'emprunter celle d'Adenez, répliqua Pierre ; Adenez, l'aide, le préparateur de la reine, son confident et son conseiller.

— Serpent! murmura le comte Robert, je t'écraserai du talon ; morte la bête, mourra le venin.

— Envoyons quérir Adenez, ajouta le duc de Bourgogne.

Audouin reparut conduisant Archambaud

Celui-ci semblait avoir peine à se soutenir. On venait de l'arracher du chevet du jeune prince. Ni Philippe ni les princes ne doutaient du dévouement du vieux mire à la famille royale.

Le vieillard ne cherchait point le coupable, il se bornait à constater le crime. La douleur de son roi, le désespoir de Marie de Brabant le plongeaient dans une atonie dont il semblait que rien désormais ne pût le faire sortir. Il s'appuya contre la muraille, attendant qu'on l'interrogeât, mais nul ne lui adressa de questions.

Pendant qu'Archambaud attendait dans la salle, Audouin cherchait Adenez.

Il le trouva avec Amaury, Blanche de Louvain et les Enfants de France.

Ceux-ci pleuraient leur frère, et les tendres paroles de Blanche, les consolations religieuses du roi des ménestrels ne pouvaient rien contre la violence de leurs regrets.

Au premier mot que lui dit Audouin, Adenez se leva.

— Le roi me mande, dit-il, je reviendrai bientôt.

Il sortit en même temps que l'écuyer.

— Savez-vous ce que peut me vouloir le roi à pareille heure, et dans une pareille circonstance? demanda-t-il.

— Je ne sais, répondit Audouin, mais je tremble que le deuil qui vient de s'étendre sur le château de Vincennes ne soit pas le dernier... Je ne saurais vous peindre, messire Adenez, l'impression que j'ai ressentie tout à l'heure en pénétrant dans la grande salle où se tenaient le roi et le tribunal des Pairs. Ils ne semblaient pas seulement sous le coup d'un chagrin violent, on aurait dit que quelque chose de plus terrible que la mort du prince venait d'arriver. Tous paraissaient consternés, et seul, Piérou, debout, le front haut, semblait jouir de l'abattement des princes. Ils ont fait mander Archambaud que je viens d'introduire... Messire Adenez, les chagrins vont par troupes, et, vous le savez, certains êtres portent malheur, Pierre La Brosse est de ces êtres-là!

Une seconde après, Adenez était introduit.

Audouin avait pris soin d'apporter un flambeau, et sa faible clarté parvint à peine à trouer l'obscurité régnant dans la grande salle.

— J'attends les ordres du roi, dit Adenez.

Philippe fit un signe de la main au duc de Bourgogne.

— Vous avez sur vous, demanda celui-ci au roi des ménestrels, une clef du laboratoire de la reine ?

— Oui, monseigneur.

— Vous allez nous y conduire. Prenez le flambeau, Adenez.

Le roi parut se réveiller :

— Je ne veux pas! dit-il avec violence. Non, je ne veux pas franchir le seuil de ce laboratoire, ce serait presque avouer que je crois la reine coupable... Non! non! Louis est mort... Dieu me l'avait donné, Dieu me l'a repris... Je ne me révolte plus contre sa providence... Est-ce que le trépas ne frappe point les enfants... ceux des rois comme ceux des serfs? Pourquoi interroger la mort?..

— Afin qu'elle nous réponde, dit le comte d'Artois, et que sa réponse devienne un arrêt de mort contre le calomniateur.

A partir de ce moment, pas un mot ne fut échangé entre ceux qui se rendaient au laboratoire de Marie de Brabant, dans des intentions si différentes.

Le flambeau que tenait Adenez jetait un faible rayonnement dans les escaliers sombres. Lorsqu'il arriva au dernier pilier, le roi des ménestrels s'arrêta, fouilla dans sa poitrine, et en tira une clef suspendue à une chaîne d'or.

— Un instant après, le roi, les pairs, Archambaud, Adenez et La Brosse pénétraient dans le laboratoire de la reine.

La Brosse indiqua l'armoire au roi des ménestrels.

— Avez-vous aussi la clef de ce meuble?

— Par hasard, répondit Adenez, jamais elle ne quitte la reine ; mais je souhaitais venir choisir ici ce que vous venez y chercher : sans doute, des parfums pour embaumer le corps de Louis de France.

Depuis qu'il était entré dans cette pièce, Philippe paraissait sous le coup d'une profonde terreur. Ce qu'il voyait, ce qu'il devinait lui causait une secrète épouvante :

Devant lui s'étageaient des objets de forme inconnue et mystérieuse : animaux bizarres, cornues inquiétantes; la vaste pièce renfermait des alambics destinés à des expériences de laboratoire. Plusieurs bahuts montraient, soigneusement alignés, des bocaux emplis de liquides étranges. A côté, des herbes, dont la distillation des sucs répandait une odeur âcre et suspecte.

Le Roi demeurait saisi d'une crainte superstitieuse.

Il oubliait le grand mouvement scientifique qui poussait les penseurs à demander à la nature le secret de ses forces. Il ne se souvenait plus d'avoir reçu avec honneur, à la cour, Albert, ce moine de Souabe qui fit faire aux sciences naturelles des progrès admirables, et que l'on considérait comme doué d'un pouvoir surhumain, parce

qu'il avait découvert un grand nombre des propriétés des plantes
et des métaux.

Les creusets, les cornues, les bêtes empaillées ou conservées
dans des fioles, les filtres, les bocaux, tout effrayait Philippe. Ce
qui servait à Adenez et à Marie pour leurs opérations de chimie et
de physique, lui sembla outils dangereux et moyens répréhensibles.
Certes, il ne songeait point, en ce moment, à la calomnie de Pierre
La Brosse, mais il n'était pas sans effroi, à la pensée que Marie pouvait avoir fait œuvre de magie. La terreur devançait le soupçon.

Adenez ouvrit l'armoire.

Elle se trouvait remplie de fioles de toutes tailles et de toutes sortes ;
les unes, de métal, comme si le cristal n'eût pas été suffisant pour
en conserver les arômes ; les autres, de verre foncé, afin que la
lumière n'en altérât pas le contenu. On en voyait quelques-unes
fermées avec des bouchons d'or ; d'autres, dont le goulot couvert
d'un parchemin portait une étiquette. Sur chacune de ces fioles on
pouvait lire le nom du remède, de l'essence qu'elle contenait. Seul,
un flacon d'argent ne portait aucune indication.

Tandis que le roi, le comte Robert et le duc de Bourgogne jetaient,
autour d'eux, des regards étonnés, un aboiement se fit entendre,
et un grand lévrier d'Écosse vint frôler les jambes de son
maître.

Un sourire glissa sur les lèvres de Pierre La Brosse.

— Messire Archambaud, demanda le baron de Luxeuil, vous
avez constaté la nature du poison versé au prince Louis ?

— Oui, répondit le mire, et je ne l'ai point caché !

— Ce poison était dû, si j'ai bonne mémoire, à des sucs de laurier-
rose ?

— En effet, messire.

— Maître Adenez, poursuivit Pierre La Brosse en se tournant
vers le poète, pouvez-vous reconnaître l'amas de fleurs encombrant
cette table ?

— Ce sont des fleurs de laurier-rose, répondit le roi des ménestrels.

— Ceci est au moins étrange.

— Ce sont des fleurs de laurier-rose, répéta Adenez, mais jusqu'à
ce jour il n'a été fait ici aucune expérience sur ces mêmes fleurs.

— Est-ce que l'on vous accuse, messire Adenez ? J'établis un rapprochement, voilà tout... Les jardins de Vincennes sont remplis de
plantes dangereuses. Qu'y a-t-il d'étonnant à ce que l'on en extraie

du poison... Vous ne l'avez point fait, sans aucun doute, mais d'autres y ont songé pour vous.

Le duc de Bourgogne et le comte d'Artois se sentaient oppressés. Sans croire, plus qu'une heure auparavant, à la culpabilité de Marie, le milieu dans lequel ils se trouvaient agissait sur leur imagination.

— Archambaud, dit le roi, débouchez ces fioles, essayez ces breuvages, je vais sortir d'ici l'âme en paix quoique j'y entre le cœur déchiré.

Le mire déboucha des fioles, les respira, constata la nature du parfum ou de l'essence qu'elles renfermaient. Chaque fois qu'un nom inoffensif s'échappait de ses lèvres, le visage de Philippe devenait moins sombre. Archambaud lui-même respirait mieux. Pierre La Brosse l'inquiétait. Il comprenait que le ministre suivait une route tortueuse pour arriver à un but ténébreux. Il venait, croyait-il, d'achever la revue des bouteilles renfermées dans l'armoire, quand le chambellan dit, en lui désignant un petit flacon d'argent :

— Vous oubliez celui-ci, messire ?

Archambaud le respira, puis il l'éloigna d'un geste rempli d'épouvante.

— Que renferme-t-il, Archambaud ? demanda le roi.

— Du poison, sire...

— Obtenu à l'aide de quelle plante ?

Le mire étendit la main dans la direction des fleurs de laurier-rose.

D'un mouvement rapide, Pierre La Brosse vida le contenu de la fiole dans une tasse, y ajouta de l'eau et la posa sur le sol. Le lévrier altéré se mit à boire avidement.

— Vous savez que c'est du poison ! s'écria le roi.

— Je veux constater, sire, si les symptômes seront les mêmes pour le lévrier que pour le prince.

— Oh ! cela est atroce ! s'écria le roi en cachant son front dans sa main.

Puis tout à coup se relevant, la face livide, l'œil égaré :

— Pourquoi m'avez-vous amené ici ? Que fais-je dans ce laboratoire ? J'étouffe, je meurs dans cette atmosphère de drogues et de poisons. N'est-ce donc point assez qu'il y ait ici un cadavre ? Que prétendez-vous encore... Je veux aller prier sur le corps de mon enfant... Je veux voir Marie ! Marie !

Un gémissement échappa au lévrier qui s'était couché sur un coussin au pied de la table. Le roi l'entendit et sa terreur s'augmenta du spectacle qui s'offrait à ses yeux. La bête se tordait dans

des souffrances atroces. Évidemment le poison agissait. Le duc de
Bourgogne et le comte d'Artois gardaient le silence. Ils éprouvaient
trop de respect et d'affection pour la reine pour oser l'accuser encore ;
ils haïssaient trop La Brosse pour lui donner raison aussi vite, mais
ce qu'ils voyaient les troublait d'une façon singulière.

Adenez ne comprenait pas encore.

Esprit loyal entre tous, poète épris d'idéal, et vivant au milieu
des créations de ses rêves, il ne pouvait ni croire aisément au mal
ni penser que les autres le soupçonnaient.

La découverte du flacon rempli de poison le surprenait, et cependant, il n'en concluait point encore que l'on pût accuser Marie.

Le lévrier poussa deux cris plaintifs, ses pattes se raidirent ; il
fit un effort pour lécher une dernière fois la main de son maître, puis
il retomba, l'œil vitreux, la langue noire et pendante.

— Mort ! fit Pierre La Brosse en le repoussant du pied.

— Mort ! répéta le mire.

— Mort dans un espace de temps aussi rapide, foudroyé par le
même poison, ajouta le ministre. Adenez, ce que j'ai dit dans la salle
basse du palais, je le répète hautement dans ce laboratoire, théâtre
d'œuvres maudites, de sorcelleries et magies damnables. Et j'accuse
de nouveau, devant le roi et devant les pairs, la reine d'avoir mé-
chamment empoisonné Louis de France, afin de rapprocher du trône
son propre fils.

— Infamie ! infamie ! s'écria Adenez.

— Silence ! fit La Brosse, vous êtes trop heureux qu'on ne vous
considère point comme complice d'un tel crime.

— Non, c'est impossible ! impossible ! répéta le roi

— Louis de France est mort, ses frères mourront. La marâtre se
montrera sans pitié pour les fils d'Isabelle.

— Si ma reine est coupable, je le suis aussi, dit Adenez ; si on
ose la traîner devant des juges, je comparaîtrai au même tribunal ;
si on la condamne, je partagerai son supplice. Ce que sait ma royale
maîtresse de la science des simples, ce qu'elle connaît de chimie
et de physique, je le lui ai appris.

Je jure, par mon éternel salut, que jamais encore nous n'avons
extrait le suc des fleurs de laurier-rose. Nous devions en faire l'objet
d'une expérience nouvelle. Je suis certain encore que ce flacon d'argent ne renfermait, hier, qu'un parfum inoffensif. Ni la reine ni moi
ne l'avons rempli. La reine n'a pas même paru hier dans le laboratoire, et j'y suis entré seul. Un misérable ose insinuer que Marie de

Brabant a intérêt à voir périr les fils d'Isabelle d'Aragon ; mais n'a-t-il point lui-même intérêt à ce que la reine Marie disparaisse de la cour?

— La cour! dit La Brosse, mon roi sait que j'ai voulu la quitter, je serais déjà enfermé dans mes terres, si je n'avais cru de mon devoir de veiller à la sûreté de sa famille. Si mon maître refuse de me croire, il peut à son gré me châtier ou me bannir, et laisser la place libre à la meurtrière, à la magicienne! Avant peu, lorsqu'il ne lui restera plus d'autre enfant que Louis d'Évreux, il regrettera de n'avoir pas davantage suivi les avis d'un homme que son dévouement rend aujourd'hui suspect. Qu'ordonnez-vous de moi, sire?

Philippe jeta sur les pairs un regard éperdu. L'accusation était formelle, des présomptions graves s'élevaient contre la reine. Le roi ne voulait pas la croire criminelle, mais sa tendresse s'alarmait déjà pour Charles, Philippe et Robert. Il frissonnait en songeant au cadavre de l'enfant royal, auprès duquel veillait Marie de Brabant ; il s'épouvantait en voyant, couché à ses pieds, son lévrier favori.

Enfin, égaré par la douleur, il tendit les deux mains au comte d'Artois et au duc de Bourgogne.

— Mes enfants! dit-il, sauvez mes enfants!

Ce mot fut le premier coup porté à la reine.

Un instant après, en dépit des efforts généreux du comte d'Artois et du duc de Bourgogne, La Brosse arrachait au roi l'ordre de la faire arrêter.

— Qui osera se charger de l'exécuter? demanda Adenez.

— Moi, répondit La Brosse, il s'agit du salut de la maison royale de France.

La reine tomba à la renverse. (*Voir page* 123.)

XI

DANS LE CACHOT

Marie n'avait pas voulu quitter le lit mortuaire du jeune prince. Deux moines priaient à côté d'elle, et, de temps à autre, adressaient une parole réconfortante à la jeune femme. Mais rien ne pouvait

consoler Marie. L'adoption qu'elle avait faite, dans son cœur, des
fils d'Isabelle, était si tendre, si complète, que le trépas de Louis
d'Évreux n'aurait pas davantage déchiré son cœur.

— Ma fille, lui dit un des moines franciscains qui se tenait auprès
d'elle, votre douleur cesse d'être chrétienne; Dieu ne permet point
que nous la laissions arriver jusqu'au désespoir.

— Mon Père, répondit Marie de Brabant, vous ne savez pas tout
ce que j'ai souffert.

— Je connais votre âme, ma fille, j'y puis lire comme dans un
livre dont vous m'avez laissé feuilleter les pages. Le vent de l'épreuve
cessera de souffler, vous rapprocherez davantage du roi les enfants
qui lui restent; il plaira sans doute au Seigneur d'en placer d'autres
dans vos bras... Dieu vous aime, Dieu vous aidera...

Comme le moine achevait ces mots, la porte de la chambre mortuaire s'ouvrit, et l'on vit paraître Pierre La Brosse.

Il avait le front haut, l'œil insolent, le sourire plein de dédain et
de haine. Il s'avança lentement, et, à travers la baie largement ouverte de la porte, il fut possible au moine de distinguer une troupe
d'archers, dont les casques luisaient sous les clartés des cierges
allumés près du lit de repos de l'Enfant royal.

— Madame la reine... dit Pierre La Brosse d'une voix sinistre.

— Je ne vous ai point appelé, répondit Marie de Brabant, laissez-
moi prier en paix.

— Un message du roi m'amène près de vous.

— Qu'ordonne-t-il? demanda Marie, qui crut, qu'effrayé par sa
douleur, Philippe lui conseillait d'abandonner cette chambre funèbre.

— Il vous commande de me suivre.

— Vous suivre! vous... Dans quel lieu allez-vous me conduire?

— Dans un lieu où vous boirez l'eau de l'amertume, et où vous
mangerez le pain de l'angoisse.

Le baron de Luxeuil tira un parchemin de son sein et le tendit
à la reine.

Celle-ci le remit dans les mains de Frère Pacifique :

— J'ai trop pleuré, dit-elle, je n'y vois plus!

Le Franciscain le prit, le parcourut du regard, puis il tomba sur
les genoux, et ses longs bras décharnés se levèrent vers le ciel.

— Seigneur! Seigneur! dit-il, éloignez ce calice des lèvres de
votre servante... ceci est une œuvre maudite! une œuvre de haine
et de péché·

Il se releva, et posant ses mains tremblantes sur le front de Marie :

— Moi qui vous connais, dit-il, je vous déclare innocente de toute pensée criminelle, et l'ange qui repose ici plaidera votre cause dans le ciel.

— Un crime !.. Moi... Louis de France demander ma grâce... Que voulez-vous dire, mon Père?

— Vous aviez raison tout à l'heure, ma fille ; la série de vos douleurs n'est pas complète et voici venir la plus amère... Le baron de Luxeuil vous invite à le suivre, non point pour rejoindre le roi, mais afin de descendre dans un des cachots de Vincennes... Vous êtes accusée d'avoir versé le poison qui, ce matin, foudroya le fils d'Isabelle.

La reine porta une main à son front et tomba à la renverse. Ses yeux, grands ouverts, n'avaient plus d'expression, sa bouche ne laissait passer ni une parole ni un soupir. Une violente syncope la clouait sans mouvement et sans pensée ; elle restait là, pareille à une statue tombée de son piédestal.

La Brosse la contempla pendant quelques minutes avec l'expression d'une joie farouche, tandis que les moines s'empressaient de la ranimer.

Galvanisée par un cordial énergique, elle tressaillit bientôt, comme si elle sortait d'un rêve, et se tournant vers le baron de Luxeuil :

— Ainsi, vous osez, vassal, porter la main sur votre reine?

— C'est l'ordre du roi, répondit La Brosse.

La reine s'inclina vers l'enfant royal.

— Toi qui habites maintenant les régions célestes, dit-elle, ne peux-tu rien pour me protéger? C'est moi qu'on accuse, moi ta seconde mère! moi à qui Isabelle d'Aragon t'avait légué... Oh! il me semble qu'une telle infamie devrait t'éveiller de ce long sommeil, que tes lèvres froides devraient s'ouvrir, et que ta main vengeresse devrait désigner le coupable. Accusée, moi! Et Philippe, le prince Philippe m'abandonne... C'est par son ordre qu'on m'arrête et qu'on va m'emprisonner... Cela est horrible! épouvantable! Une reine traitée avec cette ignominie! Une mère séparée de son enfant! Une femme repoussée sans avoir été entendue... Car on ne m'a rien dit, rien demandé!... je ne sais sur quel prétexte on base une accusation inique... Oui, mon innocence sera reconnue, je le crois, parce que je crois au Dieu de toute justice ; mais mon cœur a reçu une blessure qui ne se fermera jamais! jamais!

Au nom de la justice, j'exige que le roi, mon époux, mon seigneur et mon maître, daigne m'entendre, ne fût-ce qu'une heure ; je suis sûre que quelques mots d'entretien suffiront pour lui prouver mon innocence. Quant à l'auteur de cette œuvre abominable, Dieu le jugera !

— Allez, ma fille, répondit Frère Pacifique, j'obtiendrai du roi ce que vous souhaitez.

Marie rassembla ses forces, et d'un pas calme, mesuré, se dirigea vers la prison entre les archers de Pierre La Brosse.

La porte du cachot se referma et la captive se trouva seule.

Pendant ce temps, Philippe, le comte d'Artois et le duc de Bourgogne avaient quitté le laboratoire. Ce fut le roi qui en emporta les clefs.

Il ne parlait pas et semblait sous le coup d'une stupeur désespérée. Les pairs du royaume ne semblaient guère moins abattus que lui. Le crime semblait flagrant. Les preuves se réunissaient pour accabler la reine, et, quand on se représentait cette jeune femme simple, touchante et belle, on ne pouvait s'empêcher de penser qu'il était impossible qu'elle ait commis un tel forfait.

Le roi pria les pairs de ne point quitter Vincennes ; ceux-ci vinrent le rejoindre près du lit du prince. Frère Pacifique ne pouvait, devant cette mort terrible, élever la voix en faveur de la princesse ; la vue de l'enfant mort n'était pas faite pour incliner le cœur du roi à la clémence. Sa douleur était devenue farouche, emportée. Il regrettait presque qu'on ne le laissât pas seul près du cadavre, qui devait avoir sa place dans les caveaux de Saint-Denis.

On l'y mena cet enfant, autrefois joyeux, qui attendait tant de bonheur de la vie, et Philippe plus sombre que jamais rentra dans Vincennes.

Le nom de la reine ne passait point ses lèvres. Il semblait que pour lui elle fût déjà morte comme Louis de France.

Les pairs du royaume, chargés d'instruire cette cause unique, inouïe dans les fastes de la royauté, comme dans ceux de la justice, multipliaient d'inutiles efforts pour arriver à la découverte de la vérité. Chacun d'eux croyait de son devoir de chercher le criminel en dehors de la famille de Philippe. Les vertus, les charmes de Marie de Brabant ne permettaient pas de croire à une perversité si grande, et de songer que la mort de l'héritier du trône n'était qu'un premier meurtre que d'autres devaient fatalement suivre. Avant de soumettre Marie à l'humiliation d'un interrogatoire, ils s'informaient, s'inquiétaient, et cependant ils ne parvenaient à rien découvrir. Les clefs du laboratoire n'avaient pas un instant quitté les mains de

Marie et d'Adencz : les fleurs de laurier-rose, le flacon rempli d'un poison identique à celui qu'une main criminelle avait versé dans la coupe de vin de Chypre, tout contribuait à accumuler des commencements de preuves.

Le duc de Bourgogne et le comte d'Artois ne croyaient point à la culpabilité de Marie, mais le soupçon était entré dans l'âme de Philippe, et la reine devait désormais fournir des preuves de son innocence.

Depuis le jour de la mort de son fils, Philippe semblait avoir oublié ses autres enfants. Ceux-ci passaient leurs journées entre Adencz et Blanche de Louvain, demandant leur mère, et ne comprenant pas que Marie pût les oublier si longtemps.

Pierre La Brosse ne quittait pas le roi.

L'empire qu'il avait toujours eu sur le prince s'augmentait du désespoir de celui-ci.

Le baron de Luxeuil se posait en sauveur de la dynastie. Si le nom de Marie de Brabant ne passait point ses lèvres, mille détours habiles ramenaient son souvenir en le chargeant d'accusations transparentes. Le roi, désespéré, laissait entre les mains de La Brosse un pouvoir qu'il ne se sentait pas le courage d'exercer. Le père, l'époux, le chef de famille souffrait trop pour que le maître du royaume retrouvât son énergie.

Cependant, Frère Pacifique n'oubliait point la promesse faite à la reine. Résolu à la tenir, il ne voulait aborder le roi qu'à une heure propice, et devinait instinctivement que le ministre s'opposerait de tout son pouvoir à ce que les deux époux se trouvassent face à face. Il laissa donc passer les deux premiers jours qui suivirent l'inhumation de l'enfant. Le troisième jour était un dimanche, Pierre La Brosse avait, ce jour-là, des rendez-vous d'affaires graves à Paris. Il pensa que le roi, occupé par les offices du jour, n'avait besoin ni de ses services ni de ses conseils, et qu'il passerait à la chapelle les heures que, d'ordinaire, ils employaient à la discussion des affaires de l'État. Il partit donc pour Paris afin de recevoir la visite d'un envoyé d'Espagne, dont il attendait d'importantes nouvelles.

Philippe se rendit à la chapelle, où le moine franciscain officiait. Le roi était pieux et grandement affectionné aux choses de la religion et aux gens d'église. Tout homme consacré à Dieu, fût-ce le plus humble clerc, obtenait de lui des marques de respect.

Le saint sacrifice de la messe terminé, le monarque, que les sanglots étouffaient, demeura prosterné sur son prie-Dieu. Il tressaillit au contact d'une main qui se posa sur son épaule :

— Mon fils, lui demanda une voix grave, croyez-vous porter vraiment votre croix à l'imitation de celle du Sauveur?

— Je sais que cette croix m'écrase, répondit le roi, et que j'offre à Dieu mes larmes.

— Ce que vous faites ne suffit point, répondit Frère Pacifique. Homme, vous ne seriez peut-être pas tenu à plus d'efforts de courage; roi, vous ne donnez pas à vos sujets l'exemple d'une suffisante équité. J'ai suivi, à Saint-Denis, le convoi d'un enfant; au fond des cachots de Vincennes, je sais que l'on a traîné une reine, mais je vous demande au nom de la justice, que vous êtes tenu de rendre à tous, ce que vous avez fait pour démêler la vérité de la calomnie?

— Je lui ai donné des juges, répondit Philippe d'une voix à peine intelligible.

— Elle n'en reconnaît qu'un, jusqu'à cette heure !

— Qui donc? demanda le roi avec épouvante.

— Vous! répliqua le moine.

— Moi! Quoi! voudrait-elle, oserait-elle paraître devant le roi qui vient de perdre l'héritier de sa couronne, le mari trahi par elle, le père réduit au désespoir... Si vous saviez combien je l'ai aimée, mon Père, vous comprendriez mieux que vous ne semblez le faire, le sentiment qui m'empêche de la voir. Que me dirait-elle, hélas! Mon enfant est mort! Et dans le laboratoire où elle extrayait le suc des plantes les plus terribles, on a trouvé le reste du poison versé à mon fils...

— Elle vous dirait, prince, ce que lui inspirerait sa conscience. Elle vous dirait : « Ouvrez la Bible, et souvenez-vous de la coupe de Joseph trouvée dans le sac de Benjamin...» Elle vous dirait : « Les vieillards accusaient Suzanne, et Suzanne fut justifiée par Daniel... » L'avez-vous questionnée, entendue? Sur la foi d'une parole au moins imprudente, vous l'avez jugée coupable. Et cela n'est ni d'un homme, ni d'un chrétien, ni d'un roi !

— Que voulez-vous donc? demanda Philippe.

— Je veux que vous descendiez dans ce cachot, où je l'ai vu entraîner par des archers que guidait Pierre La Brosse. J'exige, au nom de mon Sauveur, que vous ne refusiez pas plus à cette reine, à cette épouse, à cette mère, l'équité à laquelle a droit la dernière des serves... Vous êtes le fils de Louis IX, qui donna les *Établissements...*

— Vous êtes prêtre et juge à votre tour, dit le roi, je vous vénère et je vous aime... ce que vous m'ordonnerez de faire au nom de Dieu, je le ferai.

— Venez donc, répondit Frère Pacifique.

Il saisit la main du prince et l'entraîna.

Philippe ne résistait plus. Il cédait à l'énergie, à l'autorité du ministre du ciel; il commençait à comprendre qu'il avait jugé bien rapidement.

La douleur l'avait frappé d'une sorte de folie. Maintenant qu'il réfléchissait, il ne pouvait comprendre la hâte avec laquelle on avait procédé à l'emprisonnement de la reine.

Guidé par le moine, à qui le gardien du donjon venait de remettre la clef du cachot de Marie, Philippe commença à descendre les longs escaliers noirs.

Quand il fut dans la prison, il inspecta d'un regard la cellule de la prisonnière. Une escabelle adossée à la muraille, une cruche remplie d'eau, un pain grossier, voilà tout ce que possédait, à cette heure, Marie de Brabant. Le cœur de Philippe se serra. De lourdes chaînes et un carcan de fer forgé se trouvaient suspendus au-dessus d'un bloc de maçonnerie; sans doute ceux qui avaient précédé la reine dans ce cachot avaient porté ces chaînes... Les lui destinait-il donc?

En proie à une angoisse terrible, Philippe marcha rapidement vers la couche de paille, et, saisissant les deux mains de la reine, il l'appela :

— Marie! Marie!

Elle ouvrit subitement les yeux, se dressa sur ses pieds, et, sans hésitation, en un mouvement plein d'abandon et de sainte confiance, elle se jeta dans ses bras.

— Philippe! mon Philippe!

Elle ne lui reprochait rien, ni l'insulte subie, ni les jours et les nuits d'angoisses pendant lesquels sa douleur atteignit la folie. Elle le revoyait, tout était fini. Il avait confiance en elle, qui jamais ne cessa de l'aimer. Ses grands yeux bleus rayonnaient de tendresse, ses lèvres s'agitaient doucement, et, dans une sorte d'extase, elle répétait :

— Philippe! mon Philippe!

Le roi se trouvait complètement désarmé et vaincu. Il était venu pour l'interroger comme un juge, il voulait lui demander des explications rigoureuses, et le cri de Marie, la sincérité de son élan dérangeaient le plan qu'il avait formé.

— Je savais bien que tu viendrais, dit-elle; pouvais-tu laisser ta femme au fond de cette tombe... Je ne me souviens plus d'y être descendue, tu me ramènes à la lumière, tu me rends ce qu'une heure j'ai cru avoir perdu, ta confiance et ton affection... Car on m'a dit des choses odieuses, et on me les a dites en ton nom... Ah! j'ai cru tomber morte, moins de honte que de désespoir... Aimer un époux de toute la force de son âme, et s'en voir méconnue, s'entendre dire qu'il vous accuse, cela est horrible! Je ne sais pas comment j'ai pu le supporter... Mais on est bien fort quand la conscience est pure, Dieu m'a soutenue, je vis, et la joie de te revoir me fait oublier ce que j'ai souffert.

— J'ai plus souffert que vous, Marie.

— Non! fit la reine avec énergie. Louis m'était aussi cher qu'à toi! Tes enfants! mais je les ai aimés de la première heure où je les ai vus... Ils sont venus à moi avec cet adorable instinct des jeunes êtres qui croient qu'on les chérit parce qu'ils sont innocents et beaux. Peut-être est-ce ma tendresse pour eux qui m'a fait t'aimer toi-même... Car enfin! moi, j'avais à lutter contre le souvenir palpitant d'Isabelle, ta tendresse pour elle pouvait n'être pas éteinte.. Des considérations politiques pouvaient t'engager à conclure une alliance; mais moi, oh moi, j'en étais à mes premiers rêves, et pas une de mes pensées ne s'est égarée sur un autre homme... Philippe, tu as eu le premier battement de mon cœur, comme tu en auras le dernier... Aussi, quand un chagrin t'atteint, il me blesse autant que toi-même... Louis! cher et adorable enfant! Depuis que je suis plongée dans cette nuit, dans cet abîme, j'ai pleuré plus sur lui que sur moi-même.

Elle se redressa et regardant fixement le roi :

— On a trouvé les coupables, n'est-ce pas?

— Non, répondit le roi d'une voix brève.

— Non! mais alors, ce que tu pensais, tu le penses peut-être encore... Tu as cru cette chose monstrueuse que j'avais pu empoisonner ton enfant, puisque tu as donné ordre de me jeter dans ce cachot... Tu ne viens pas pour m'en arracher, tu viens...

— Je viens, dit Philippe avec un geste désespéré, je viens te crier : Justifie-toi, Marie! on t'accuse, et quand mon ancienne tendresse se réveille à ta vue, quand mon cœur se fond à la douceur de ta voix, je lutte contre l'émotion qui m'entraîne... Car enfin, mon fils est mort, et mon fils n'est pas vengé.

— Et c'est à moi que tu dis de se disculper d'une accusation

monstrueuse! C'est à la femme, à la mère du dernier de tes fils que
tu ordonnes de te prouver qu'elle n'est pas coupable! Moi! descendre
jusqu'à discuter une calomnie... jamais! jamais! Philippe, tu ne
me connais pas encore.

— Ne me parle pas ainsi, reprit le roi d'une voix sombre, réponds,
réponds, il y va de ma vie, de la tienne, de l'honneur de la couronne.
Les mots s'envolent et les faits restent... On a trouvé chez toi des
flacons, des poisons, le même poison que celui qui tua l'enfant
d'Isabelle.

— C'est faux! s'écria la reine.

— J'étais là, répondit le roi.

— Non! non! on a trouvé les fleurs de laurier-rose, voilà tout.

— Le poison enfermé dans un flacon d'argent, et reconnu par
Archambaud, a été bu par mon lévrier... Son agonie n'a pas été
longue...

— Eh bien! dit la reine, si on a trouvé ce poison, une main étrangère l'y a porté. Sur Dieu, sur mon baptême, sur l'Éternité que
peut-être cette accusation rapproche de moi, je n'ai jamais encore
extrait ces sucs terribles...

Je compte des ennemis, des ennemis irréconciliables, mortels!
Dieu les connaît, Dieu saura les confondre... Philippe, crois-moi!
Philippe, écoute-moi, si tu ne veux pas que toute ma vie soit dé-
chirée par les remords... Je suis devant toi, je te regarde, je te
parle... Est-ce que ma voix tremble, est-ce que mes yeux fuient tes
yeux. Ne sais-tu plus distinguer le crime de l'innocence... Ce n'est
pas seulement à ton fils que l'on s'est attaqué... A travers cet enfant,
c'est moi que l'on voulait atteindre... On dira, peut-être, que moi
et Adenez nous avions seuls les clefs du laboratoire, mais on fait
des clefs fausses... Une main criminelle, après avoir versé le poison
dans la coupe de Louis, a porté ce même poison chez moi... Et cependant! je n'ai fait de mal à personne... Pourquoi me haïr, pourquoi vouloir mon déshonneur et ma mort? Philippe! mon Philippe!
ce n'est point mon palais que je regrette, ce n'est pas ma couronne
que je pleure... Il me serait indifférent de vivre dans ce cachot si je
le partageais avec toi... Mais ta confiance faisait ma joie, ton affection était ma vie... Voyons, que pourrais-je te dire pour te convaincre... Il te faut des serments, et des preuves aussi... Eh bien!
par mon enfant à moi, mon petit Louis, dont les baisers m'ont appris
depuis si peu de temps encore les joies maternelles... je ne pourrais pas me parjurer, car Louis porterait la peine de ce parjure...

Quel intérêt avais-je à supprimer par un crime l'héritier de ta
couronne! Était-il l'unique fils de France! Ne gardes-tu pas trois
autres enfants d'Isabelle... Mais alors j'aurais rêvé cette chose
monstrueuse de les tuer tous, l'un après l'autre; j'aurais vu tes larmes
et ton désespoir... Mais cette accusation est folle! car une telle reine,
une semblable marâtre serait assez maudite du ciel pour que Dieu
la châtiât à son tour en lui enlevant son enfant!

— Marie! Marie! dit Philippe, parle encore, parle, il me semble
que le voile qui couvrait ma vue se déchire, et que je comprends
tout ce que ma folie désespérée eut d'odieux envers toi.

— Je n'ai plus rien à te dire, répondit la reine; ajouter un mot
de plus serait méconnaître ta justice, et j'y ai droit comme la plus
humble femme...

— Oui, oui, Marie, et dussé-je faire donner la torture à tous ceux
qui, ce jour-là, sont entrés à Vincennes...

— Ni tortures ni supplices, répondit Marie, il me suffira que tu
me croies.

— Je te regarde, je te vois, je t'écoute, j'oublie!

— Me crois-tu?

— Je te crois, Marie!

Philippe fit un mouvement pour entraîner sa femme.

— Que veux-tu faire? lui demanda-t-elle.

— T'arracher à ce lieu infâme.

— Ton devoir était d'y descendre, mais tu as à remplir plus
d'une formalité pour m'en faire sortir.

— Comment...

— Des juges sont-ils nommés pour l'instruction du procès?

— Oui, répondit le roi.

— On n'a pas perdu de temps... Qui sont-ils?

— Les pairs du royaume.

— Le duc de Bourgogne et le comte d'Artois?

— Oui.

— Quelle est leur opinion?

— Ils gardent pour Marie, reine de France, un inviolable respect.

— Je ne sortirai d'ici que sur leur ordre.

— Ce soir même...

— Les portes de ce cachot me furent ouvertes par Pierre La
Brosse... Pierre m'arrachera de cette cellule...

— C'est juste! répondit le roi.

— Et maintenant, Philippe, mon époux, mon maître, le seul être que je puisse chérir en ce monde avec mon enfant et Jean mon frère, laisse-moi pour quelques heures encore dans ce cachot que je vais cesser de trouver lugubre... Tu m'as dit : « Je crois en toi ! » c'est assez pour ma consolation.

— Bourgogne et d'Artois sont à Vincennes... je vais....

— Et La Brosse?

— Je lui expédierai un messager à Paris.

Philippe rapprocha de ses lèvres les deux mains de Marie.

— Me pardonneras-tu? lui demanda-t-il.

— Je t'ai dit que je t'aimais.

Le roi étreignit la jeune femme sur sa poitrine.

— Tu devrais me suivre, lui dit-il, appuyée sur mon bras tu rentrerais le front haut dans la salle où tes fils t'attendent, où les frères de Louis redemandent leur mère... J'ai foi en toi, qu'importe le reste! Viens, Marie! viens...

La reine dénoua ses bras :

— C'est le mari qui parle, dit-elle, il faut que le souverain me rende justice.

— Tu as raison... Eh bien! c'est moi qui redescendrai cet escalier immonde... C'est moi qui, suivi de mes pairs, accompagné de mon premier ministre, de Frère Pacifique et des fils d'Isabelle, viendrai te prendre dans cet ignoble cachot, moi qui m'humilierai devant ton innocence, et qui te demanderai grâce...

— Je n'exige pas tant, murmura Marie.

Le roi eut peine à quitter la jeune femme. Cette fois, Marie souriait, et quand elle rentra dans la cellule, dont la porte retombant de tout son poids se referma d'elle-même, elle répétait avec l'expression de la joie retrouvée et de la tendresse reconquise :

— Philippe! mon Philippe!

Le roi remonta lentement l'escalier tournant. Il semblait avoir peine à s'arracher aux ténèbres au sein desquelles il laissait une femme innocente. Loin de s'alléger, le poids chargeant son cœur devenait plus lourd à mesure qu'il retournait vers la lumière. Sur la première marche de cette spirale lugubre, il trouva Frère Pacifique qui l'attendait.

— Eh bien! mon fils? demanda le moine.

— Je calomniais un ange! répondit Philippe.

— Et vous ne l'arrachez point à son cachot?

— Elle ne me l'a point permis.

— Que peut-elle objecter?

— C'est mon ministre qui lui a transmis mes ordres, c'est de lui qu'elle attend la nouvelle que son innocence est reconnue.

— Mon fils, dit le moine, la reine se trompe... Au nom des faibles lumières dont il plut à Dieu de douer mon esprit, n'attendez pas le retour de La Brosse. Achevez ce que vous avez résolu. Agissez en maître, agissez en roi! Devant le Seigneur qui m'entend, je parle dans l'intérêt de la reine.

En ce moment Audouin parut.

— A cheval, mon fidèle, dit le roi, cours chez le baron de Luxeuil; il s'agit du salut de ta noble maîtresse.

— Sire, vous le savez, pour elle on pourrait me commander de mourir!

Et, s'éloignant rapidement, Audouin prit le chemin des écuries royales.

Il dictait à ses greffiers l'ordre du Roi. (*Voir page 140.*)

XII

L'ENVOYÉ D'ESPAGNE

Quand le baron de Luxeuil regagna son logis de Paris, l'un des premiers *Ricos-Hombres* de Castille, Luiz de Velasco, l'attendait. Il fallait que les intérêts à débattre eussent une bien grande importance, pour que la fierté du grand seigneur espagnol s'abaissât jusqu'à traiter avec l'ancien barbier de Louis IX.

Luiz de Velasco venait en France avec le titre d'ambassadeur du roi d'Aragon qui, s'étant emparé de la Castille au préjudice de ses neveux, devait user d'une grande diplomatie afin de terminer, sans déclarer ou soutenir la guerre, la question compliquée de la succession au trône de Castille.

Aussi, connaissant l'influence que La Brosse exerçait sur l'esprit de son maître, Luiz de Velasco avait-il résolu de mettre le ministre dans ses intérêts, avant même de présenter au roi les lettres d'introduction qu'il tenait de don Sanche.

Autant La Brosse venait de témoigner d'audace en formulant son accusation contre la reine, autant il affecta de se montrer modeste, pendant son entretien avec l'orgueilleux castillan. La Brosse possédait véritablement une habileté approchant du génie. Génie pervers, ne reculant devant aucune action, si mauvaise qu'elle pût être, pourvu qu'elle concourût à son élévation et à l'accroissement de ses richesses. Ce n'est pas que La Brosse ait laissé dans l'histoire le souvenir d'un ministre habile. On ne cite ni un traité avantageux conseillé par lui, ni une loi sage édictée. Dévoré par l'orgueil, il n'eut souci d'aucune grandeur hors la sienne, et le bien de l'État le laissa toujours indifférent, à moins que la prospérité de la France dût ajouter à l'éclat insolent de sa fortune.

La visite de l'ambassadeur espagnol pouvait avoir une grande influence sur l'avenir de La Brosse, aussi parut-il devant Luiz de Velasco avec la courtoisie d'un hôte et le respect dû au représentant de l'une des premières familles de l'Espagne.

— Monsieur le baron, dit Velasco, la nouvelle de la perte cruelle que vient de faire le roi de France m'est parvenue dès la première heure. J'ai assisté à Saint-Denis à l'inhumation du jeune prince, mais comme particulier, et non point en qualité d'envoyé du monarque mon maître. Il m'aurait répugné de mêler des questions d'étiquette à cette pompe funèbre, et le même sentiment qui m'a empêché de remettre au roi mes pouvoirs me porte aujourd'hui à m'adresser à vous, son confident, son ministre, son ami.

— Son serviteur le plus dévoué, du moins, monseigneur.

— Il est temps, il est plus que temps, dans l'intérêt de la France comme dans celui de l'Espagne, de mettre fin à une guerre de succession qui peut troubler plusieurs États, et de terminer la guerre entre des princes que Dieu fit pour s'estimer et s'aimer.

— Croyez, Monsieur l'ambassadeur, que je ne souhaite rien plus que la paix.

— Aidez-moi donc à la conclure.

— Vous ne me proposez, je l'espère, que des choses acceptables pour l'établir ; vous la désirez, à la fois équitable et durable ?

— Certes! C'est pourquoi je m'adresse à vous avant de rien tenter sur l'esprit du roi. Sa douleur le rend, d'ailleurs, presque incapable de s'occuper des affaires de l'État... Et, si j'en crois une rumeur terrible, la mort de l'héritier du trône n'est pas le moindre des malheurs qui vient de s'abattre sur lui. La reine...

— On vous a bien renseigné, monseigneur, la reine attend des juges.

— Vous l'accusez...

— Je la crois coupable.

— Ce crime serait tellement monstrueux, que j'hésite à y croire... Il se peut qu'un ennemi secret ait versé le poison dans la coupe du prince Louis... La reine est jeune, belle... Son influence devait balancer sinon dépasser la vôtre... Peut-être, baron de Luxeuil, aurez-vous à votre tour besoin d'amis qui vous soutiennent, et d'une cour qui vous accueille... Le cœur des rois est changeant... Don Sanche est ambitieux, mais on ne saurait l'accuser d'être ingrat... Montrez-vous, à cette heure, dévoué à ses intérêts et il vous couvrira d'une protection inviolable...

— Je n'ai rien à craindre.

— Sans nul doute ; mais votre franchise, votre dévouement vous peuvent être imputés à crime, si la reine parvenait à se disculper... Vous n'êtes que baron de Luxeuil en France, en Castille vous prendriez le titre de *Rico Hombre*, et vous pourriez rester la tête couverte devant le roi. Votre fortune est grande, mais l'Espagne est riche et prodigue. Soutenez la cause de don Sanche, et vous êtes marquis, grand d'Espagne, et l'épargne du roi vous compte assez de ducats pour qu'il vous soit possible de mener un train de prince.

Les yeux de La Brosse étincelèrent.

Cependant, il répondit d'une voix calme :

— Je naquis très petit gentilhomme, et la situation à laquelle je suis parvenu a de beaucoup dépassé mon ambition. Je ne désire rien de plus que ce que je tiens de la munificence du roi. Si ce que vous craignez se réalisait, si, grâce aux chances dont elle dispose, Marie de Brabant arrivait à convaincre Philippe III de son inno-

cence, je ne resterais sans doute pas à la cour, où l'on me saurait
mauvais gré d'avoir trop bien veillé sur la maison de France. J'ai
plus d'une fois tenté de me retirer des affaires; mon dévouement
au roi m'a seul décidé à y rester quelque temps encore. En me rendant la liberté, Philippe me rendrait le calme et la paix auxquels
j'aspire. Aucune considération de celles que vous venez de mettre
en avant ne pourrait donc faire varier mes opinions. Je pourrais me
plaindre d'avoir été mal jugé par don Sanche, je préfère oublier ce
que vous m'avez offert de sa part... Cependant, vous avez prononcé
des paroles sages, la paix est désirable pour les deux royaumes.
Les Maures donnent assez de soucis à la Castille, et les croisades
nous ont assez appauvris pour que nous cherchions, dans le calme,
à refaire par l'industrie et le travail une prospérité compromise...

— Oui, la paix, une trève...

— Je puis conseiller au roi d'attendre que les Infants aient grandi,
et tenter de lui faire accepter don Sanche, sinon comme roi, du
moins comme régent, à la condition expresse que l'aîné des fils de
Blanche de France, devenu majeur, don Sanche lui rendrait à la
fois le sceptre et le pouvoir.

— Si Philippe III y consentait...

— Vous l'avez dit, monseigneur, le moment est mal choisi pour
lui parler politique.

— Raison de plus pour qu'il règle ses propres affaires de famille,
avant de s'immiscer dans celles de don Sanche.

Luiz Velasco se leva.

— Je compte sur votre promesse.

— Je conseillerai au roi de suspendre les préparatifs de guerre,
voilà tout.

— Cela nous suffit pour l'instant, répondit Velasco.

Il ajouta avec beaucoup de bonne grâce :

— Vous avez un fils dans l'âge de l'ambition, confiez-le-moi; je
me charge de lui faire faire en Castille une rapide fortune.

— Vous me comblez, monseigneur, répondit Pierre, je transmet-
trai vos offres à mon fils Amaury.

— S'il les accepte, dès que j'aurai eu avec le roi une entrevue
satisfaisante, je l'emmène avec moi.

Velasco prit congé du baron de Luxeuil.

Quand Pierre La Brosse rentra dans son appartement, son cœur
débordait de joie. En arrivant, il trouva Audouin qui lui remit un
ordre du roi le mandant à Vincennes.

Une secrète inquiétude traversa l'esprit de La Brosse.

Que pouvait lui vouloir le roi?

Il l'avait quitté depuis quelques heures à peine, et le prince, si accablé qu'il fût, semblait assez calme. Audouin l'affirmait, il n'était rien survenu de nouveau, et cependant Piéron avait peur.

Il fit seller sa monture, et se trouva presque en même temps que l'écuyer à la porte du château.

Le roi l'attendait en proie à une agitation extrême, et s'élança au-devant de lui dès que le ministre parut dans la salle.

— Piéron! dit-il enfin, j'ai cru que tu n'arriverais jamais. J'ai besoin de toi, Piéron, pour accomplir un acte de justice éclatante. Descends dans le cachot de la reine; arrache-la à ce lieu de torture, ramène-la devant les Pairs et devant moi, pour que je lui demande pardon d'avoir pu la soupçonner un jour, une heure, et que je lui jure de lui faire oublier, à force de respect et d'amour, les heures d'angoisse qu'elle a passées...

Les yeux de La Brosse se fixèrent sur le roi avec une expression étrange :

— Sire, lui demanda-t-il, la reine vous a fourni des preuves de son innocence?

— C'est un ange! s'écria le roi.

— Pouvez-vous m'apprendre quelles sont ces preuves?..

— Ma vie ne suffira pas pour lui faire oublier mon injustice.

— Les preuves, sire, les preuves!

— Et quelles autres preuves veux-tu que son éloquente parole et ses larmes, les cris sortis de son cœur, la pureté de son front, l'éclat lumineux de son regard; le visage ne peut mentir à l'âme; la voix ne trompe jamais celui qui la sait écouter. Marie! elle ne m'a reproché ni mon injustice ni mes soupçons; elle m'a crié: Je te pardonne et je t'aime. Descends dans son cachot, Piéron, et qu'elle rentre en souveraine maîtresse au sein de la famille dont je l'ai bannie dans une heure d'égarement.

— Ainsi, dit La Brosse, au mépris de l'engagement pris vis-à-vis de moi, vous avez vu la reine?..

— Avais-je le droit de lui refuser une entrevue?

— Marie de Brabant s'est mise hors de tout droit et de toute loi!

— Le dernier des criminels est entendu par son juge.

— Oui, quand il s'agit d'un crime ordinaire et d'un malfaiteur ayant frappé du couteau; mais cette fois tout diffère, sire, depuis la tête qui combina le crime jusqu'à la main qui l'exécuta...

— Marie est innocente! je le crois, je le sais, j'en jurerais sur mon âme!

— Et votre âme serait perdue, répondit Piérou d'une voix sombre.

— Perdue! Tu ne comprends pas, tu ne veux pas comprendre! Eh bien! qu'est-ce que cela me fait que tu ne sois pas convaincu... Ne suffit-il pas que j'aie confiance et que je le proclame? Serait-ce donc vrai, ce que bien souvent on m'a répété sans que je voulusse le croire, que la reine te portait ombrage et que tu la haïssais?..

— La haïr, non! ce n'est pas le mot, sire! elle m'épouvantait.

— Elle! cette créature d'une douceur d'agneau! Elle, qui ne s'est pas même révoltée contre moi, qui m'a tendu les mains, et dont le regard m'a révélé l'indulgence.

— Oui, j'en ai peur! répéta La Brosse. On a vu des anges des ténèbres prendre l'aspect des anges de lumière... Elle a employé aussi sur moi le pouvoir de la beauté, la force de ses maléfices! Je vous avais prévenu que vous seriez en danger si vous la revoyiez seul, et vous n'avez par voulu m'entendre... Elle n'est pas seulement belle, elle est fatale... Elle possède non-seulement une parole entraînante, mais elle jette sur quiconque la voit et l'écoute un regard qui le dompte et l'anéantit. Vous croyez n'avoir en face de vous qu'une femme timide, et vous vous trouvez en présence d'une magicienne redoutable.

— Elle! qu'a-t-elle fait? qu'a-t-elle dit? pour mériter cette accusation presque aussi insensée que la première!

— Oh! Marie de Brabant ne compose pas seulement des poisons qui tuent, elle distille des philtres qui lui soumettent les volontés et les cœurs de ceux à qui elle les fait prendre... Le regard candide de ses grands yeux bleus, magie! le timbre velouté de sa voix, magie! l'enchantement répandu par sa présence, l'affection qu'elle provoque, magie encore, magie toujours! Elle a conclu avec Satan un pacte infernal. Pour prix de son âme qu'elle lui abandonne, elle reçoit en échange une puissance d'attraction à laquelle rien ne résiste, à moins que l'on ne soit armé contre elle du signe de la croix ou d'une sainte relique... Si vous en doutez, rappelez-vous ce qui s'est passé. La mort de votre premier né, le poison trouvé dans le laboratoire, les fleurs accusatrices. Vous demeurâtes écrasé par ces preuves. Le comte d'Artois, si violent au commencement de la scène qui se passa dans le retrait de la reine, se trouva réduit à l'impuissance de la défendre, et le duc de Bourgogne fut d'avis que la justice suivît son cours. Vous aussi, vous croyiez Marie de Brabant

coupable d'avoir empoisonné un fils de France. Oh ! je savais bien
qu'astucieuse et résolue comme elle est, Marie de Brabant ne pouvait avoir qu'un seul but, vous revoir seul à seul et parvenir à vous
convaincre sans vous rien expliquer. Comment a-t-elle résolu ce
problème ? sinon à l'aide de son magique pouvoir. Elle n'a point
parlé de la façon terrible dont Louis de France a succombé après
avoir déjeuné avec elle. Elle n'a pu expliquer pourquoi l'on avait
trouvé dans son laboratoire un amas de feuilles de laurier-rose
fraîchement cueillies ; encore moins par quelle coïncidence étrange
on avait découvert un flacon d'argent rempli d'un extrait mortel.
Non ! elle ne s'est ni défendue ni expliquée. Elle s'est servie du
pouvoir qu'elle exerce sur vous, de son habileté, de sa beauté, de
son adresse infernale ; elle a appelé Satan à son aide, et Satan lui a
répondu, puisque vous avez cédé au charme de son regard menteur,
de son décevant sourire.

— Magicienne ! elle !

— Est-elle la première souveraine de France accusée de recourir
à des moyens surnaturels pour conserver de l'empire sur l'esprit
d'un époux ? Ne vous souvient-il plus que Charlemagne resta sous
le joug inexpliqué de sa femme Fastrade, jusqu'à son dernier jour,
et que, même après sa mort, l'évêque Turpin fut obligé de détruire
cet enchantement...

— Magicienne ! répéta le roi, magicienne !

Tout à coup un souvenir traversa son esprit :

— Si elle était ce dont tu l'accuses, Piérou, pourquoi le Frère
Pacifique ne m'aurait-il pas mis en garde contre ce danger ? Pacifique, un des enfants de l'Ange d'Assise, un des moines que le saint
roi mon père vénérait le plus.

— Que m'importe, répliqua La Brosse, ce que pense ce moine !
J'ignore si, pour prix de son silence, la reine ne lui a point promis de
faire construire un monastère... Du reste, sire, j'en ai trop dit depuis la catastrophe qui vous coûte déjà la vie d'un de vos enfants...
J'aurais dû me taire et garder pour moi seul, avec le nom de la coupable, le secret de son impérieux empire... Peut-être le second des
princes serait-il déjà mort comme Louis de France ; mais vous con-
tinueriez à vous estimer un heureux époux. J'ai préféré le roi, le
fils de mon premier maître Louis IX, à ma tranquillité, peut-être à
ma liberté et à ma vie, car vous ne me pardonnerez pas ce que je
viens de vous révéler.

— Tant de douleurs ! s'écria le roi, tant de coups successifs, et

portés par la main d'un ami ! Je ne crois pas ce que tu viens de dire...
c'est impossible ! impossible !

— Demandez aux clercs si l'Évangile ne nous affirme pas que le
démon prend souvent possession des êtres vivants ?

— Je le sais... murmura le roi, mais Marie !

— Marie est à la fois meurtrière, empoisonneuse et magicienne !

— Si jeune ! si belle !

— Donnez-lui des juges, reprit Pierre La Brosse.

Philippe baissa la tête.

— Je suis bien malheureux ! fit le roi en fondant en larmes.

— Oui, vous êtes malheureux, sire : malheureux d'avoir perdu
l'ange qui fut votre première compagne, Isabelle d'Aragon... malheureux d'avoir vu succomber Louis de France et si mal placé votre
dernière tendresse... Mais quand cette femme de péché aura avoué
son crime, quand vous serez convaincu de son hypocrisie, et que
son supplice aura vengé le trépas de votre enfant, vous remercierez
le Ciel de vous avoir débarrassé du démon qui aurait perdu votre
âme... Délivrez-vous du fardeau qui vous accable en donnant des
juges à cette marâtre et faites prompte et sévère justice afin que le
peuple vous honore comme le représentant de la loi.

— Justice ! répéta le roi, je ferai justice ! puisqu'il en est ainsi.
Piérou, va, je te charge de régler au plus tôt les formalités de la
procédure.

La Brosse sortit triomphant, et quelques instants après, il dictait
à ses greffiers l'ordre du roi qui mettait la reine en jugement.

Rentré chez lui, il voulut savoir ce que répondrait Amaury aux
offres de Velasco.

— Beau fils, lui dit-il, ne vous semble-t-il pas qu'il serait temps
de quitter vos occupations de clerc pour des travaux plus nobles ?
Je ne songe point à vous faire tonsurer dans un cloître, et mieux
vaudrait emploi dans une cour souveraine, et bons combats livrés
sous les yeux des dames, que vos travaux de copiste et d'enlumi-
neur.

— Oh ! répondit Amaury, pour m'occuper d'art, ne croyez point
que je néglige la science de la guerre. Il ne se passe pas de jour
sans que je joûte courtoisement avec l'un des chevaliers du roi. Une
heure viendra où vous pourrez juger de mon adresse et y applaudir
peut-être. A défaut de tournoi, s'il se présente une occasion de
combat judiciaire dans lequel je puisse défendre quelque noble infortune, vous aurez, je l'espère, sujet d'être fier de votre fils. Adenez,

qui fut le favori d'Henri le Débonnaire, veut bien m'enseigner la musique et la poésie. Je m'efforce de le satisfaire.

— Délassement d'adolescent, je vous l'ai dit, Amaury; mais j'ai sur vous des projets qu'il vous faut aujourd'hui seconder. Il s'agi de votre fortune...

— Vous êtes déjà trop riche, répondit Amaury.

— De votre ambition, alors.

— Je n'en ai qu'une : Me montrer digne des bontés du roi, de la confiance et de la préférence de Blanche de Louvain.

Le visage de Pierre La Brosse se rembrunit davantage.

— J'ai accepté pour vous une haute situation en Espagne, dit-il Luiz de Velasco, un des *Ricos Hombres* de la cour de don Sanche, se charge de votre avancement, et un titre de marquis vous sera donné avant deux années.

Amaury devint très pâle.

— Don Sanche est l'ennemi de la France, mon père, l'oubliez-vous donc?

— Don Sanche n'est irrité ni contre la France ni contre son roi. Il prétend exercer le pouvoir pendant la minorité du fils de Fernand de la Cerda, mais rien ne prouve qu'il ne rendra point, plus tard, la couronne de Castille.

— Toute couronne brûle le front qu'elle touche, mon père... Dieu seul connaît l'avenir; mais il me suffit de savoir que don Sanche détient injustement l'héritage de ses neveux pour ne point souhaiter le servir. En m'attachant à sa personne, il me semblerait trahir le roi Philippe.

— Qui vous dit que vous ne m'aideriez point à cimenter une paix durable entre ces rois?

— Il n'est point de paix durable entre un prince gardant le respect de sa parole et un roi peu soucieux de ses serments.

— Vous raisonnez beaucoup, Amaury.

— Je raisonne depuis que je pense.

— Et si je vous disais que votre soumission à mes ordres est indispensable?

— Oserai-je vous demander pour quelle raison?

— Il n'est pas l'heure de vous le révéler.

— Permettez-moi donc de m'abstenir, mon père.

— Vous quitterez la France avec Luiz de Velasco.

— Pardonnez-moi de vous désobéir, mon père, mais je ne partirai pas.

— Vous avez une autre raison que celle que vous m'avez donnée.

— J'en ai deux.

— Je veux les connaître.

— Soit! répondit Amaury, aussi bien faut-il que nous nous expliquions sur plus d'un point. J'arrive à l'âge d'homme, mon père, et si ma conduite ne doit en rien s'écarter du respect qui vous est dû, je ne me crois plus le droit d'agir d'une façon absolue sous l'impulsion d'un autre, cet autre fût-il mon père...

— Vous avez dit : « le droit » fit le baron de Luxeuil, dont les lèvres blanchirent de colère.

— Je l'ai dit, reprit Amaury, dont le clair regard se fixa sur le visage de Pierre La Brosse avec une calme énergie. Ma conscience s'est éveillée en moi; conscience de chrétien, d'homme et de sujet. Vos actes sont à vous, mon père, vous me permettrez d'en répudier l'héritage; je ne discute point les raisons que vous avez d'agir, je n'ose vous blâmer, je me renferme dans un sentiment intime éveillé en moi par cette conscience dont je vous parlais tout à l'heure... Je n'irai point en Espagne, mon père, et voici pourquoi : — La cause des fils de la Cerda me paraît sacrée. J'aime trop le roi Philippe pour ne point me ranger du parti des Infants contre celui de don Sanche. Or, les avances qui vous sont faites d'Espagne viennent de l'usurpateur de la couronne de Castille, cette couronne que revendiquent pour eux et leur aïeule, Marguerite de Provence et leur oncle Philippe. Voilà pourquoi, mon père, je ne me rendrai pas en Espagne.

— Vous parlez haut pour votre âge, Amaury.

— Mon cœur parle plus haut encore que ma voix.

— Soit! dit Pierre La Brosse, vous n'irez pas en Castille; il vous sera sans doute plus agréable de visiter les cours d'Allemagne, d'Italie, et d'y faire vos premières armes dans les tournois, puisque nous n'avons pas, en ce moment, de guerres importantes.

— Certes, répondit Amaury, je fais grand cas des hauts faits des chevaliers remportant la victoire dans des combats singuliers. Je sais assez l'art des armes pour ne craindre aucun champion; mais je ne courrai cependant point, de cour en cour, afin de trouver honneur et couronne. Le temps où le roi Philippe s'armera contre don Sanche est proche, et ce jour-là, soyez-en certain, mon père, mon épée fera son devoir. Jusque-là, j'attendrai.

— Et si je vous ordonnais, si je vous ordonnais, vous entendez bien, de porter un message important, et d'accomplir un long voyage...

— Je refuserais, répondit Amaury dont la voix resta inflexible.

— Ainsi, vous entrez en guerre ouverte avec votre père?

— Je ne puis quitter la France, répondit Amaury.

— Même pour m'obéir?

— Même pour cela. Mon devoir est d'y rester.

— Quel devoir peut avoir à remplir un page de votre âge?

— Mon père, dit Amaury, si j'avais été de service près de madame la reine, Louis de France ne serait pas mort...

— Que voulez-vous dire?

— Ou du moins je serais mort avant lui, car l'écuyer n'a pas goûté le vin de Chypre versé dans la coupe du prince, et je n'aurais pas manqué de le faire... Qui sait si l'empoisonneur, voyant qu'il devait immoler deux victimes, n'aurait pas reculé... Le mal est sans remède... Il reste au roi d'autres fils que je ne quitterai jamais! jamais! Je les sers à table, je dors en travers de leur porte; pour arriver à eux, il faudrait marcher sur mon cadavre... Enfin, la reine Marie est prisonnière, accusée d'un crime monstrueux, dont jamais la pensée n'effleura son esprit, et moi qui la crois, qui la sais innocente, je resterai là pour la défendre, pour la protéger, pour la sauver peut-être.

— Vous! s'écria La Brosse, vous!

— Je ne vous demande pas les motifs de votre haine contre elle, mon père. Mais vous m'avez fait entrer à son service et j'y reste.

— Je vous ai attaché à la personne d'une princesse que l'on croyait douée de toutes les vertus, vous quitterez le service d'une meurtrière.

— Je ne le quitterai pas! dit Amaury, qui parut subitement grandir. Je ferai plus que lui rester fidèle, je deviendrai peut-être l'artisan de son salut.

— Vous! Si vous savez quelque chose de favorable pour sa cause, pourquoi ne pas le révéler tout de suite?

— La reine subit en ce moment une détention arbitraire, on ne lui a point encore donné de juges; je m'expliquerai seulement devant eux.

— Et que direz-vous? demanda La Brosse dont le visage devint blême.

— Je leur apprendrai que, la veille de la mort du prince Louis, un inconnu s'est introduit dans le laboratoire de la reine; que, pour

y parvenir, cet homme avait dû fabriquer une fausse clef; que sa
présence, à une heure semblable, le masque qu'il portait sur le visage, tout concourt à me persuader que s'il se trouvait proche de
l'armoire dans laquelle la reine enfermait ses fioles, c'est qu'il venait
pour y ajouter le flacon de poison.

— Et qui croira, beau fils! cette histoire invraisemblable d'un
homme masqué s'introduisant, la nuit, dans le laboratoire de la
reine, afin d'y laisser un poison qu'elle sait extraire des fleurs de
laurier-rose, puisqu'on en a trouvé chez elle un amas considérable.

— Que l'on ajoute ou non foi à mes paroles, je remplirai mon devoir en défendant la reine.

— Peut-être tenez-vous moins à la reine qu'à son amie?

— Mon père, répondit Amaury, je garde encore au fond de mon
cœur des secrets que vous connaîtrez plus tard. J'ose espérer qu'alors
vous approuverez mes desseins.

— Jamais! répondit La Brosse, jamais vous n'épouserez Blanche
de Louvain.

— Je n'ai point dit que j'espérais être choisi par elle, mon père,
je me suis borné à vous affirmer que ma vie lui était dévouée...

— Ah! s'écria La Brosse, c'est votre misérable mère qui vous
souffle la rébellion.

— Mon père, dit Amaury avec une énergie mêlée d'indignation,
ma mère est une sainte que nul n'a le droit d'offenser, son époux
moins que personne. Nous sommes ses fils, notre honneur est soli-
daire; qui la blesse me blesse! et toute plaie faite à son cœur serait
la mort pour moi.

La Brosse jeta sur son fils un regard plein de colère, puis sans lui
adresser un seul mot de plus, il sortit en laissant retomber la porte
avec fracas.

— Et maintenant, dit Amaury, il faut que je trouve l'homme à
l'agrafe.

Frère Pacifique venait annoncer la nouvelle consolante. (*Voir page* 153.)

XIII
MISE EN JUGEMENT

L'entret en qu'Amaury venait d'avoir avec son père, loin de lui enlever quelque chose de son énergie, la rendit plus absolue. Il com-

prit qu'après avoir été utile à la reine, il allait lui devenir nécessaire.
Dans les confidences de son père, l'ardent et loyal jeune homme
venait de découvrir des machinations dangereuses, et de suivre la
trace d'une politique voisine de la trahison. Sa conscience se sentait
doublement alarmée. Il éprouvait le besoin d'entendre des conseils
graves, des paroles consolantes. Une sorte d'effroi lui serrait le cœur.
Jusqu'à ce moment, il avait jugé son père froidement ambitieux,
avare et despote, il eut peur de comprendre mieux cette âme sombre
en l'approfondissant davantage. Son premier instinct fut d'entrer
chez sa mère. Hugonne était sortie. La douce et charitable créature
portait en ce moment des secours dans les logis pauvres, et faisait
respecter un nom que Piérou avait appris à maudire.

Ne pouvant s'entretenir avec sa mère, Amaury résolut de se rendre à Vincennes.

La Brosse gardait assez d'avance sur lui pour qu'il ne craignît
point de le rencontrer. Il prévoyait, d'ailleurs, qu'il devait se hâter
de prémunir Blanche de Louvain contre les nouveaux dangers cou-
rus par la reine ; car si le baron de Luxeuil avait échoué dans son
projet de faire partir Amaury pour l'Espagne, afin d'y soutenir les
intérêts du roi don Sanche, il lui serait du moins facile de l'empêcher
de communiquer avec la royale accusée et sa noble amie.

Amaury fit seller son meilleur cheval et courut à Vincennes.

Quand il demanda s'il pouvait avoir accès près de Blanche, il lui
fut répondu que la comtesse de Louvain ne recevait personne.

Amaury traça quelques mots sur un parchemin, et donna ordre
de les lui remettre.

Un moment après on l'introduisait chez la jeune fille.

Pâle et vêtue de noir, Blanche semblait porter le deuil de deux
bonheurs, celui de Marie de Brabant et le sien. Comme si elle eût
eu peur de la solitude dans les grandes salles du palais, elle se tenait
dans une petite pièce tendue de tapisseries sombres, meublée de
chêne, et sur la table, à côté de laquelle elle travaillait, se trouvaient un pieux manuscrit et une image du Sauveur.

— Pour être reçu par moi, dit Blanche au jeune page, vous avez
employé un mot tout puissant : — « Il y va peut-être du salut de la
reine ! » — J'ai remis à Audouin le soin des princes, et me voici
prête à vous entendre, sachant bien que vous ne profiterez ni de
ma solitude ni de ma douleur pour me parler de vous et de l'avenir
que Dieu nous réserve.

Vous avez raison d'en juger ainsi, Blanche; à cette heure notre devoir, je dirai même notre amer bonheur est de nous oublier. Il se passe des choses graves, n'est-ce pas? Apprenez-moi ce que vous savez, je vous révélerai ce que je viens d'apprendre.

— Un moment, j'ai cru au salut de la reine, Amaury, car ce salut, le roi Philippe lui-même me l'annonçait... Et maintenant, il faut le reconnaître, et je vous demande pardon si dans mes paroles vous trouvez un mot qui vous froisse, un soupçon qui vous afflige... Le roi subit des suggestions perfides qui perdent notre reine bien-aimée...

Oh! Blanche, ce que je crois comprendre est horrible. Il me semble aujourd'hui impossible de chérir et d'honorer mon père...

— Amaury, répondit Blanche dont le beau visage refléta une pitié profonde, vous n'êtes pas obligé de scruter les pensées du baron de Luxeuil. Ne songez qu'à vos obligations personnelles, aux serments que vous avez prononcés, à l'affection que vous devez à cette famille désunie, qui est cependant celle de Blanche de Castille et de Louis IX. Et puis, souvenez-vous, Amaury, que si vous devez le jour à Pierre La Brosse, vous êtes avant tout le fils d'Hugonne.

— Hélas! ma mère, qui n'a su garder son bonheur, pourra-t-elle me venir en aide? Jusqu'à cette heure mon père, sauf nos divergences d'opinions religieuses et mon indifférence au sujet des richesses, me témoignait une sorte de tendresse. J'ai perdu dans une heure le fruit de mes respects et de ma patience et, j'en suis sûr, à partir de cette heure, il ne voit en moi qu'un ennemi.

— Un ennemi!

— Tout au moins un obstacle, puisqu'il veut m'éloigner.

— Sous quel prétexte?

— Afin de soutenir en Espagne la lutte commencée par notre roi.

— Êtes-vous certain que votre père ne souhaite pas, au contraire, vous voir embrasser le parti de l'usurpateur?

— Madame! madame! ce serait d'un traître.

— Nous sommes jeunes, loyaux et confiants, Amaury, nous ne pouvons raisonner comme les hommes politiques. Donc, vous avez refusé de partir?

— J'ai refusé.

— Et vous avez bien fait : la reine, moi, les princes, nous avons besoin de vous.

— Merci de me l'assurer, dit Amaury.

— Est-ce seulement à cause de votre obstination à demeurer

en France, que vous avez attiré le courroux de Pierre La Brosse?

— Cette colère a encore un autre motif.

— Voulez-vous me le confier?

— A vous, madame Blanche, à vous...

— A moi, votre loyale amie...

— Ainsi ferai-je, si vous l'ordonnez... Mon père voulait me voir épouser une jeune et riche héritière, dont j'ai refusé l'alliance.

— Pourquoi?

— Parce que ce cœur loyal dont vous parlez s'est donné à la plus sage, à la plus parfaite des jeunes filles... Serai-je jamais payé de retour, je ne le sais, mais le cœur suit son instinct sans exiger de récompense... Parfois, cependant, mon secret m'étouffe, je me sens incapable de garder plus longtemps le silence... Lorsque je la vois si belle, si douce, de si sage raison, je suis tenté de me mettre à ses pieds et de lui dire...

— Ne lui dites rien, Amaury, vous perdriez le mérite de votre long silence.

— Blanche, avez-vous donc compris!...

— Je sais que ni vous ni moi n'avons le droit de nous occuper de notre propre destinée; quand le roi de France se laisse envahir par un soupçon odieux; quand la calomnie vomit son poison sur la plus pure des femmes; que celui qui frappa l'aîné des fils de France tient peut-être en réserve le poison qu'il versa dans la coupe de Louis; enfin, quand ma noble maîtresse, jetée dans un cachot horrible, n'a près d'elle ni prêtre, ni confident, ni conseiller. Rendons le calme à l'esprit de Philippe, remettons, sur le front de Marie de Brabant, sa couronne de vertu plus précieuse que le diadème de France et, si Dieu le permet, interrogeons ensuite nos cœurs, pour savoir avec quelle force ils battent. A cette heure, je ne vois que ma noble maîtresse, je ne songe qu'à elle; je donnerais mon bonheur et mon sang pour la rétablir dans ses droits et lui rendre son bonheur perdu.

— J'en ai peut-être le moyen, dit Amaury pensif.

— Et vous n'en avez pas encore usé?

— J'ignore la valeur précise du talisman que je possède, et du document que je peux fournir. Depuis que j'ai dans les mains ce qui peut devenir, sinon une preuve, du moins une forte présomption de l'innocence de la reine, je me demande comment je dois agir afin que mon témoignage acquière une plus grande force.

— Pourquoi vous être tu jusqu'à cette heure?

— Jusqu'à la minute où vous m'avez appris ce qui s'est passé entre Philippe et la reine, pour se terminer par cette terrible et folle accusation de magie, j'ai cru que la reine prouverait aisément son innocence... Maintenant, je puis tout vous dire; vous me donnerez, j'en suis sûr, un salutaire conseil... Vous souvenez-vous de la soirée pendant laquelle une jeune fille de la suite de la reine demanda à celle-ci un parfum subtil pour parfumer ses guimpes?

— Oui, répondit Blanche, je m'en souviens, Marie de Brabant vous chargea de l'aller chercher dans son laboratoire.

— J'en revins si troublé que la reine le remarqua; mais, à ce moment, j'étais trop loin de prévoir les événements qui se sont passés depuis, et trop honteux du rôle que je venais de jouer, pour raconter cette scène. Lorsque j'entrai dans la grande pièce où la reine et Adenez se livrent à la chimie, un homme s'y trouvait déjà. Il ne pouvait être venu dans des intentions innocentes, car un masque couvrait son visage, et il fouillait dans la petite armoire qui renferme les breuvages d'un emploi difficile ou dangereux... Je m'approchai de lui, et je posai hardiment la main sur son épaule. Ses yeux brillèrent comme des charbons à travers les trous de son masque, puis d'un mouvement trop rapide pour me permettre de résister, il m'enveloppa dans son manteau, me garrotta, et me laissa sur le sol suffoqué par la rage. Quand je me fus débarrassé des lourds plis de l'étoffe, le voleur avait disparu... Seulement, à la place qu'il occupait, je trouvai une agrafe brillante. Sans doute, en arrachant son manteau, ce bijou s'était détaché, le voici... Vous connaissez tous les seigneurs de la cour de France, pouvez-vous me dire à qui il appartient?

— Non, répondit Blanche, après avoir examiné l'agrafe; mais cette pièce est d'un trop précieux travail pour ne point valoir un grand prix. Le joaillier qui l'a vendue ne pourra manquer de la reconnaître; en fouillant toutes les boutiques des maîtres orfèvres, vous arriverez à connaître le nom du possesseur de ce bijou...

— Comprenez-vous maintenant, Blanche, que le propriétaire de l'agrafe doit être l'auteur de la conspiration ourdie contre la reine... Jamais, vous le savez par Adenez et par Marie de Brabant, le maître et l'élève n'ont composé de poison extrait de fleurs de laurier-rose... On en a trouvé dans le laboratoire, cependant le roi des Ménestrels a soutenu, avec la reine, qu'une main étrangère avait dû l'y porter... L'homme que j'ai trouvé dans le laboratoire, qu'il avait dû ouvrir à l'aide d'une fausse clef, l'homme qui cherchait dans cette armoire que nul ne peut ouvrir hors la reine et qu'il venait de forcer, lui seul peut avoir déposé sur les tablettes, au milieu d'autres bouteilles, le flacon d'argent renfermant le reste du poison versé à Louis de France...

— Mais il fallait dire cela tout de suite, Amaury !

— Dire quoi, Blanche ! que j'avais rencontré un homme masqué ? On eût pris cette vérité pour une fable destinée à innocenter la reine. Ma bonne intention se serait tournée contre elle. Mieux valait attendre que Marie fût réellement accusée pour découvrir ensuite le coupable. Les ennemis de la reine sont habiles et puissants. Il se peut que je sois victime de la tentative que je vais faire pour la sauver... Dites-vous alors, Blanche, que, dans le fond de mon cœur, votre nom sera gravé jusqu'à ma dernière heure...

— Je me souviendrai, plus tard, de ce que je vous dis à ce moment solennel, ma main sera la rançon de la reine.

— Ah ! maintenant, s'écria Amaury, je suis certain du succès !

— Peut-être, répondit Blanche ; tandis que vous agirez, je ne resterai point inactive.

— Et maintenant, à demain. Chaque jour, je viendrai vous rendre compte de ce que j'aurai fait, de ce que j'aurai découvert... Si une semaine se passait sans que vous me revissiez, Blanche, c'est que je serais mort de la même main qui tua Louis de France.

Les deux jeunes gens se regardèrent sans rien ajouter ; des larmes montèrent à leurs yeux, larmes de tendresse voilée de secrète douleur, puis ils se séparèrent : Amaury, afin de chercher dans Paris quel orfèvre pouvait avoir vendu l'agrafe trouvée dans le laboratoire, Blanche, pour demander l'appui du Franciscain qui déjà avait dû croire que son intervention venait de sauver la reine.

Frère Pacifique se rendit à la prière de Blanche. Il la trouva aussi courageuse que la veille et plus résolue que jamais à soutenir l'innocence et les intérêts de sa royale maîtresse.

— Mon Père, dit-elle en s'adressant à Frère Pacifique, ce n'était point assez d'accuser Marie de Brabant d'être empoisonneuse et meurtrière, on a fait plus, on a persuadé au roi qu'elle se livrait à la magie, et que sa puissance venait du démon. On ne réussit pas toujours à combattre l'absurde. A la terreur qu'éprouve le roi en songeant que Marie a pu verser du poison dans le gobelet de Louis de France, se joint aujourd'hui l'effroi d'avoir épousé une femme placée sous l'empire de l'enfer. Philippe le croit, et vous-même échoueriez si vous entrepreniez de lui prouver le contraire. L'éloquence de Marie venait de triompher de tout soupçon, quand l'infernal génie de La Brosse a porté cette nouvelle accusation. Seulement, peut-être nous est-il possible de combattre le roi avec ses propres armes. Il admet le surnaturel ; opposons à la possession diabolique l'esprit de prophétie : Marie de Brabant est déclarée magicienne, persuadez au roi d'avoir recours à la béguine de Nivelles... Mon Père, continua Blanche en frissonnant, ce ne sera pas la première fois que la sainte recluse entendra le nom de ma royale maîtresse, et quand je me souviens de ce qui se passa dans sa cellule, je me crois prise d'une folle terreur.

La jeune fille raconta à Frère Pacifique dans quelles circonstances Marie de Brabant avait été consulter la béguine ; elle n'oublia aucune des sinistres prédictions de l'Illuminée.

— Comprenez-vous, mon Père, poursuivit-elle en fixant sur le moine ses grands yeux pleins de larmes, comprenez-vous mon angoisse... Déjà la première moitié de la prophétie est accomplie, Marie est en deuil, Marie est accusée... la verrai-je donc, couverte de voiles noirs, marcher au bûcher que la prophétesse entrevit dans la nuit terrible où nous allâmes la consulter ?

— Espérez en Dieu, ma fille ! Vous avez bien fait de me confier cette particularité de la vie de la reine. Je suis de ceux qui croient à la vertu de cette béguine, et si le Seigneur lui donna le don de lire au fond des consciences, elle ne manquera pas de rassurer le roi contre la nouvelle accusation dont notre reine est victime.

— Mon Père, demanda Blanche dont le regard étincela, quel châtiment Dieu réserve-t-il à Pierre La Brosse ?

— Fiez-vous à sa justice, ma fille, sans en préjuger les arrêts. J'aurai vu le roi ce soir.

Il ajouta, en fixant un regard plein de pitié sur Blanche de Louvain :

— N'avez-vous plus rien à me dire ?

— Quand la reine sera sauvée, je vous demanderai conseil.

— La paix soit avec vous ! dit le moine en faisant le geste de la bénir.

Suivant sa promesse, Frère Pacifique chercha le roi.

Après avoir cédé à l'influence que le baron de Luxeuil exerçait sur lui, refusé de voir Marie, et l'avoir livrée à la justice des pairs, Philippe s'était enfermé dans son appartement.

Il souffrait plus à ce moment qu'à l'heure où Louis de France rendit le dernier soupir. Alors il croyait pouvoir pleurer dans les bras de Marie, et trouver la consolation dans ce cœur si riche de vertus et de tendresse. Mais, brusquement, on avait renversé son idole, et cette fois il ne la voyait pas seulement accusée d'un crime inspiré par l'ambition et sous l'empire d'une sorte d'orgueilleuse folie maternelle, mais la voix de l'homme qu'il considérait comme son meilleur ami la lui représentait comme un être impur, ayant commerce avec les esprits de l'abîme, une sorte de démon incarné s'attachant à la façon des goules et des succubes. Il ne songeait plus qu'avec répulsion et terreur à cette Marie qu'il avait amenée triomphante dans sa bonne ville de Paris. Il n'aurait même pu, à cette heure, couvrir de baisers le visage de l'innocent Louis d'Évreux.

Il nous semble difficile, à l'époque où nous vivons, de comprendre une situation semblable à celle de Philippe III; mais il faut se reporter au siècle au milieu duquel il vivait, et se souvenir que les chroniques du temps sont remplies d'événements prouvant que de semblables idées avaient cours, et que la foule les admettait.

Frère Pacifique ne se fit point annoncer.

Louis IX avait trop protégé les Franciscains pour que ceux-ci n'eussent point gardé des immunités à la cour de France.

Quand Philippe le vit entrer il se leva, et marchant vers le moine :

— Vous venez m'accuser de dureté ? lui dit-il.

— Je n'ai encore rien dit, mon fils ; est-ce donc votre conscience qui parle ?

— Mon Père, reprit le roi avec un redoublement d'agitation, croyez-vous que des êtres vivants puissent être sous l'empire du démon ?

— Je le crois. Tout être qui se laisse dominer par l'esprit du mal devient l'esclave d'un esprit de l'enfer. Chaque péché, qui entre en nous, prend possession de notre âme et nous lie au père du mensonge. L'homme qui s'est fait l'ennemi de Dieu est l'ami de Satan.

— Ce n'est pas cela seulement que je veux dire.

— Vous me demandez si je crois à la magie, au surnaturel, aux manifestations dont notre raison s'effraie, et que nous tentons vainement d'approfondir ? Oui, mon fils. L'arbre de la science n'a pas donné son dernier fruit, et tant que l'homme y enfoncera les dents, il se jettera dans les erreurs et les dangers d'une étude que Dieu défend et châtie... Cependant, si je crois tout possible à la puissance de mon Dieu, si je sais qu'il permit à Satan d'éprouver la patience de Job, à Asmodée de tuer durant la nuit de leurs noces les maris de Sara, je n'accueille point aisément les accusations de sorcellerie. Je ne calomnie point les recherches concourant aux progrès de la science, et j'estime que pour décider dans des cas de cette nature, ce n'est pas trop de toute la sagesse de l'Église.

— Ainsi, demanda Philippe, vous m'accusez...

— D'avoir agi avec précipitation, oui, sire.

— Mon Père ! je suis en face d'un abîme, et j'ai peur d'y rouler. Autant ma foi dans la reine a été robuste, autant mes doutes sont terribles. Je l'ai trop aimée pour ne point la haïr aujourd'hui.

— Avez-vous entendu parler de la recluse de Nivelles ?

— Certes, mon Père !

— Vous parlez de pouvoir surhumain, elle en exerce un, et on la dit prophétesse... Expédiez vers elle des hommes doctes et sages, et demandez-lui ce qu'elle pense de la reine Marie.

La Brosse avait assez rempli l'esprit du roi de questions d'astrologie et de magie pour que celui-ci acceptât le merveilleux de préférence au réel.

Il refusa de voir les juges qu'il convoquait une heure auparavant, afin de se confier à la prophétesse de Nivelles. Mais, en même temps, par suite de la confiance qu'il gardait en Pierre La Brosse, il décida qu'il enverrait à Nivelles, Mathieu, abbé de Saint-Denis, ancien ministre d'État, et Pierre, évêque de Bayeux, parent de Hugonne.

Le moine se retira plus tranquille. Gagner du temps dans une semblable cause était peut être sauver la vie de la reine.

Tout ce que Blanche de Louvain lui avait raconté de la recluse lui donnait confiance dans la sainteté de cette femme.

Le soir même, les envoyés du monarque partirent pour le Brabant avec ordre de brûler la route, et Frère Pacifique venait annoncer au même instant cette nouvelle consolante à la malheureuse reine qui, de la fenêtre de sa cellule, put voir les messagers galoper à franc étrier vers le Nord.

Les deux messagers se trouvaient dans des dispositions d'esprit bien différentes. L'abbé de Saint-Denis ne songeait qu'à la reine, Pierre se troublait à la pensée d'Hugonne, dont il connaissait les chagrins, et de La Brosse, dont les ambitions lui étaient connues. Tous deux voulaient connaître la vérité, mais les mobiles qui les poussaient à l'apprendre avaient leur source dans des pensées diverses.

Ils obéirent au roi en faisant le trajet de Vincennes à Nivelles avec une rapidité approchant du prodige. Les voyageurs se rendirent au béguinage et firent demander si la recluse les pouvait recevoir. Elle se trouvait en ce moment si souffrante de suites d'austérités excessives, qu'elle remit au lendemain son entrevue avec les envoyés du roi. L'évêque de Bayeux, dévoré d'inquiétude, et s'alarmant pour son cousin La Brosse, devança l'heure d'audience promise, força pour ainsi dire la porte de la béguine, et parut devant elle à l'heure où l'Illuminée achevait ses prières. Troublée dans ses oraisons, celle-ci écouta cependant ce qu'avait à lui dire le mandataire de Philippe ; le nom de la reine lui rappela la vision de la jeune et belle princesse de Brabant arrivant lui demander de lever le voile couvrant la destinée de son frère. Elle se rappela en même temps la sinistre prophétie tombée de ses lèvres, et tremblant de tout son corps elle se mit à pleurer.

Pierre de Bayeux leva la main avec l'autorité du prêtre, et la béguine tomba à genoux.

Alors, au milieu de ses sanglots, elle affirma l'innocence de Marie, et conjura l'évêque de répéter au roi qu'il commettrait une injustice dont le poids retomberait sur sa tête, s'il condamnait à mort l'angélique créature que Dieu lui avait donnée pour compagne.

Dans la même journée, l'abbé de Saint-Denis était venu la voir ; la recluse lui dit qu'elle avait révélé à l'évêque tout ce que lui inspirait Dieu.

Les deux messagers revinrent à Paris, et trouvèrent Philippe en proie à la fièvre d'une douloureuse attente.

Le peu de paroles que rapporta au roi l'évêque de Bayeux de son entretien avec la prophétesse ne suffit pas à Philippe. Ses craintes, trop faiblement adoucies, subsistaient encore. Il voulut une seconde fois tenter l'épreuve : Thibaud, évêque de Dol, et un chevalier du Temple partirent pour Nivelles.

La recluse se montra plus explicite avec eux. Peut-être la parenté de l'évêque de Bayeux avait-elle paralysé ses intentions lors de son entrevue, elle déclara de la façon la plus solennelle que Marie de Brabant était innocente.

— Affirmez au roi de ma part, dit-elle à l'évêque de Dol, « qu'il ne croie point les accusations portées contre sa femme ; car elle est bonne et loyale envers lui, et envers tous les siens de bon cœur entier. »

Et comme le prélat la priait d'aider à la justice dans la tâche qu'elle devait poursuivre, elle ajouta :

— Le prince a été empoisonné par un homme approchant chaque jour de sa personne.

Sommée de désigner le coupable, elle s'y refusa, et les envoyés durent se contenter de l'affirmation de l'innocence de la reine.

Sans doute, le misérable qui avait versé le poison ne pouvait tomber sous le coup immédiat de la loi, mais Marie de Brabant allait sans nul doute être reconnue innocente, et cela suffisait aux royaux messagers, qui s'en fièrent à Dieu pour le reste. Ils se mirent en route avec la persuasion qu'ils apportaient le salut de Marie.

Pendant que se multipliaient ces négociations, Amaury, fidèle à la promesse faite à Blanche de Louvain, poursuivait d'inutiles démarches.

Quartier par quartier, il visita les orfèvres et les joailliers de Paris, nul ne reconnut cette agrafe pour l'avoir vendue. Il se présenta chez tous les Lombards, connus pour faire le commerce des bijoux et pour avancer des sommes plus ou moins fortes sur des objets d'or ou d'argent. Aucun n'avait eu entre les mains cette agrafe d'un travail étrange, et sans nul doute rapportée de l'Orient.

Le découragement commençait à s'emparer d'Amaury ; il ne voyait plus Blanche de Louvain qui, à force d'instances, venait d'obtenir de s'enfermer dans le cachot de sa royale maîtresse.

Seul il devait penser, imaginer, agir. Son père semblait l'avoir pris en singulière défiance depuis le dernier entretien qu'ils avaient eu ensemble au sujet de l'ambassadeur d'Espagne, et Hugonne, tourmentée par de secrets pressentiments, n'adressait jamais à son fils une question sur le procès de la reine.

Le baron de Luxeuil, depuis le départ des seconds messagers, se montrait de plus en plus sombre. Il comprenait que son crédit baissait, puisqu'on éprouvait le besoin de contrôler ses affirmations. En présence de la froideur du roi, combattue avec obstination par l'adresse du ministre, celui-ci, prévoyant qu'une heure viendrait où il pourrait avoir besoin de compter des amis en dehors de la France, témoigna plus de sympathie à Luiz de Velasco et jeta les fondements d'une nouvelle fortune en Espagne.

Si Philippe lui retirait un jour sa faveur, le baron de Luxeuil profiterait des offres de l'usurpateur de Castille.

Cependant, en dépit de l'affirmation de la béguine de Nivelles, du zèle que déployaient le duc de Bourgogne et le comte d'Artois pour faire rendre la liberté à la reine Marie, la princesse demeurait en prison.

Après avoir accusé la reine de magie, La Brosse railla la prétendue clairvoyance de la Recluse. Il répéta que le chevalier du Temple et l'évêque de Dol, envoyés vers elle, avaient, dans le but d'arracher la reine à ses juges, affirmé ce que l'Illuminée n'avait osé répondre à l'évêque de Bayeux et à l'abbé de Saint-Denis.

Cette démarche, dont Blanche et Frère Pacifique attendaient le salut de Marie de Brabant, la compromit pendant un moment plus qu'elle ne lui vint en aide. Les manœuvres de Pierre La Brosse furent telles que Philippe convoqua aussitôt les pairs du royaume qui devaient former le tribunal.

— Soit! dit Robert d'Artois; après l'accusation mortelle portée contre ma souveraine, ma parente, mieux vaut un procès public qu'une décision mystérieuse. Nous demandons seulement au roi que le duc Jean de Brabant soit mandé.

— Où se trouve-t-il? demanda insolemment La Brosse, présent à cet entretien.

— Je l'ignore, répondit Robert. En ce moment, il poursuit de glorieuses entreprises en cachant son nom et son titre. Peut-être faudra-t-il un long temps avant de savoir dans quelle cour il reçoit l'hospitalité. Plaise au roi, notre sire, de nous accorder un délai de six mois.

— J'y consens, répondit Philippe. Ce délai expiré, la justice aura son cours, et Marie de Brabant, publiquement accusée, devra se laver du crime qu'on lui impute en faisant combattre pour sa cause un loyal chevalier.

— Et je lutterai contre quiconque soutiendra que Marie de Brabant n'a pas empoisonné Louis de France! ajouta Pierre La Brosse en tirant son épée.

A partir de ce moment, chaque heure en fuyant allait emporter un peu de la vie de la reine.

Le roi, le front courbé sous le poids d'une insondable douleur, répéta :

— Dans six mois!

Puis il fit un signe, les pairs du royaume sortirent et Philippe resta seul avec son confident.

Le baron de Luxeuil entraîna son fils au dehors. (*Voir page* 163.)

XIV

LES SECRETS D'AMAURY

Amaury venait de rentrer. Il était seul dans sa chambre, accablé

de lassitude, le cœur gonflé de douleur, l'esprit abattu par le sentiment de son impuissance.

— Je ne trouverai rien ! murmura-t-il, rien ! et le bonheur de toute
ma vie est attaché au but que je poursuis en vain. De l'instant où
je connaîtrai le nom de l'homme qui s'est introduit mystérieusement
dans le laboratoire de la reine, je saurai qui glissa dans l'armoire
le poison que ni Marie de Brabant, ni Adenez n'y avaient placé. Oh !
sentir qu'on donnerait la moitié du temps que l'on doit vivre afin
d'apprendre un secret et demeurer incapable, stupide, les yeux
fixés sur ce bijou, comme s'il pouvait me crier le nom que je cherche ;
savoir que ma félicité, mon avenir dépendent de la révélation d'un
ouvrier, du mot d'un marchand, et ne rien recueillir... Aller de
porte en porte mendier des renseignements, et rentrer ici plus découragé que la veille... Se dire que l'honneur d'une reine de France
tient dans mes mains, et ne pouvoir lui rendre cet honneur !

Amaury cacha son front dans ses doigts enlacés, puis il laissa
échapper un sanglot de douleur et d'impuissance.

La porte de sa chambre s'ouvrit sans bruit, et avec la légèreté
d'une ombre, Hugonne s'avança vers la table sur laquelle il s'appuyait. Quand elle fut près de lui elle s'arrêta.

— Rien ! je ne trouverai rien ! répétait Amaury avec désespoir.

Les deux bras d'Hugonne se nouèrent autour du cou du jeune
page, et ses lèvres se posèrent sur son front fiévreux.

— Ah ! c'est toi ! mère ! dit Amaury, bénie sois-tu de venir à moi
quand toute ma force m'abandonne.

— C'est pour les heures de lassitude et de désespoir des enfants
que sont faites les consolations et les baisers des mères, répondit
Hugonne.

— Alors reste, reprit Amaury, reste et, s'il se peut, ne me quitte
plus. J'aurais dû demeurer toujours caché dans ton ombre... Mais
on est jeune, ardent, le cœur bat fort dans la poitrine ; la tête roule
des projets ambitieux ; avec le désir grandit l'ambition... On ne devrait regarder que sa mère et prier que la Vierge... Je suis un enfant et j'ai entrepris une œuvre si colossale, que le duc de Bourgogne,
le comte d'Artois, la reine Marguerite, tous les grands seigneurs de
la cour de France ont échoué dans son accomplissement... Mais
aussi quelle noble espérance, ma mère ! sauver ma reine, et dire en
m'agenouillant devant elle : « Voici votre diadème d'honneur et de
vertu, reprenez-le devant tous... » La reine Marie m'eût relevé, et
me jetant autour du cou un collier de chevalier, elle m'eût demandé :

« Que souhaitez-vous pour votre récompense ? » Et j'aurais répondu :
« La main de Blanche de Louvain, Madame... » Oui, c'était un
noble rêve. Pendant des jours et des nuits il m'a ébloui et comme
enivré... Je suis tombé du sommet de cette ambition dans un abîme
de désespoir... Ma souveraine est captive et calomniée, et Blanche
mourra du coup qui frappe sa bienfaitrice et son amie...

— Pauvre enfant ! Dieu permettra sans doute que tu trouves ce
que tu cherches ; je l'ai tant prié pour toi...

Amaury releva la tête, plongea son regard dans le regard de sa
mère et demeura silencieux, absorbant à la fois la lumière et la tendresse tombant de ses prunelles dont l'éclat s'avivait dans les larmes.

Le mouvement qu'il venait de faire dérangea l'agrafe posée sur
la table, et le bijou frappa les yeux d'Hugonne.

— Tiens, dit-elle... Comment as-tu chez toi une des agrafes de
ton père ?

Amaury se dressa subitement sur ses pieds.

— Qu'avez-vous dit ? demanda-t-il en saisissant les poignets de
sa mère ; sur votre salut et sur votre baptême, qu'avez-vous dit ?

Hugonne se méprit au sens des paroles de son fils, et à l'expression d'effarement de son visage.

— Je te demande comment il se fait qu'une agrafe, dont la disparition me semble avoir contrarié ton père, se trouve ici... Et je pense
qu'il t'en a fait présent.

— En effet, répliqua le page, elle me vient de lui...

— C'est un joyau curieusement travaillé.

— Et rare, n'est-ce pas, ma mère ?

— Unique, Pierre le rapporta d'Orient ; il l'avait trouvé dans un
palais des environs de Damiette.

— Ainsi, vous êtes certaine de le reconnaître ?

— Il n'en existe pas deux en France.

— Et mon père a perdu ce bijou !... et je l'ai trouvé ! moi ! moi !

— Où cela ?

— A Vincennes, ma mère.

— Mon Dieu ! Amaury, en quoi la nouvelle que cette agrafe est
la propriété de ton père peut-elle t'émouvoir à ce point ?... Tout à
l'heure tu semblais abattu, triste, et maintenant je lis sur tes traits
le désespoir et la rage... Ne peux-tu me confier la pensée qui vient
subitement de traverser ton esprit ? N'ai-je plus droit à la confidence
de tes chagrins, à la moitié de tes pensées ?

— Maintenant, dit Amaury, ces pensées sont trop amères.

— Qu'importe ! j'en veux ma part.

— Votre croix est déjà trop lourde, ma mère !

— Tes révélations augmenteraient-elles donc mon fardeau de douleur ?

— Oh ! tenez ! dit Amaury, ne m'interrogez plus ; prenez-moi dans vos bras, calmez s'il se peut ma tête qui brûle, et mon cœur qui m'étouffe ; puis, quand cet accès sera passé, fuyons cette maison funeste sans regarder derrière nous... N'emportons rien d'un luxe qui nous humilie et nous condamne, et cachant notre nom comme une honte, gagnons un pain que nous mangerons dans quelque asile mystérieux, où nul ne nous trouvera jamais...

— Amaury ! Amaury ! cela se peut-il ?

Le page fit un geste désespéré.

— Vous avez raison, je dois livrer une bataille terrible, la livrer et la gagner.

— Sans m'en apprendre le motif ?

— J'essaierai de vous le taire... Mais quand j'aurai réussi, car je ne puis manquer de réussir, vous me croirez, n'est-ce pas, ma mère, et vous me suivrez où j'irai...

— Ne consulteras-tu point Frère Pacifique ?

— Soyez tranquille, il m'approuvera... Les anges conseillèrent aux enfants de Dieu de quitter les maisons maudites sur lesquelles devait tomber le feu de la céleste colère.

— Verras-tu le saint moine aujourd'hui ?

— Cela dépendra de l'entretien que j'aurai avec mon père.

— Il vient de sortir avec l'ambassadeur d'Espagne.

— Je l'attendrai, fit Amaury.

— Dois-je te laisser seul, mon fils ?

— Je le préfère, ma mère.

Hugonne passa la main sur ses yeux.

— Vous êtes une noble femme, et une sainte martyre, ma mère... Ne croyez point que le manque de confiance envers vous... Je voudrais au prix de mon sang vous conter le secret qui m'étouffe... Préparez tout pour votre départ, rangez vos bijoux, et donnez ordre qu'on en distribue l'argent aux pauvres de l'Hôtel-Dieu... Mettez la plus simple de vos jupes et de vos mantes... J'aurai une litière pour vous épargner la fatigue... Embrassez-moi, et priez pour nous deux.

Vingt fois Hugonne eut sur ses lèvres une question directe et terrible. La terreur où elle était d'entendre une effrayante révélation retint sur ses lèvres les paroles qui les brûlaient. Une dernière étreinte la rapprocha de son fils, puis elle quitta la chambre.

— Allons! fit Amaury quand il fut seul, je n'ai plus le droit d'hésiter ni de craindre. Nous nous expliquerons tous deux. Ceci est cependant épouvantable d'aller dire à son père : « J'ai la preuve que vous êtes un calomniateur et un félon. » Ainsi, l'homme masqué, c'était lui... l'homme qui glissait le poison dans l'armoire de Marie de Brabant, c'était lui encore... Afin de garder la faveur de Philippe, il perd une femme innocente... Il demande sa vie, il foule aux pieds sa réputation, sa couronne ; il souille jusqu'à sa maternité... Il a fait plus... Louis de France...

Amaury n'osa pas achever. Sa tête retomba dans ses mains, et il demeura immobile, perdu dans ses désolantes pensées, jusqu'à ce que le bruit des pas de son père se fît entendre dans le corridor.

Alors il prit l'agrafe, sortit de la chambre et se dirigea vers l'appartement de Pierre La Brosse.

Amaury était d'une pâleur livide, mais il semblait calme.

— Je ne m'attendais pas à vous voir, Amaury, dit La Brosse, en voyant son fils venir à lui ; vous semblez prendre à tâche de vous éloigner de votre père.

— Je n'ai cependant pas cessé de m'occuper de vous.

— Vraiment! et dans quel but?

— N'avez-vous point perdu un bijou auquel vous teniez fort?

— Moi, peut-être... En effet, je crois...

— Je vous le rapporte, dit Amaury en plaçant l'agrafe sur le meuble qui servait d'appui à son père.

— Je vous remercie, mon fils, dit le baron de Luxeuil.

— Est-ce tout ce que vous avez à me répondre, mon père ?

— Sans doute ; j'ai perdu un objet précieux, vous me le rendez, et je vous remercie ; quoi de plus naturel ?

— En apparence.

— Que voulez-vous dire ?

— Ce qui l'est moins, c'est que vous ne me demandiez pas où j'ai trouvé cette agrafe.

— Qu'importe ce détail ?

— Il importe beaucoup, mon père.

— En vérité, mon fils, vous prenez l'habitude de dire les plus simples choses avec une solennité...

— Tout est grave dans ce qui se passe en **nous** et autour de nous.

— Je ne vous comprends pas.

— Soyez tranquille ! je m'expliquerai, mon père.

— Je vous écoute donc.

— J'ai trouvé cette agrafe dans le laboratoire de la reine, dit Amaury, dont la voix vibrait sourdement, et dont la prunelle fouillait au fond du regard de La Brosse.

— Qu'y a-t-il de surprenant à cela, répliqua le baron ; j'y suis entré en même temps que le roi, le comte d'Artois, le duc de Bourgogne, Archambaud et Adenez.

— C'est vrai, reprit Amaury, seulement j'avais trouvé ce bijou la veille.

— Vous faites erreur, mon fils.

— Non, répondit Amaury, non mon père. Depuis l'heure où cette agrafe tomba dans mes mains, j'ai assez souffert pour me souvenir des moindres détails de ma rencontre avec vous.

— Avec moi ! dans le laboratoire !

— Dans le laboratoire, oui, mon père ; seulement, ce soir-là, vous aviez un masque et vous vous cachiez comme si vous commettiez une mauvaise action.

— Vous vous trompez Amaury, fit La Brosse d'un accent bref, mais sans aigreur.

— Je ne puis pas me tromper. Vous haïssez la reine, mon père.

— Dites que j'aime le roi et que je défends ses fils.

— Vous redoutez l'empire de Marie de Brabant sur Philippe III.

— Je crains la jalousie d'une marâtre.

— La lutte engagée entre vous et la reine est terrible.

— Elle sera mortelle.

— Mon père, reprit Amaury après un instant de silence, dans les circonstances où nous sommes tous deux, nous devons oublier quels liens nous unissent pour nous mettre en face des opinions qui nous divisent. J'agis pour Dieu, la reine et le roi. Vous êtes mû par des sentiments bien opposés. Afin de parvenir au but que vous poursuivez, vous ne reculerez devant la perte de personne, pas même la mienne. Je le sais. Et, tenez, je trouve la vie si amère, que je ne me donnerais pas même la peine de la défendre, si derrière moi je ne laissais des êtres faibles et chéris. Je dois vivre pour ma mère, qui m'aime, pour la reine, que j'honore, pour Blanche de Louvain, qui a reçu mes serments. J'essaie, voyez-le bien, mon père, de ne me point écarter du respect que je veux garder dans mon langage.

— Dans votre langage, peut-être, Amaury, mais Dieu sait ce que vous avez pour votre père au fond de l'âme !

— A qui la faute? répondit Amaury avec plus de tristesse que de colère. Ne m'avez-vous point vous-même appris que vous pouviez trahir, en me conseillant de partir pour l'Espagne, et d'y profiter des bienfaits de l'usurpateur du trône des enfants de la Cerda ; ne m'avez-vous pas enseigné que l'on pouvait devenir infidèle à ses maîtres, puisque vous accusez Marie de Brabant d'un crime dont je proclamerai devant tous qu'elle est innocente?

— Vous l'avez déjà dit, nul ne vous a cru.

— Je parlais seulement alors au nom de mes convictions...

— Qu'avez-vous de plus, aujourd'hui?

— Des preuves.

— Vous, des preuves !

— Ce bijou me suffit, mon père... Je raconterai où je l'ai trouvé, je dirai à qui il appartient.

— Vous feriez cela? demanda La Brosse en marchant sur son fils.

— Non ! non ! mon père, oubliez ce que je viens de vous dire, comme j'oublierai ce que j'ai vu ; ne voyez ici que votre fils suppliant et désespéré, vous conjurant d'arrêter la marche d'un procès inique. Marie est innocente. Blanche de Louvain deviendra ma femme ! Votre pouvoir sur l'esprit du roi est grand ; la béguine de Nivelles vient d'affirmer qu'elle était innocente ; acceptez comme un oracle du ciel les paroles de la recluse, le calme rentrera dans mon âme, et la paix dans cette maison. Vous ne perdrez rien de votre empire sur le roi, et Marie de Brabant, aussi magnanime que belle, oubliera que, le premier, vous l'avez accusée... Faites cela, mon père !

— Et si je cédais à ta demande, Amaury, que dirais-tu ?

— Je croirais que vous m'aimez encore !

— Me rendrais-tu la tendresse?

— Sans restriction.

— Ta tendresse, peut-être, mais la confiance...

— Vous êtes mon père !

— Je réfléchirai, je verrai, et pourtant, tout à l'heure, tu t'es emporté jusqu'à la menace, et tu pourrais croire que je cède à la peur.

— Non, j'augure mieux de vous. Je croirai que vous reculez devant une action déloyale, que la parole de votre fils garde sur vous quelque puissance... et que vos sévérités passées n'avaient pas pour cause l'indifférence ou la haine.

— Eh bien ! reprit le baron de Luxeuil, ce que n'ont pu obtenir le duc de Bourgogne et le comte d'Artois, tu le réalises d'un mot... Je renoncerai à accuser la reine, si tu m'affirmes avoir réellement vu dans le laboratoire l'homme masqué dont tu parles, et si tu ajoutes que tu gardes maintenant l'assurance que cet homme n'était pas moi.

— Je serais si heureux de le croire !

— Que prouve ce bijou ? qu'un homme a été assez habile pour le laisser dans cette pièce, afin de me faire soupçonner. Je l'ai perdu depuis longtemps déjà.

— C'est possible, fit Amaury.

— Crois-en mon serment, Amaury, j'ai promis, je tiendrai... Tu veux voir la reine libre, elle le sera... Rends-moi ce bijou... Il sera replacé demain à mon manteau... En échange, voici une bague que je t'autorise à offrir à Blanche de Louvain.

— Il serait vrai, mon père !

— Épouse-la, et sois heureux !

Amaury tressaillit de la tête aux pieds. Il lui sembla qu'après avoir vu se creuser un abîme sous ses pieds, le ciel s'ouvrait tout à coup au-dessus de sa tête. Il ne voulut pas même se demander si son père cédait plus à la terreur qu'au cri de sa conscience. Il ne vit rien que le triomphe de la cause de Marie, et son mariage inespéré avec Blanche de Louvain.

Pierre La Brosse ouvrit les bras, et le page s'y précipita.

— Ce soir, lui dit le baron de Luxeuil, nous irons ensemble à Vincennes.

Le baron frappa sur un timbre et prévint qu'il dînerait chez lui.

— Pourquoi ne pas aller tout de suite à Vincennes ? demanda Amaury, la reine souffre et pleure.

— Il me faut le temps d'expédier deux courriers, répondit le baron.

Le serviteur, chargé de prévenir dame Hugonne, répondit que celle-ci était allée visiter les Béguines de la banlieue.

— Alors, dit Pierre, nous serons seuls à table, et tu partiras peut-être avant le retour de ta mère.

— Elle apprendra de si bonnes nouvelles au retour, qu'elle me pardonnera de ne pas l'avoir attendue.

— Hâtons-nous alors, dit Pierre La Brosse.

Le repas s'acheva rapidement ; le ministre semblait prendre à tâche de détourner l'esprit de son fils des sombres idées qui l'avaient

trop longtemps hanté ! Il remplissait lui-même l'office d'échanson,
et versait à boire au jeune homme de ces vins épicés fort en usage
dans ce temps. Amaury essayait de résister, mais une sorte d'ivresse
joyeuse succédait à son désespoir. Convaincu que ses douleurs
étaient finies, il s'efforçait de se mettre au même diapason que son
père, et vidait le gobelet que celui-ci ne cessait de remplir.

— Ah ! j'ai bien fait de parler, mon père ; si je ne vous avais point
rapporté cette agrafe, vous verriez encore un ennemi dans votre fils,
et Marie de Brabant serait perdue... Perdue, elle, une sainte... La
joie déborde de mon âme ! Devenir l'époux de Blanche, la meilleure amie de la reine, tout cela me semble un rêve... C'est un
songe, un songe bien heureux que je voudrais ne voir jamais finir...
Je suis las, mon père ! Mes membres sont brisés, et puis mon pauvre cœur était tellement endolori... C'est loin, Vincennes... Il me
semble que s'il fallait m'y rendre à cheval, je n'arriverais jamais.

— Nous irons en litière, dit La Brosse.

— Encore un gobelet de vin, le dernier, et partons, vite ! La
reine... Blanche de Louvain...

Le baron de Luxeuil entraîna son fils au dehors et, après quelques instants de marche, ils rencontrèrent une litière attelée qui
semblait les attendre.

La Brosse y fit monter son fils, y prit place à son tour et, donna
ordre de partir, après avoir échangé un signe mystérieux avec le
conducteur de la litière.

La litière s'ébranla doucement. Le mouvement de la course, joint
à la fatigue, fit tomber Amaury dans un sommeil dont La Brosse
surveillait les progrès avec un sourire.

Ce sourire en disait plus que bien des paroles. Il exprimait un
triomphe mêlé à une sorte de satisfaction haineuse.

En ce moment, La Brosse oubliait qu'Amaury était son fils, pour
se souvenir seulement que ce jeune homme, cet enfant osait fermer
l'oreille à ses conseils et désobéir à ses ordres.

Il ne voyait en lui qu'un ennemi vaincu, abandonné à son vouloir.

Tant de sentiments s'étaient éteints tour à tour dans le cœur du
baron de Luxeuil qu'il ne comprenait rien, à cette heure, en dehors
de ce que se proposait sa vengeance.

De même qu'il s'était séparé de sa femme, il se séparait à cette
heure de son fils.

Amaury dormait paisiblement, bercé par des rêves de bonheur et
des assurances de tendresse ; il gardait sur son front et sur sa bou-

che, à demi fermée, l'expression d'une joie inattendue. Sa respiration était régulière, et son corps s'étendait sur les coussins de la
litière dans un abandon plein de grâce. La Brosse l'examinait froidement, et semblait à cette heure le prendre en dédain.

Le pas des chevaux, d'abord assez lent, devint bientôt plus rapide.
Au bout de deux heures le conducteur s'arrêta, changea de chevaux
et repartit après avoir avalé un gobelet de cervoise.

L'aube commençait à blanchir quand la masse imposante d'un
château s'offrit à quelque distance.

Le son d'une trompe résonna dans la logette d'un homme de guet.
Des mots rapides s'échangèrent entre le surveillant nocturne et le
conducteur de la litière, puis des bruits de verrous et de chaînes se
succédèrent, et les pas des chevaux sonnèrent sur le pont-levis.

La litière s'arrêta dans une cour assez vaste.

Pierre La Brosse descendit, et s'adressant au guetteur :

— N'éveille personne, dit-il, prends ce jeune homme par les pieds,
tandis que je le soutiendrai par les épaules, et aide-moi à le transporter dans la salle basse.

Le corps d'Amaury s'abandonna, inerte, aux mains de ceux qui
le soutenaient, puis le baron remit une pièce d'or au guetteur, qu'il
renvoya dans sa logette.

Se tournant alors vers le conducteur :

— Soigne les chevaux, dit-il, je repartirai dans une heure.

Il laissa s'éloigner le cocher, puis quittant la salle il se dirigea
vers un petit logement dont il semblait admirablement connaître
les détours. Arrivé dans un couloir, il tourna à gauche, posa la
main sur un loquet, ouvrit une porte, se procura de la lumière,
puis se plaçant de façon à être immédiatement reconnu, il posa la
main sur l'épaule d'un vieillard endormi sur sa couchette près duquel il se trouvait.

— Silence, dit-il, Hubert. Lève-toi, j'ai besoin de ton aide.

— Je suis aux ordres de monseigneur, répondit le vieillard d'une
voix tremblante, et en levant sur son maître un regard craintif.

Il fallut peu de temps à Hubert pour passer un vêtement. Le
visage de La Brosse exprimait assez d'impatience pour que le gardien se hâtât.

— Tu as toujours la clef de la cellule ? reprit le baron de Luxeuil.

Le vieillard baissa la voix.

— Celui qui l'occupait est mort, la place est vide.

— Le prisonnier, que je t'amène, y doit être enfermé et détenu
avec une rigueur extrême, jusqu'à ce que je vienne moi-même, entends-tu, moi-même, t'ordonner de lui rendre la liberté. Mais il est
d'assez bonne condition pour que tu lui témoignes des égards. J'entends qu'il soit traité sans dureté, que ses repas restent suffisants,
et que sa retraite renferme les meubles indispensables.

— Je me conformerai aux ordres de monseigneur.

— Souviens-toi de ce que tu étais, quand je te pris à mon service.

Un homme descendant du pilori pour une faute commise, un
homme prêt à monter sur la roue si je révélais un crime ignoré de
la justice. On ne se fût guère inquiété si tu croyais ne prendre
qu'une revanche en assassinant celui qui avait brisé ton bonheur...
Tu appartenais au bourreau, tu lui appartiens encore... Je te tiens
dans mes mains au-dessus d'un abîme, il suffit que je les ouvre pour
que tu y tombes.

— Il n'est pas besoin de me rappeler ces choses, monseigneur,
dit le vieillard dont le visage était devenu livide, et dont les dents
claquaient d'épouvante ; vous savez bien que je suis votre créature,
oui, votre créature damnée... ajouta-t-il plus bas.

— Viens donc, reprit le baron de Luxeuil.

Le vieillard prit un trousseau de clefs, une lanterne, puis sans
quitter son logis bâti près du manoir, mais n'en faisant point partie
d'une façon absolue, il ouvrit une petite porte masquée par une
armoire, et se trouva en face d'un escalier d'une extrême raideur.

— Descends le premier, dit La Brosse.

Hubert éleva sa lanterne, et les échelons mal joints tremblèrent
sous ses pieds.

Le baron le suivit, muet, farouche, mais résolu à accomplir
jusqu'au bout la résolution qu'un mot d'Amaury lui avait fait
prendre.

Il fallut quelques minutes aux deux hommes avant d'arriver à la
cellule dans laquelle devait être enfermé le nouveau prisonnier.

La porte du cachot s'ouvrit, et le baron de Luxeuil embrassa d'un
seul regard l'intérieur de cette prison : des vases de terre, de la
paille amincie, puis des chaînes et des carcans tombant sur la
muraille comme les anneaux d'un serpent immonde.

— Je l'ai dit qu'il fallait des meubles.

— Que monseigneur se rassure, le déménagement ne sera ni
long, ni difficile.

Tout est prévu, dans une grande cave voûtée voisine de ce cachot nous trouverons l'indispensable, même une natte de jonc pour couvrir le sol.

En effet, avec une rapidité et une vigueur que l'on ne semblait pas devoir attendre d'Hubert, celui-ci dérangea un bahut, une table, une couchette, trois escabeaux, prit une lampe, un sablier, rangea le tout dans la cellule, étendit une natte devant le lit, et consulta son maître du regard.

— Cela suffit, dit le baron.

Il leva les regards à une hauteur de la cellule et demanda :

— Tu réponds de la solidité des barreaux ?

— Trois captifs ont déchiré leurs doigts et brisé leurs ongles, sans réussir à les arracher.

— Remontons.

Pierre la Brosse fit entrer Hubert dans la salle où Amaury continuait son étrange sommeil.

Un calme absolu régnait sur son beau visage. Il avait perdu le sentiment de l'existence pendant que son père lui jurait de rendre justice à la reine, et de lui donner pour femme Blanche de Louvain.

Hubert s'approcha rapidement du corps étendu sur les coussins ; mais à peine eut-il contemplé le dormeur qu'il s'écria rempli de pitié et d'épouvante :

— Le propre fils de monseigneur !

— Il a osé me désobéir, dit La Brosse, souviens-toi comment je châtie !

Hubert et La Brosse soulevèrent le corps et se mirent en marche.

Cette fois, Hubert fixa la lanterne à un bouton de son pourpoint.

Le trajet fut long, difficile ; vingt fois le vieillard épouvanté chancela sous le poids de son fardeau, mais le baron gardait un bras robuste et un pied sûr, et au bout d'environ cinq minutes, Amaury était étendu sur la couchette du cachot.

— Ta tête me répond de sa liberté, dit La Brosse au geôlier d'Amaury.

— Et quand ouvrirai-je la porte de cette prison au fils de mon maître ? demanda le vieillard.

— Le jour où tu apprendras que Marie de Brabant a été brûlée vive.

Le geôlier referma bruyamment la porte du cachot. (*Voir page* 173.)

XV

BLANCHE

Marie de Brabant ne se trouvait pas dans la situation d'une accusée vulgaire à qui l'on impute un crime dont elle est innocente.

L'homme qui suspendait, à cette heure, le glaive de la justice sur son front était un époux uniquement aimé, objet de la tendresse de toute sa vie, l'homme dont elle avait plaint les malheurs avant d'accepter de les consoler. C'était celui dont elle avait reçu devant l'autel l'anneau de mariage, à qui elle avait donné un enfant qu'on ne lui permettait même plus de serrer dans ses bras.

Durant les premiers jours, foudroyée par l'accusation formulée contre elle, Marie se roidit contre les révoltes de son orgueil et de son cœur. Elle savait bien qu'elle aurait Philippe pour premier juge, et quand celui-ci entra dans son cachot, quand une étreinte les eut rapprochés, qu'un mot échappé de leurs deux âmes les eut rendus à l'amour ancien, elle se crut au terme des épreuves subies, et attendit avec tranquillité l'heure où La Brosse, mandé, la viendrait arracher à son cachot.

Le jour s'acheva sans que nul, pas même son geôlier, ouvrît la cellule de la reine.

La nuit parut longue à la prisonnière.

Elle tenta de questionner l'homme qui le lendemain lui apporta des vivres; mais l'accusation de magie portée contre l'infortunée, après avoir frappé le roi d'épouvante, n'avait pas tardé à se répandre.

Or, à cette époque, une créature soupçonnée de meurtre semblait moins abominable qu'une sorcière adonnée aux sinistres pratiques du sabbat.

Les grandes ailes de l'ange du mal semblaient l'envelopper de leur ombre. La Brosse savait bien ce qu'il faisait en lançant cette calomnie infâme : il détachait du parti de la reine le plus grand nombre de ses partisans.

Aussi le geôlier, loin de répondre à Marie, se signa plein d'effroi et referma bruyamment la porte du cachot, derrière laquelle d'ailleurs des espions de La Brosse surveillaient les visites.

Sans deviner ce qui s'était passé, la reine comprit qu'il était survenu un incident grave, et que les résolutions du roi étaient changées.

Alors seulement elle se sentit seule, misérable, perdue.

Elle jugea sa situation telle qu'elle était, et dit au fond de son âme un éternel adieu aux joies rapides qui l'avaient enivrée. En même temps, le souvenir d'un passé lointain lui revint plus amer : elle vit son père assassiné, elle se trouva, toute petite enfant en deuil, près du corps sanglant étendu sur un lit de parade, et elle se prit à pleurer.

Si du moins elle avait pu écrire, s'il lui eût été permis d'envoyer un message à sa mère, qui priait pour elle au fond d'un cloître, à son frère qui vivait à Dijon sous un froc, à Marguerite la femme bien aimée de son frère, à la reine douairière qui la chérissait.

Mais Marie ne pouvait correspondre avec personne, et le bruit d'aucune parole humaine n'arrivait jusqu'à sa cellule souterraine. Les juges ne l'interrogeaient pas, tant leur justice allait être sommaire. Elle ne devait attendre que le supplice, et quel supplice !

Marie tenta de se familiariser avec cette horrible idée. Elle voulut vivre avec la vision du bûcher, afin de s'affermir contre les horreurs du dernier jour.

Cette femme de vingt ans, qui traînait dans un cachot une robe de brocart couverte d'or frisé, s'accoutuma à cette idée qu'elle revêtirait une tunique noire, et que pieds nus et la corde au cou, avant de monter sur le bûcher, elle ferait amende honorable au parvis de Notre-Dame.

L'horreur de sa situation ne lui laissait plus d'autre avenir. La solitude et le silence courbèrent si bas sa jeune tête, qu'il lui fut impossible de la relever, et de chercher au ciel l'apparition consolatrice d'un ange.

Ces sinistres pensées l'occupèrent durant plusieurs jours. Voyant son innocence méconnue, comprenant que La Brosse reprenait son ancien empire, elle souhaita du moins que le sinistre procès se terminât rapidement.

N'ayant plus la possibilité de vivre, elle éprouva la hâte de mourir.

Chaque jour, la reine attendait le juge qui lui lirait sa sentence et le bourreau chargé de l'exécuter.

Parfois, cependant, l'amour de la vie reprenant ses droits, et l'instinct de la conservation se reveillant, Marie pensait que le duc de Bourgogne et le comte Robert d'Artois prendraient sa défense et contrebalanceraient le diabolique génie de La Brosse. Elle se disait que Jean de Brabant accourrait vers elle ou qu'elle serait délivrée par quelque chevalier, combattant au nom de saint Michel pour l'innocence opprimée. Puis ces rapides visions s'enfuyaient, et Marie retombait dans son atonie.

Un matin, tandis qu'elle se trouvait en proie à l'engourdissement qui suit des nuits de fièvre, la porte de son cachot s'ouvrit, une petite main mit une bourse alourdie par le poids de l'or dans les mains du geôlier, puis une forme svelte se glissa dans l'entrebâillement de l'huis, et une jeune fille se jeta à deux genoux devant le grabat de la prisonnière.

Les sanglots de cette enfant réveillèrent Marie de Brabant.

— Toi! toi! fit-elle en reconnaissant Blanche de Louvain.

— Moi, ma reine bien-aimée, aviez-vous donc cessé de m'attendre?

— Je n'ai jamais cessé de croire, du moins, que tu m'es restée fidèle.

— Oh! vous avez bien fait, ma reine, et si depuis longtemps je ne suis pas venue partager votre captivité, c'est qu'on me refusait cette faveur.

— Aujourd'hui...

— J'ai le droit de rester.

— Combien de temps?

— Autant que vous.

— Quoi! tu pousserais le dévouement jusqu'à demeurer dans mon cachot?

— A moins que vous m'en chassiez.

— Oh! Blanche! Blanche!

— Je vous avoue que durant les premiers jours qui suivirent la mort du pauvre petit prince, tombé victime de la haine que vous inspirez...

— Moi, inspirer de la haine! s'écria Marie.

— Les loups haïssent les brebis, et les ronces étouffent les lis... Donc, pendant les premiers jours de votre emprisonnement, je me croyais assez utile à votre cause pour ne point implorer encore la faveur de vous rejoindre. Je pouvais m'entretenir avec le duc de Bourgogne et votre cousin Robert d'Artois, conférer avec Frère Pacifique, combiner des projets de salut avec Amaury et Adenez... Je m'occupais de Louis d'Évreux, je le couvrais de baisers au nom de sa mère... Mais tout a changé d'aspect d'une façon presque subite. Après avoir cédé à votre empire, Philippe était retombé sous le pouvoir dominateur de La Brosse. Après vous avoir promis de vous arracher à ce cachot, il vous laissa dans cette cellule, et ce ne fut pas autant le souvenir de Louis de France qui se dressa entre vous et lui que la nouvelle accusation portée contre vous.

— Et que peut-on dire davantage?

— On avait osé répéter, ma bien-aimée souveraine, qu'une marâtre ambitieuse avait empoisonné l'aîné des fils du roi, on répandit le bruit que la science de Marie de Brabant, cette science que poussa si loin Adenez, sans égaler cependant celle d'Albert, était l'œuvre du démon. Vos talents de chimiste devinrent une révélation infernale; le respect, l'amour que vous inspirez furent l'effet d'un pacte. On ne devait pas seulement vous châtier comme empoisonneuse, mais vous rejeter du sein de l'Église comme une créature coupable de maléfices et de pernicieux enchantements. L'ignorance du peuple est grande; il se montra plus terrifié de cette seconde accusation que de la première, et votre perte parut, dès lors, certaine à vos amis. Certaine! vous sentez bien, madame, que nul de ceux qui vous chérissent ne renonçait à l'espérance de vous sauver et au bonheur de vous croire, mais il leur devint plus difficile de vous venir en aide... Heureusement Amaury possédait, sinon une preuve, du moins un indice grave qu'une conspiration avait été ourdie contre vous, et que le flacon trouvé dans le laboratoire y avait été déposé par une main criminelle. Son dernier espoir se fondait sur cette preuve, et pendant plus de deux semaines il chercha, dans Paris, s'il ne pouvait en découvrir l'ancien possesseur. Depuis le jour où il me confia son secret, je le vis tous les jours. Les mécomptes subis ne pouvaient paralyser son pouvoir, il reprenait chaque jour sa tâche avec plus de zèle... Pendant ce temps, Audouin était mystérieusement parti pour le Brabant, car si La Brosse avait été fortuitement averti de ce projet de voyage, il n'eût pas manqué de faire en sorte que notre messager disparût. Cette chance fut la dernière que Dieu nous laissa. A partir de l'heure où Audouin courut sur la route de Bruxelles, je ne revis plus Amaury. Le loyal jeune homme est-il tombé dans une embûche? Son père, irrité de le voir embrasser si ouvertement votre cause, l'a-t-il séquestré afin d'agir avec plus de sûreté? Je l'ignore. Pleine d'angoisse à la pensée que vous alliez vous trouver privée d'un fidèle serviteur, j'ai quitté Vincennes il y a deux jours, pour me rendre à Paris entendre la messe à la chapelle où dame Hugonne va prier chaque matin. Je l'ai vue venir sous le portique où je l'attendais. Ses yeux étaient rougis de pleurs, elle semblait avoir peine à se soutenir. Alors je me suis avancée vers elle, et tremblante moi-même d'émotion, je l'ai conduite jusqu'à son prie-Dieu. Après l'office, je lui ai de nouveau offert mon bras. A peine avions-nous quitté le saint lieu qu'elle m'a regardée avec une expression mêlée de douleur et de tendresse :

— Vous vous nommez Blanche de Louvain? m'a-t-elle demandé.

— Vous êtes dame Hugonne? lui ai-je répondu.

Elle m'a pris dans ses bras, et ses baisers et ses pleurs ont couvert mon visage.

— La reine? a-t-elle repris.

— Est toujours au secret... Amaury...

— N'est-il point près d'elle?

— Nous ne l'avons pas vu depuis plusieurs jours.

Elle est devenue toute blanche, et s'est appuyée contre la colonne.

— Vous ne l'avez pas vu!.. Que s'est-il passé? qu'a-t-on fait de mon fils? Tous deux nous devions partir, aller devant nous, fuyant les palais, la cour, l'injustice et le martyre... Je l'attendais, une litière était prête ; lorsque j'entendis des piaffements répétés dans le cour, je crus que les mules s'impatientaient... Mais non, la litière était éloignée, Amaury n'était plus là.

— Qui l'accompagnait?

Hugonne hésita, puis elle me répondit :

— Son père.

— Ne cherchez plus, lui dis-je; le baron de Luxeuil a compris qu'Amaury s'obstinait dans son dévouement, et pour en paralyser les effets, il l'a emmené.

Hugonne frissonna.

— J'ai bien souffert sans me plaindre jusqu'ici, dit-elle, mais cette fois c'est trop, la mesure est comble, je veux mon enfant! Il faut qu'on me rende mon enfant!

— Peut-être don Luiz de Vélasco l'a-t-il emmené en Espagne?

— Non, répondit Hugonne, Amaury aurait cru trahir la France, en suivant l'envoyé de don Sanche. Depuis longtemps, il refusait de déserter le poste d'honneur qu'il avait choisi à vos côtés pour la défense de la reine.

— Écoutez, dame Hugonne, si votre mari a voulu se mettre en travers du dévouement généreux d'Amaury, il n'aura rien fait, du moins, pour attenter à sa vie. Vous le reverrez, on vous le rendra, et son absence est moins terrible pour vous que pour celle dont il avait embrassé la cause. Ne nous désespérons pas pourtant. Dieu veut, sans doute, nous prouver qu'aucun moyen humain ne peut être efficacement employé pour sauver Marie de Brabant, et il réserve de faire miraculeusement éclater son innocence... Priez pour elle, moi je vais la rejoindre.

— Dieu vous protège, ma fille! m'a-t-elle répondu.

Nous nous sommes embrassées avec une tendresse mêlée d'angoisse, et j'ai repris la route de Vincennes. Rien ne m'empêchait plus de me vouer à vous. Ce fut à Frère Pacifique que je m'adressai afin de m'obtenir l'autorisation de vivre dans ce cachot. Le premier

mouvement du roi fut un refus. Mais le saint moine s'éleva avec
une force chrétienne contre cette cruauté inutile. Il fit valoir la réponse de la béguine de Nivelles, qui vous déclarait innocente ; il rappela que Jésus portant sa croix avait près de lui Simon de Cyrène.
Lui, qui porte d'ordinaire sur ses lèvres la douceur de son maître
François d'Assise, condamna avec véhémence la dureté du roi, et il
l'emporta. Dans la crainte que Philippe revînt sur sa promesse, le
moine se munit de l'autorisation écrite de votre époux, la remit
lui-même au geôlier qui m'a introduite, et me voici, ma bien-aimée
maîtresse, je ne vous quitterai plus, puisque vous daignez me garder.

— Blanche ! chère Blanche ! qui paiera jamais un semblable dévouement !

— J'en suis récompensée par votre tendresse.

— Et Louis ? Blanche, parle-moi de Louis.

— Vous l'avouerai-je, ma reine, je tremblais pour lui ; il me semblait que la main criminelle qui versa le poison dans la coupe du fils
aîné de France respecterait d'autant moins la vie de l'enfant qu'il
était à vous, la mère calomniée... Alors, une pensée m'est venue,
une bonne pensée, je crois. Je savais que la reine douairière Marguerite, désespérée de ce qui se passait à la cour à votre sujet, et
voyant inutiles ses remontrances à son fils Philippe, venait de se
retirer dans le couvent des Cordelières, fondé par elle au faubourg
Saint-Marcel. Je m'y suis rendue, et je l'ai suppliée, au nom de la
Passion du Sauveur, de prendre avec elle le petit Louis d'Évreux.
Elle a compris mes craintes et mes raisons, et le jour même le cher
enfantelet dormait sous le voile de la veuve de Louis IX.

— Tu as fait cela, Blanche ? Tu songes donc à tout ?

— A tout ce qui vous intéresse, oui, Madame.

— Écoute, dit Marie d'une voix émue, tu as plus fait pour moi
qu'aucune créature au monde, et je te bénis pour la terre et pour
l'éternité ! Mais c'est assez se dévouer, Blanche, je ne puis être sauvée, tu le sais bien... Si la béguine de Nivelles a affirmé que j'étais
innocente, elle m'a montré aussi le jour terrible de mon supplice...
Chaque heure qui s'enfuit m'en rapproche, Blanche... A l'instant
même le bourreau peut venir heurter à ma porte et me dire : — Tout
est prêt ! — Frère Pacifique ne serait pas même là pour m'encourager à mourir... Devant la maudite, la magicienne, la créature vendue à Satan, on ne dresserait pas la croix du salut... Personne n'aurait la pitié d'asperger d'eau sainte ma robe noire et mon bûcher...

Oh ! cette pensée est horrible entre toutes, Blanche. Quoi ! au moment de mourir on me traitera en excommuniée... Quoi ! je serai pour ainsi dire abandonnée toute vive aux flammes, images de celles que l'on me prédit... Jusqu'à cette heure, j'avais cru qu'il suffisait à un misérable de m'enlever ma couronne, mon mari, mon enfant ; il veut encore me voler l'éternité. Oh ! le misérable ! le misérable ! Il calcule bien, Blanche, il prévoit tout ! Le désespoir peut s'emparer de mon âme, et vaincue par la douleur, je nierai la bonté et la justice de mon Dieu. Voilà ce qu'il attend et sur quoi il compte... Pas de juges pendant ma vie, pas de prêtre à l'heure du supplice !

Elle s'arrêta un moment, puis elle reprit :

— Je sais tout ce qui pouvait m'intéresser en ce monde, Blanche, j'ai ressenti la suprême consolation de voir combien je suis aimée, c'en est assez... Laisse la mourante au fond de sa tombe, et sois certaine que les anges qui furent témoins de l'agonie du Sauveur ne l'abandonneront pas.

— Non, Madame, dit Blanche, non, je ne vous quitterai plus... L'arrêt qui vous frappa vient de m'atteindre. Quand cette porte s'ouvrira devant vous, alors seulement je sortirai de ce cachot. Vous aurez désormais une main amie pour essuyer vos larmes ; vous ne prierez plus seule. Ensemble nous parlerons du petit ange que j'ai remis dans les bras de Marguerite de Provence. Et puis, je ne crois pas avec vous que tout soit perdu encore. Audouin retrouvera le duc Jean ; à quelque cour d'Europe qu'il poursuive une emprise, il le ramènera à Vincennes, et ce jour-là, il faudra que la calomnie de La Brosse rentre dans sa gorge maudite avec la pointe d'une miséricorde.

Marie de Brabant tenta vainement de repousser le dévouement qui s'imposait à elle, Blanche s'obstina dans son vouloir et Marie de Brabant la serra tendrement dans ses bras.

— Si Dieu me sauve, dit-elle, ce sera pour payer des dévouements comme le tien.

A partir de ce jour, tout changea dans la prison de Marie.

La jeune fille s'attacha à relever le courage de la reine. Elle ne cessa de lui répéter que le prince Jean ne laisserait pas commettre un meurtre juridique qui le couvrirait de honte, et mettrait à son blason une tache d'infamie.

— Pierre La Brosse a jeté un défi à Dieu, ajoutait-elle, la foudre du ciel lui répondra.

Tandis que, dans le cachot de Marie, les deux femmes essayaient de s'encourager à supporter cette horrible épreuve, le roi, troublé par la pensée du crime de la reine, mais hésitant encore à le punir, résolut d'envoyer en Espagne le comte d'Artois, afin d'arriver à un accommodement avec don Sanche. Son ancienne tendresse pour Marie se réveillait parfois par bouffées, puis subitement la terreur remplaçait l'amour, le besoin de châtier faisait place à une pensée de clémence.

La Brosse, qui avait obtenu du roi que la reine fût accusée, emprisonnée, ne parvenait pas à faire prononcer son arrêt. Les sentiments de Philippe subissaient des fluctuations sans nombre. Le comte d'Artois et le duc de Bourgogne unissaient leurs efforts pour différer le prononcé du jugement, affirmant qu'il était impossible de condamner Marie avant le retour du prince Jean dans ses États.

Deux questions graves occupaient en ce moment l'esprit de Philippe, Marie et la conclusion des affaires d'Espagne. Il couvait, avec son cousin Robert d'Artois, qu'au retour du voyage de celui-ci, il serait statué définitivement sur le sort de la reine, et Robert se promit de traîner les négociations en longueur.

Sans doute, la reine souffrait pendant ce temps des douleurs imméritées, mais mieux valait encore cette épreuve qu'une condamnation immanquable. Pour que Marie fût reconnue innocente après tout ce qui s'était passé, il eût fallu que le véritable coupable tombât dans les mains de la justice.

Du reste, indépendamment de son désir de gagner du temps, le comte d'Artois, désireux de protéger les Enfants de la Cerda, se promettait d'enlever à don Sanche les premiers fruits de son usurpation.

Philippe avait remporté assez d'avantages sur don Sanche pour que celui-ci souhaitât conclure la paix, même au prix de quelques sacrifices. Les termes de la lettre par laquelle il demandait au roi de France qu'une conférence fût tenue en Espagne, entre lui et Philippe, indiquaient qu'il comprenait le péril de sa situation.

Pendant cette négociation, don Sanche et le comte d'Artois devaient poser les préliminaires d'un traité qui serait ensuite soumis à la ratification de Philippe.

L'attitude du roi d'Espagne vis-à-vis Robert d'Artois avait été marquée par une déférence approchant de l'humilité. Déjà le prince français venait d'obtenir que les intérêts des fils de Fernand de la Cerda seraient sauvegardés, quand, au moment d'arriver aux derniers points du traité, un messager pénétra dans la salle du conseil, et remit à don Sanche un paquet de dépêches.

Celui-ci les prit avidement, en rompit les scellés sans paraître se souvenir de la présence de Robert, puis il les replaça dans sa poitrine.

Tout avait changé de face depuis une minute.

Don Sanche ne parut pas se souvenir qu'il venait de s'engager à gouverner pour les enfants de Fernand de la Cerda ; il releva la tête d'un air de défi, et dit à Robert :

— Bien fou serais-je de plier devant deux enfants que l'on peut renvoyer à leurs jouets.

— Oubliez-vous que ces orphelins sont les parents du roi de France ?

— Qui poursuivra la guerre si je refuse de lui céder ?

— A outrance, répondit d'Artois.

— J'ai des soldats, répondit le roi d'Espagne.

— Et nous des chevaliers, don Sanche.

— Pas un Espagnol ne trahira son maître.

— Pas un Français ne refusera de se battre pour les fils de Louis IX.

— Croyez-vous ? demanda railleusement don Sanche.

— J'en suis certain.

— Eh bien ! vous vous trompez, prince, car si les Français étaient aussi attachés que vous le croyez au sang de leurs rois, je ne recevrais point de dépêches semblables à celle qui vient de me parvenir. Dieu merci, mon féal Luiz de Velasco a su me créer des amis à la cour de France !

— A la cour de France ! répéta Robert.

— Et je compte si bien sur leur intervention que je n'accepte plus le projet de traité que j'allais signer tout à l'heure. Nous recommencerons les hostilités, mon frère de France et moi, quand il plaira au roi Philippe.

— Est-ce le dernier message dont vous me chargez pour lui ?

— Le dernier, répondit don Sanche.

Robert d'Artois avait désormais sa conviction faite.

Un traître livrait à don Sanche les secrets de la politique de Philippe.

Rien ne retenait plus le prince en Espagne, il reprit en grande hâte la route de Paris.

Avant de se rendre à Vincennes, il eut une entrevue avec le duc de Bourgogne.

— J'espérais, lui dit tristement celui-ci, que vous feriez durer des négociations qui ménagent les jours de la reine.

— Elles dureraient encore, si don Sanche n'avait reçu des avis mystérieux émanant de « ses amis de la cour de France ».

— Lui! des amis en France! s'écria le duc de Bourgogne.

— En êtes-vous si surpris?

— Qui soupçonnez-vous?

— Le seul homme que nous méprisions.

— Pierre La Brosse?

— Vous l'avez dit.

— Quel intérêt?... demanda le duc de Bourgogne.

— Un double intérêt : don Sanche, qui a tous les torts et toutes les ambitions, ne peut manquer de récompenser Piérou d'une façon magnifique... Le baron de Luxeuil sera fait *Rico-Hombre*, et au lieu de petites châtellenies en France, l'ancien chirurgien-barbier comptera des châteaux en Espagne. Mais ce n'est pas tout, ce misérable acharné à la perte de Marie a compris que le but principal de cette négociation était mon éloignement de Paris, lequel rendait impossible le jugement de la reine par les pairs. Nous avons tenté tous les moyens pour éviter un procès aussi douloureux pour elle que pour nous; mais Piérou a hâte de se débarrasser de sa victime; du fond de son cachot, elle le gêne encore. Il s'est engagé avec le roi d'Espagne, afin de rompre les négociations et de vous obliger à revenir.

— Il nous reste un seul moyen de sauver la reine, dit le duc.

— Lequel? demanda Robert.

— Accusons Piérou de conspirer avec l'Espagne.

— Le roi demandera des preuves.

— Nous en chercherons.

— Soyez sûr, mon cousin, que le misérable prend assez ses précautions pour que vous ne puissiez rien découvrir.

— Tentons encore cela, et Dieu nous soit en aide ! dit le duc.

Le soir même, Robert d'Artois, en rendant compte au roi de ce qui s'était passé durant ses entrevues avec don Sanche, n'oublia point de lui raconter l'impression produite sur l'usurpateur par la réception d'un courrier.

— J'avais, dit Robert, amené le roi d'Aragon à reconnaître les droits des Infants de Fernand de la Cerda; il venait, sous l'empire de la terreur que lui causaient vos armes, de s'engager à rendre le trône de Castille aux héritiers de la fille de Louis IX; ma victoire était complète, et nous nous disposions à rédiger un contrat dont les articles étaient souscrits d'avance, quand une missive est apportée à don Sanche. Il la parcourt du regard, la cache dans sa poitrine, puis sans même tenter de pallier l'étrangeté de sa conduite, et le revirement de son esprit, il s'écrie : « — Je n'en suis point réduit à accepter des conditions si dures. Merci Dieu, il me reste encore des amis en France. » — Il avait raison, sire, il lui reste des amis.

— Mais, beau cousin, ces amis sont des traîtres !

... Vous l'avez dit, sire.

— Nommez-les.

... Je n'en connais qu'un.

...- Il se nomme...

— Pierre La Brosse.

Le visage du roi devint pâle. Il parut hésiter sur ce qu'il devait répondre. Deux sentiments contraires partageaient son esprit et le troublaient. Enfin il répondit au comte d'Artois :

— L'accusation est grave, beau cousin, et j'imagine que vous êtes en état de la prouver.

— J'y parviendrai, s'il plaît à Dieu.

— En attendant, la parole que vous venez de me dire me rappelle que je me dois aux soins de la justice. Il la faut égale pour tous, pour tous ! vous m'entendez.

Robert d'Artois baissa la tête.

— Les Pairs s'assembleront demain, reprit Philippe, la mort de mon fils aîné n'est pas encore vengée.

Et sans regarder davantage Robert, sans paraître se souvenir de sa présence, le roi prit une feuille de parchemin et se mit rapidement à écrire.

L'abbaye de Luxeuil est devant vous. (*Voir page* 189.)

XVI

LE BLESSÉ

Quand le captif s'éveilla du sommeil de plomb dans lequel l'avait

plongé le vin versé par son père, la nuit était complète. Il ne se
rendit aucun compte de ce qui s'était passé.

Sa tête était lourde, ses membres endoloris. Il rassemblait avec
peine ses pensées. A demi-plongé encore dans une léthargie douloureuse, il tressaillit au bruit d'un verrou qu'on tournait et se
dressa sur son étroite couchette.

Ce fut avec un effarement, facile à comprendre, qu'Amaury fixa
les yeux sur un vieillard qui s'avançait vers son lit.

— Qui êtes-vous? demanda-t-il.

— On m'appelle Hubert.

— Je ne vous connais pas; à qui appartenez-vous donc?

— Je suis le serviteur de monseigneur le baron de Luxeuil.

— Qu'est-il arrivé? reprit Amaury; où suis-je? J'ai dormi longtemps, n'est-ce pas?

— Quarante-huit heures.

— Quarante-huit heures! vous devez vous tromper?

— Je ne me trompe pas!

— Mais alors ce sommeil était factice... J'ai été plongé dans
une torpeur opiacée afin de m'empêcher de réaliser ce que je mé-
ditais... Oui, oui, c'est cela... Je suis monté dans une litière, j'allais à Vincennes, à Vincennes avec mon père...

Amaury enfonça ses deux mains dans son escarcelle.

— L'agrafe! dit-il, on m'a volé l'agrafe!

Il resta comme écrasé; cependant, comme il voulait apprendre
toute la vérité, il imposa silence à son angoisse et reprit :

— Si tu appartiens à mon père, c'est au nom de mon père que
je suis enfermé ici... Tu me connais, n'est-ce pas?

Oui, monseigneur, répondit le vieillard. Je vous ai reçu des
mains du baron de Luxeuil, et j'ai ordre de vous garder.

— Combien de temps?

— Dieu qui compte les jours des hommes le sait seul.

— Écoute alors, dit Amaury. Oublie que tu es le serviteur de
mon père. Les individus ne sont rien quand il s'agit d'un intérêt
semblable à celui qui me fait agir. Si tu veux de l'or, on t'en donnera; si tu es ambitieux, ton orgueil sera satisfait. Mon père est
riche, je te donnerai un de ses châteaux, si tu consens à me rendre
pour quelques jours la liberté.

Hubert secoua la tête.

— Mon jeune seigneur, dit-il, j'ai été ambitieux, j'ai voulu les·

biens que vous m'offrez aujourd'hui ; mais, croyez-le, à cette heure,
je ne tiens plus qu'à une seule chose : la vie.

— Eh bien ?

— Que j'ouvre pour vous les portes de ce cachot, et votre père
fera fermer sur moi celles du grand Châtelet...

— Je suis perdu ! s'écria Amaury.

— Non, dit le vieillard, j'ai même reçu ordre de vous traiter avec
bonté, de vous fournir tout ce que vous demanderez, hors la liberté.

— Tu m'as dit que mon emprisonnement aurait un terme.

— Vous quitterez cette prison, quand la reine sortira du cachot
de Vincennes ! dit le geôlier qui sortit sur ces mots.

— Je comprends ! fit Amaury avec épouvante, je comprends !

Aussitôt une colère folle, une exaltation furieuse s'emparèrent
de lui. Son désespoir s'exhala en cris rauques, en appels désespé-
rés. Il meurtrit ses poings contre la porte bardée de fer, il déchira
ses ongles en essayant d'ébranler les barreaux de sa fenêtre. Il songea un moment à se laisser mourir de faim pour léguer à son père
un éternel remords ; mais son trépas sauverait-il la reine ? Avait-il
le droit d'abandonner le parti de la noble femme calomniée ? Il était
jeune, robuste ; ne pouvait-il pas terrasser Hubert, s'emparer de
ses clefs et l'enfermer ? Ce vieillard n'était pas responsable de son
emprisonnement ; il ne semblait même point cruel ; mais enfin il
devenait l'allié de La Brosse, et, après tout, lui-même l'avouait, il
était coupable d'un meurtre. Puisqu'aucune des raisons que le jeune
homme lui avait données ne pouvait le convaincre qu'en obéissant
à La Brosse il se rendait coupable d'un crime, il essaierait de
s'évader. Ce projet calma le captif, et il attendit avec impatience la
seconde visite d'Hubert. Douze heures se passèrent, pour Amaury,
dans une fièvre dévorante. L'exaltation doublait ses forces. Au moment où le vieillard fit tourner la clef dans la serrure du cachot,
Amaury se blottit derrière le battant qui devait se refermer, de telle
sorte qu'Hubert ne devait pas tout de suite l'apercevoir. Quand le
geôlier serait entré dans la cellule, Amaury paralyserait ses mouvements et se rendrait maître des clefs.

Hubert entra, et derrière lui Amaury referma la porte.

D'un bond, il rejoignit le vieillard, puis l'enlaçant d'un de ses bras
et de l'autre essayant d'arracher le trousseau de clefs pendant à sa
ceinture :

— Je ne te ferai pas de mal ! lui dit-il, mais je veux être libre !
donne-moi ces clefs.

Hubert ne répondit rien.

Sa taille courbée se redressa, des éclairs fauves jaillirent de ses yeux, et, après une courte lutte, il renversa Amaury sur le sol.

— Je pourrais vous tuer, lui dit-il, nul ne le saurait que votre père, et peut-être trouverait-il que je lui rends service. Soyez tranquille! je ne vous ferai pas de mal. Vous croyez avoir affaire à un vieillard dont le sang est glacé dans les veines, mais je conserve une force redoutable, vous venez d'en acquérir la preuve; souvenez-vous-en désormais... Dois-je enchaîner vos bras et vos pieds? Faut-il ceindre vos flancs du carcan de fer qui pend à cette muraille? Ou me jurerez-vous, sur votre honneur de gentilhomme, de ne plus tenter de m'assassiner pour recouvrer une liberté que je voudrais pouvoir vous rendre?

— Ce que j'ai fait ne se renouvellera plus, Hubert; respectez le fils de votre maître; ne l'enchaînez pas comme un criminel.

Hubert laissa Amaury se relever.

— J'ai eu un fils, dit le vieillard, un fils jeune et beau comme vous êtes... Vous me le rappelez... c'est en son nom que je me montrerai bon pour vous... Vous avez tout, tout hors la liberté; et d'ailleurs, quand vous auriez tué le vieil Hubert, eussiez-vous été libre? En haut de cet escalier sont deux nègres farouches, ramenés d'Orient par votre père. Ils sont muets, et ne comprennent point mes paroles. La Brosse seul leur donne des ordres brefs qu'ils exécutent sans examen; les deux noirs vous auraient étranglé.

Amaury recula jusqu'à sa couchette et s'y laissa tomber.

— Croyez-moi, dit le vieillard, prenez cette captivité en patience. Vous avez fait tout ce que vous pouvez pour sauver une femme dont votre père seul a prononcé le nom; le reste regarde Dieu.

A partir de cette heure, Amaury se montra doux et bienveillant à l'égard d'Hubert.

Renonçait-il donc à s'évader? Non, sans doute, mais il comprenait que le vieillard avait dit vrai, et que, se fût-il débarrassé du geôlier, les muets, qui sans doute ne connaissaient pas son nom. n'hésiteraient point à remplir des ordres reçus pour de précédents captifs.

Plus d'une fois, Hubert lui raconta les sinistres légendes du cachot dans lequel il se trouvait. Le vieillard se regardait comme certain que le jeune homme ne songerait plus à lui dérober ses clefs; mais sachant quels grands intérêts se trouvaient en jeu, il ne doutait pas qu'Amaury ne cherchât le moyen de sortir de Luxeuil.

Hubert lui témoignait de la bonté; mais, depuis l'attaque dont il avait été l'objet, sous prétexte de remplacer les valets qui, d'habitude, le servaient à table, Hubert assistait aux repas du jeune homme; lorsque le repas était achevé, le geôlier emportait le couteau et la fourchette d'Amaury. Aucun instrument tranchant ne restait à sa disposition.

Après avoir perdu la confiance, Hubert gardait le respect et la pitié.

Une volonté immuable succéda, chez Amaury, à l'abattement qui suivit une première défaite.

A quelque prix que ce fût, il fallait qu'il s'échappât.

La porte restant close, il s'évaderait par la fenêtre.

Mais cette croisée, étroite, coupée dans la profondeur des murailles, donnait-elle sur une cour, s'ouvrait-elle sur un fossé?

Amaury tenta d'en desceller les barreaux déchiquetés en dents de scie, mais les barreaux ne furent pas mêmes ébranlés. Pour arriver à un résultat si incertain, si lent qu'il fût, Amaury devait d'abord se procurer un levier ou un morceau de fer.

Quand sa résolution fut prise, il passa une inspection de sa cellule. Elle renfermait un bahut chevillé en bois et fermant à l'aide d'une clef, instrument insuffisant, sans doute, mais dont, cependant, il pouvait tirer parti. Seulement, contrairement à ce qu'avaient fait les premiers prisonniers de son père, Amaury se garderait bien d'essayer de s'évader par la meurtrière. La fenêtre se trouvait trop en vue. Chaque jour, tout en dissimulant le plus possible cette inspection, Hubert en approchait ses doigts noueux. Au plus léger ébranlement il comprendrait qu'une tentative avait été faite.

Amaury dut chercher un autre moyen. Il dérangea sa couchette. Elle se trouvait adossée au mur, et placée parallèlement à la meurtrière. Il ne pouvait rien tenter que de ce côté. Hubert ne pénétrant qu'une fois par jour dans le cachot d'Amaury, celui-ci conservait douze heures de liberté! Douze heures! il se priverait de sommeil jusqu'à ce qu'il eût réussi à pratiquer une brèche dans cette muraille. Elle pouvait avoir trois pieds d'épaisseur, à en juger par l'ouverture de la meurtrière; mais un prisonnier ne voit que le résultat sans calculer les difficultés.

Restait à trouver l'outil.

Nous avons dit qu'à la muraille pendaient des amas rouillés de chaînes et de carcans. Amaury parvint à s'emparer d'une barre de fer assez forte, et il commença à dégager le tour d'une pierre de taille énorme. Une fois descellée, elle lui faciliterait grandement le reste du travail. Mais que de peines, de fatigues, pour arriver à la soulever ! Le ciment résistait et, au bout de plusieurs heures de labeur, Amaury réussissait à peine à enlever un peu de poussière. Il la prit à deux mains, s'approcha de la meurtrière, et la chaux pulvérisée s'envola dispersée par le vent.

Quand Amaury crut proche l'heure qui ramenait la visite habituelle de son gardien, il remit le lit à sa place, s'assit devant la table, et continua la rédaction d'un long mémoire commencé le jour de sa captivité. Il entreprenait, pour Blanche de Louvain, le récit des événements qui s'étaient succédé depuis l'instant de leur dernière entrevue jusqu'à ce jour.

Une fois débarrassé d'Hubert, Amaury reprit son travail.

Il lui fallut quinze jours avant d'arriver à faire mouvoir la pierre énorme qu'il devait déranger, et quand elle serait sortie de son alvéole, comment ferait-il pour la dissimuler ?

Heureusement elle se trouvait presque de niveau avec le sol, et le lit du prisonnier masquait le dérangement de la pierre. Il put la reculer pour continuer son travail. Il lui restait encore à percer un pied et demi, au moins. Alors, seulement, il se rendrait compte de la situation de son cachot.

Tout lui donnait à penser que la fenêtre dominait un de ces fossés pleins d'eau qui formaient la seconde défense des domaines seigneuriaux du moyen âge.

Lorsqu'il entrait dans la cellule de son prisonnier, il arrivait souvent qu'Hubert le trouvât endormi. Il s'arrêtait à quelques pas du lit, jetant un regard triste sur le jeune homme et secouait la tête en murmurant :

— Est-ce que ma vieille tête vaut sa jeune vie ? J'aurais dû lui aider, mais j'ai peur... j'ai peur...

Et Hubert sortait en reculant, croyant apercevoir la sinistre figure du sire de **La Brosse.**

Le manque de sommeil, l'incessant labeur de ses nuits changeaient, à ne le pas reconnaître, le beau visage d'Amaury. Il sentait qu'il jouait son existence, mais il la comptait pour peu de chose en songeant à la réputation de la reine, réputation qui dépendait de son adresse et de son courage.

Enfin, après quinze jours d'un travail ardu, Amaury parvint à faire crouler une pierre de la muraille : cette pierre tomba avec un bruit sourd suivi d'un clapotement prolongé.

— Je ne me trompais point, pensa Amaury, la fenêtre donne sur l'étang, la nuit suivante j'agrandirai l'ouverture et je passerai.

Il se coucha plus calme, et cette fois il goûta un sommeil profond.

A la nuit seulement il se leva

Déchirant en longues bandes sa couverture et ses draps, qu'il tressa d'une façon solide, il noua le tout à l'une des barres de la croisée, fixa une pierre à l'extrémité et laissa retomber cette corde de tout le poids que lui communiquait la pierre.

Il faisait une nuit paisible durant laquelle alternaient les ombres et la lumière. Des nuages couvraient ou dévoilaient tour à tour la lune.

Amaury se glissa dans l'étroite ouverture, au travers de laquelle son corps passait à peine ; puis, quand il put embrasser du regard les objets environnants, il vit non pas un fossé, mais une sorte de lac couvert de nénuphars, de lentilles d'eau et de joncs des marais. Il gardait une certaine prudence dans les mouvements, se coulait et rampait dans la brèche, et parvint à saisir la corde tombant toute droite de la fenêtre.

Quand il la tint fortement serrée, il se ramassa sur lui-même, se souleva, jusqu'à ce que ses orteils seuls touchassent encore l'excavation, puis, élevant son âme vers Dieu, il s'abandonna à son soutien fragile et son corps se balança dans le vide.

La lune, complètement cachée en ce moment, laissait la haute muraille et le prisonnier dans une obscurité complète. Du reste, la distance entre la brèche et l'eau n'était pas grande, et Amaury se trouva bientôt au niveau de l'étang. Lâchant alors la corde qui l'avait soutenu jusque là, il se mit à nager silencieusement.

Le froid de l'eau le ranima. Il lui sembla que la fièvre de son sang se calmait dans ce bain. Ses mouvements devinrent lents mais réguliers ; il redoutait de se fatiguer par une impétuosité imprudente, mais il lui était impossible de calculer la largeur de la pièce d'eau.

La nuit sombre l'enveloppait.

Tout à coup il s'arrêta, il lui semblait que des milliers de couleuvres s'enlaçaient autour de ses jambes pour l'empêcher de poursuivre sa route. Ses mains elles-mêmes s'enroulaient dans des brins d'herbes. Il se trouvait paralysé, réduit à l'impuissance au moment où il pouvait croire qu'il allait toucher au but.

Il ne s'agissait point seulement de déployer du courage, d'appeler à soi la vigueur, mais surtout de garder son sang-froid. Il allait peut-être sombrer dans ce marais, dont le froid l'engourdissait, sans

avoir la faculté de se débattre, sans parvenir à rompre ces racines
nouées et tordues sous l'eau depuis tant d'années.

La sueur fit perler l'angoisse au front d'Amaury. Il se sentait fai-
blir, une force inconnue l'attirait en bas, c'en était fait de lui, quand
ses mains, s'étendant au hasard, saisirent une pièce de bois, dans laquelle il put reconnaître le bordage d'un canot.

Sans doute l'embarcation faisait eau, les planches pourries se
détachaient du fond, mais elle servit de point d'appui à Amaury,
qui s'y cramponna, se souleva à la force des poignets et se reposa
sur ce débris flottant.

La lune se dégageait en ce moment des nuages qui la couvraient.

Le jeune homme n'était plus qu'à une faible distance du bord ;
il arracha une planche, s'en servit en guise de pagaie, et au bout
d'un quart d'heure il se trouvait sur la berge.

L'horizon commençait à blanchir.

Les regards d'Amaury se tournèrent vers le château de Luxeuil,
et il put distinguer un trou noir dans la façade blanche de la tour.
C'était l'excavation par laquelle il venait de s'évader.

Le prisonnier ne pouvait perdre ni une heure, ni une minute. A
l'aube, les gardiens du château s'éveilleraient, des piétons passe-
raient sur la route, Hubert serait averti qu'une brèche avait été
pratiquée au-dessus de l'étang, et des espions, des soldats seraient
mis à sa poursuite.

On surveillait assez Vincennes pour l'empêcher d'y rentrer, et
cette fuite réalisée avec tant de peine deviendrait inutile.

Amaury se leva et se mit à marcher.

Un tremblement fiévreux agitait ses membres, ses yeux voyaient
flotter des étincelles rouges.

Les émotions, les angoisses de la nuit, succédant aux souffrances
morales endurées depuis son emprisonnement, brisaient cette or-
ganisation délicate et nerveuse.

Le page allait toujours devant lui ; ses habits ruisselants séchaient
sur son dos ; il secouait parfois d'un mouvement brusque sa cheve-
lure alourdie. N'en pouvant plus, il cassa un bâton dans une haie,
et s'appuya dessus, car il se sentait défaillir.

Amaury se trouvait alors proche d'un coude formé par le tournant de la route. Un bouquet de bois l'ombrageait et, sous le feuil-
lage des arbres, le jeune page aperçut un cheval qui, la tête baissée,
flairait tristement un cavalier étendu sur le sol.

L'homme était-il mort ou évanoui ?

Dans tous les cas, cette rencontre pouvait être d'un grand secours au page. Il s'approcha du cheval, le flatta de la main, saisit la bride qu'il noua autour du tronc d'un chêne; puis, se baissant vers le cavalier, il entrouvrit son vêtement et interrogea le cœur.

Le cœur battait faiblement. Une grande plaie à la nuque avait provoqué la syncope de cet homme qui allait mourir, peut-être, faute d'un secours. Amaury exprima sur son front l'eau fraîche dont ruisselaient ses vêtements. Le cavalier rouvrit les yeux et vit, comme à travers un brouillard, une forme qui se penchait vers lui et lui prodiguait des soins. Sans se rendre bien compte de ce qui se passait, le blessé se leva chancelant pour rejoindre le coursier.

— Aidez-moi, fit-il à Amaury, à mettre le pied à l'étrier; mes forces s'en vont, je le sens, mais il m'en reste encore assez pour me tenir à cheval, et gagnerai le premier gîte que je trouverai sur la route.

Le jeune homme le remit en selle; mais, ne voulant pas l'abandonner dans la situation où il était, il lui demanda de monter en croupe avec lui, ce que le blessé accepta avec plaisir sans lui demander qui il était ni le reconnaître d'ailleurs, tant les ténèbres envahissaient peu à peu son regard.

Ils allèrent ainsi quelque temps. Amaury devait soutenir de ses bras le malheureux qui vacillait sur la selle, et faisait mine à chaque instant de retomber.

Enfin, ils rencontrèrent, le long du chemin, une misérable cabane. Ils hélèrent les habitants. Un homme montra au dehors son visage inquiet.

— Y a-t-il loin d'ici une auberge, une gîte quelconque pour mettre mon cheval? fit le chevalier.

— Monseigneur, dit le serf, l'abbaye de Luxeuil est devant vous; regardez, on la voit d'ici à travers les chênes.

— C'est bien, fit le cavalier, et il tourna bride vers la direction indiquée.

Arrivés devant le portail, Amaury mit pied à terre, fit descendre son compagnon qui eut une longue défaillance en touchant terre, puis il saisit l'anneau de fer d'une cloche d'alarme. Au bruit inaccoutumé de l'airain à cette heure matinale, un vieux moine traînant ses sandales sur les dalles s'approcha d'une petite porte qu'il ouvrit.

— Soyez le bienvenu, au nom de Notre-Seigneur! dit-il.

— Je suis chez les moines de Luxeuil? demanda Amaury.

— Oui, mon fils.

— Nous vous demandons l'hospitalité; mais, d'abord, prenez soin de ce malheureux blessé qui vient de s'évanouir.

— Oui, mon fils, le pauvre homme me semble mal en point... Vous avez accompli une œuvre pie en l'amenant ici... Voici de l'eau, un cordial... Le digne abbé médite dans sa cellule, il vous rejoindra tout à l'heure.

Un moment après le Supérieur du couvent pénétrait dans la grande salle :

— Mon Père, lui demanda Amaury, votre abbaye est-elle lieu d'asile?

— Oui, mon fils... Réclameriez-vous ce droit?

— Ne craignez rien, mon Père, c'est un malheureux qui vous demande appui, et non point un coupable qui sollicite le moyen de sauver sa vie.

Le regard du jeune homme se fixa sur le Frère qui lui avait ouvert, et il le reporta ensuite sur l'abbé.

Celui-ci comprit le sens de cette muette prière, et sur un signe de son Supérieur, le vieillard disparut.

— Je me nomme Amaury La Brosse, dit le page, dont le front se couvrit de rougeur; je viens vous supplier d'abord de m'aider à sauver ce malheureux que j'ai trouvé sur ma route, puis de me fournir le moyen de gagner Vincennes. Je me suis évadé du château de Luxeuil où je suis enfermé depuis longtemps.

Amaury ajouta d'une voix tremblante :

— Parlez-moi de la reine Marie.

— Nous prierons toute la nuit pour elle : dans deux jours elle devra fournir un champion de son innocence.

— Qui se bat pour la reine? demanda Amaury.

— Elle attend encore qu'un homme vaillant prenne en main sa cause.

Ces paroles s'échangeaient entre le moine et Amaury, tandis que ceux-ci prodiguaient leurs soins au cavalier blessé. On avait rapidement bandé sa blessure, et sa tête pâle reposait sur une pile de coussins.

Au bout d'un moment ses paupières se soulevèrent, et il jeta autour de lui un regard effaré.

Le moine chirurgien surveillait attentivement son retour à la vie, et un soupir d'allégement passa ses lèvres.

— Vivant! dit-il, vivant!

— Je n'en vaux guère mieux, répondit le blessé... Je suis perdu,

mon Père, cette course en Espagne est la dernière que je ferai en
ce monde... Il ne me reste plus qu'à faire un autre voyage plus
terrible.

Des réconfortants furent servis au blessé, un repas succulent ré-
tablit les forces d'Amaury, puis celui-ci demanda au Supérieur de
lui fournir le moyen de regagner Paris.

— Vous ne le pouvez dans un semblable équipage, répondit l'abbé.
Dieu, qui connaît nos intentions, ne nous en voudra point de la fraude
à laquelle nous allons avoir recours.

Par dessus vos habits lacérés, nous jetterons une robe de notre
ordre, et vous arriverez sans peine à votre destination.

— Il me faudrait encore un cheval.

— Vous l'aurez, mon fils.

Certain désormais de pouvoir regagner Paris, Amaury consentit
à ce que l'on séchât ses vêtements. Il passa ensuite une robe de
moine, se mit en selle, et, suivi par les bénédictions de l'abbé, il
s'éloigna au galop.

Le blessé devait rester à l'abbaye de Luxeuil jusqu'à sa guérison,
ou jusqu'à sa mort. Il ne fut bientôt plus possible de conserver
d'espérance. Sa chute avait occasionné de graves désordres inté-
rieurs, et il ne fut point nécessaire de l'avertir de son état pour le
décider à songer à mettre ordre à sa conscience.

— Mon Père, dit-il d'une voix faible, j'ai servi Satan toute ma
vie, je veux dire Pierre La Brosse, il est temps que je me sépare
de sa cause ; Dieu va me demander un compte rigoureux de ma
complicité avec cet homme.

— Savez-vous qui vous a sauvé la vie en vous amenant ici ?

— Non, mon Père.

— Son fils aîné, Amaury.

— Les voies de la Providence sont impénétrables, répondit le
blessé. Cependant, dites-moi, mon Père, la reconnaissance que je
dois au fils peut-elle m'empêcher d'accomplir un acte dont dépend
le salut de la France ?

— Les intérêts d'un royaume passent avant ceux des particuliers.
Mais, en agissant comme vous semblez le vouloir faire, êtes-vous
certain de ne pas céder à un sentiment de vengeance ?

— Me venger ! pourquoi ? Je vais mourir, et je ne songe plus qu'à
faire ma paix avec le ciel. Un homme a dépravé mon esprit, gan-
grené mon cœur ; je me suis fait son serviteur, son espion, son esclave, afin d'avoir ma part de richesses en ce monde, et une chute

de cheval me jette stupidement la tête brisée à l'angle d'un chemin...
C'est la main de Dieu qui me frappe, mon Père ! Il est temps de le
reconnaître, et de mieux mourir que je n'ai vécu.

Le blessé, réduit à l'impossibilité de se soulever, fit signe au
moine de lui remettre le sac de cuir que l'on avait trouvé lié à la
croupe de son cheval.

Le vieillard le prit, et le mourant dit d'une voix de plus en plus
faible :

— Une cassette de fer est au fond de cette sacoche : qu'on la re-
mette au roi Philippe, il y va des plus grands intérêts de la France !

— Ce sera fait, mon fils.

— Tout de suite, mon Père, tout de suite; peut-être serait-il trop
tard demain.

Le moine quitta le blessé et se rendit dans une salle, où une dou-
zaine de jeunes clercs copiaient silencieusement des manuscrits.

— Qui de vous sait monter à cheval? demanda-t-il.

— Mon Père, j'ai été page du duc de Bourgogne, répondit Lyderic.

— Venez donc, mon fils.

Tous deux sortirent.

— Vous êtes depuis si peu de temps dans le monastère que vous
avez conservé les vêtements que vous portiez le jour où vous frap-
pâtes à cette porte.

— Vous l'avez exigé, mon Père, dans la crainte que le regret du
monde s'emparât de mon cœur... Soyez tranquille ! quand on a
souffert ce que j'ai enduré, on ne quitte pas le lieu de paix et de ra-
fraîchissement pour se rejeter dans la fournaise.

— Prenez ce coffret, Lyderic, faites seller le meilleur cheval du
couvent, et partez ventre à terre. En quelque lieu que le roi se
trouve, soit dans une salle de tribunal, soit même au pied de l'autel,
vous lui remettrez cette cassette.

— Ce sera fait, mon Père ! répondit Lyderic.

La reine mère étendit une main sur le front de Marie de Brabant. (*Voir page* 195.)

XVII

LES CHAMPIONS DE LA REINE

Une foule houleuse se pressait autour d'un vaste emplacement entouré par une palissade à hauteur d'appui, destinée à contenir le populaire. Deux barrières, situées aux deux extrémités, permet-

taient d'entrer dans la lice, dont le terrain avait été soigneusement
aplani et sablé. En face de l'arène, un échafaud composé de gra-
dins drapés de noir devait permettre aux juges de surveiller le combat et de se prononcer sur les coups des adversaires. Non loin de
là, s'élevait un amas énorme de bois symétriquement rangé. Au
centre se dressait un poteau de maçonnerie auquel se trouvait
scellée une ceinture de fer; des torches de résine, des fascines de
broussailles étaient préparées au pied du bûcher. Un homme, ha-
billé de rouge, immobile, s'appuyait sur un énorme croc de fer.

Tout à coup les cloches de Notre-Dame s'ébranlèrent, elles tin-
taient un glas...

Quelle que fût l'issue du combat, une créature humaine devait
mourir.

Marie serait brûlée si elle était convaincue du crime dont on
l'accusait.

La Brosse et son champion, traînés à Montfaucon, y expieraient
leur calomnie, si au contraire le défenseur de Marie l'emportait
sur le champion du baron de Luxeuil.

Le son des cloches impressionna les curieux, à tel point que bon
nombre d'entre eux tombèrent à genoux en récitant les prières des
trépassés...

Les hérauts prirent place, gardant les barrières par lesquelles
devaient s'avancer les tenants.

Un grand mouvement régnait autour de la tente du partisan de
Pierre La Brosse, tandis que, sauf les hérauts et les écuyers, tenus
de rester proches de la seconde barrière, pas un mouvement ne se
manifestait du côté de la tente réservée au défenseur de Marie de
Brabant.

Un murmure lointain, grossissant, se fit entendre.

— La Reine! La Reine!

C'était, en effet, Marie de Brabant qui s'avançait entourée de soldats, appuyée sur Blanche de Louvain, et prêtant l'oreille aux
exhortations de Frère Pacifique.

Dans sa terrible angoisse, ni la religion, ni l'amitié ne l'avaient
abandonnée.

Depuis dix jours, Marie connaissait sa sentence.

Elle l'avait entendue avec le calme de l'innocence, et son unique
réponse à celui qui vint la lui signifier fut :

— Assurez Monseigneur le roi que je mourrai sans avoir cessé
de l'aimer, et que je lui pardonne l'erreur qui me coûtera la vie.

Quand on lui répondit qu'elle trouverait sans doute un champion elle secoua la tête :

— Mon frère Jean est loin, et mon frère Jean pouvait seul prendre ma défense.

Son courage faiblit quand elle parla de son enfant :

— Pourvu qu'on ne le rende pas, le cher petit ange, responsable du malheur de sa mère !

Elle écrivit au roi une longue missive, en priant qu'on la lui remît après sa mort.

Afin de tranquilliser la conscience du duc de Bourgogne et celle de Robert d'Artois, elle pria Frère Pacifique de leur assurer que, comprenant quel austère devoir ils avaient rempli, elle leur pardonnait d'autant plus leur erreur qu'ils avaient mis à rendre leur jugement une lenteur pleine de prudence, preuve de leur désir ardent de la sauver. L'apparence l'accusait ; toutes les probabilités s'élevaient contre elle ; un jour viendrait où la vérité serait connue, elle demandait alors seulement des prières pour son âme. Quant à La Brosse, l'enveloppant dans le pardon généreux qu'elle accordait à ses ennemis, elle ne prononça pas même son nom.

Le roi avait permis qu'elle reçût les consolations de Frère Pacifique.

Celui-ci entendit le récit des fautes légères qui échappent à la faiblesse humaine, ces fautes qu'effacerait un si cruel martyre.

Le moine et la reine s'entretinrent de l'éternité jusqu'à la nuit.

— J'aurais souhaité une seule chose avant de mourir, dit Marie.

— Laquelle? demanda le moine.

— Embrasser mon enfant, mon Louis bien-aimé, répondit la condamnée.

Un instant après la porte de la prison s'ouvrit sous la main d'un gardien, et une femme de haute stature entra dans le cachot.

Ce n'était point Blanche de Louvain, qui attendait le départ de Frère Pacifique pour rentrer dans la cellule.

La faible clarté de la lampe ne permit pas d'abord à Marie de Brabant de reconnaître celle qui venait partager ses dernières heures.

Lorsque celle-ci se trouva sous la clarté de la lampe, son visage pâle, émacié, rayonna dans l'ombre.

— Marguerite ! s'écria Marie, en tombant à genoux, Marguerite de Provence !

La reine douairière étendit une main sur le front de Marie de Brabant.

— Vous avez demandé votre fils, je vous l'ai fait amener; et s'effaçant, elle fit avancer une suivante qui lui présenta l'enfant.

— Mon fils! dit-elle, mon fils!

Elle couvrit l'enfant de baisers passionnés, puis, s'asseyant sur la paille jonchant son cachot, elle s'absorba dans la joie de revoir son enfant. Quand elle l'eut dévoré de caresses, qu'elle eut un peu rassasié son pauvre cœur avide d'amour et gonflé de larmes, elle se traîna sur les genoux jusqu'à ce qu'elle fût arrivée devant Marguerite.

— Ah! lui dit-elle, ce que vous faites là est à la fois d'une reine, d'une mère et d'une sainte... Vous ne me croyez pas coupable, vous. Vous comprenez que j'aurais versé mon sang pour infuser la vie au fils d'Isabelle... Les mères se connaissent entre elles! On les trompe moins que les hommes... Soyez bénie par un cœur brisé! Soyez à jamais vénérée par ceux qui apprendront que vous m'avez fait cette aumône suprême de m'apporter mon pauvre petit enfant à bénir, et d'avoir étendu vos mains royales sur mon front de condamnée.

Elle saisit une des mains de Marguerite de Provence, et y colla ses lèvres.

Le contact d'un anneau la fit tressaillir.

Elle regarda la bague :

— « Hors cet anel pourrions avoir amors! » voilà ce que vous a dit Louis IX le jour de votre mariage, ce qu'il pensait à Tunis en expirant au milieu de vos fils... Philippe aussi m'avait juré de n'avoir point d'autre amour que le mien, de me protéger, de me défendre... Et je meurs accusée par son ministre, sans qu'il ait trouvé dans son âme la force de me justifier. Je ne me plains pas. Vous êtes là, ma mère... Vous me regardez avec une tendresse mêlée de pitié... Vous m'apportez la preuve de votre estime, de votre affection... Vous protégerez ma tombe comme vous avez défendu ma vie... Je vous ai toujours aimée, vénérée... Celle que Louis IX avait si tendrement chérie ne pouvait avoir qu'une grande âme! Vous et mon enfant! dans ce cachot! c'est la visite des anges à Jésus sous les oliviers du jardin de l'agonie...

— Pauvre! pauvre enfant! murmura Marguerite.

— Oui, vous avez raison, ma mère, je suis bien jeune pour tant souffrir... Il y a quelques mois je ne croyais point qu'il m'eût été possible de vivre encore aaprès tant d'angoisses... Mais le Dieu *qui fait la plaie et qui la bande* m'a soutenue, et demain je marcherai au sacrifice comme faisaient les martyrs condamnés par les proconsuls.

Frère Pacifique s'avança :

— Ma fille, dit-il. je passerai la nuit dans la chapelle ; demain, à l'aube, je célébrerai pour vous le saint sacrifice ; Madame la reine Marguerite n'a jamais fait un acte de charité plus pure, et de justice plus grande, que de venir passer avec vous cette veillée de larmes.

Le moine sortit. Il trouva Blanche pleurant silencieusement la tête dans ses mains.

— Rejoignez votre amie, lui dit-il, et ne perdez pas courage.

— Oh! fit Blanche, je me sentirais forte si Amaury était là.

— Dieu peut l'envoyer encore.

— Son père l'a tué... fit Blanche d'une voix farouche.

— Qu'avez-vous dit? ma fille.

— Ce que je pense depuis l'heure de la disparition du page de la reine... Amaury connaissait un secret terrible... Pour l'empêcher de le dévoiler, Pierre La Brosse l'a fait disparaître.

— Un tel crime !

— A-t-il reculé devant le régicide, mon Père?

Elle entra dans le cachot de Marie.

Celle-ci, rapprochée de la reine Marguerite, récitait lentement son rosaire avec elle.

L'enfant reposait sur les genoux de celle-ci, et de temps en temps les larmes chaudes de la reine douairière et de la femme de Philippe tombaient sur son front. Il avançait ses petites mains et les essuyait en silence, comme s'il comprenait déjà qu'il devait se taire devant la solennelle douleur des deux femmes.

Il était impossible de distinguer la naissance du jour au fond du cachot dans lequel se trouvait Marie ; mais la quantité d'huile versée pour la nuit dans la lampe acheva de se consumer, en même temps que sonnèrent cinq heures du matin.

Marguerite mit l'enfant dans les bras de Marie, puis étendant les mains sur ce groupe désolé :

— Va, ma fille, va retrouver Blanche notre mère, Louis mon époux, Tristan et Robert, mes vaillants fils, va rejoindre Isabelle qui te voit et demande pour toi du courage... ne pouvant plus rien pour toi en ce monde, je te bénis pour l'éternité...

— On vient, Madame! on vient! s'écria Blanche avec épouvante.

La Reine mère pressa la jeune femme sur sa poitrine, enveloppa l'enfant d'un pan de son manteau, puis ramena son voile sur son visage.

— Au revoir là-haut, Marie! dit-elle d'une voix étouffée.

— Au revoir! répondit la jeune femme.

La porte s'ouvrit, le guichetier et un huissier entrèrent.

Pour la dernière fois on venait relire à Marie son arrêt, et lui demander si elle avait fait choix d'un champion.

Elle se contenta de répondre :

— J'en ai appelé à Dieu.

L'huissier se recula, et le bourreau désigna la robe noire.

Blanche la saisit, et la couvrit de baisers et de larmes.

— Allons, Blanche, dit doucement la reine, aide-moi, ma fidèle, à faire cette dernière toilette... Tu m'as habillée à Compiègne le jour du mariage de mon bien-aimé Jean... Tu m'as passé ma robe de noces, quand j'épousai Philippe, et les petites mains m'ont agrafé le manteau royal le jour de mon couronnement... Revêts-moi aujourd'hui de la tunique de deuil et d'ignominie.

Avec un calme admirable la reine aida à Blanche, dont les mains tremblaient, à lui passer la robe infamante; elle en noua les cordons, puis elle dit à Blanche :

— Défais mes nattes, les condamnées marchent au supplice les cheveux épars, c'est la loi.

Comme une cascade d'or fluide, les cheveux blonds de Marie de Brabant se répandirent sur ses épaules.

Elle ressemblait alors, d'une façon surprenante, à ces figures suaves que les imagiers peignaient dans leurs missels.

— Où allons-nous? demanda Marie au bourreau.

— Le prêtre vous attend à la chapelle.

Marie s'appuya sur l'épaule de Blanche de Louvain. A peine avait-elle franchi la porte qu'elle vit le corridor et l'escalier remplis d'archers formant la haie.

— Il n'est pas besoin de tant de forces, dit-elle; je ne compte pas me défendre.

Frère Pacifique montait à l'autel.

Marie s'agenouilla sur un carreau disposé pour elle, et la messe commença.

Pendant toute sa durée, les cloches sonnèrent un glas lamentable.

Marie et Blanche prièrent, l'une avec ferveur, l'autre avec une sorte d'espoir. Marie demandait l'aide du Ciel avec une résignation touchante; Blanche sommait Dieu d'accomplir un miracle en rendant justice à Marie.

L'office fut long. On fit ensuite entrer Marie dans une pièce basse, où un repas léger lui fut offert. Elle rompit un peu de pain et porta une coupe à ses lèvres.

— Du vin de Chypre! fit-elle avec répugnance.

Elle repoussa le gobelet.

— Blanche, dit-elle, donne-moi un peu d'eau.

Elle devinait bien que, pendant ce temps, un sinistre cortège se massait aux abords du château de Vincennes. Des bruits vagues formés du murmure des foules, de froissements d'armes, de piétinements de chevaux s'entendaient en dépit de l'épaisseur des murailles.

Quand Frère Pacifique parut, Marie se leva :

— L'heure est venue, n'est-ce pas? demanda-t-elle.

— Vous allez suivre la voie du Calvaire.

— M'accompagnerez-vous, mon Père?

— Je ne vous abandonnerai point.

— Irai-je à pied de Paris à Vincennes?

— Non, ma fille, une litière vous attend.

Marie quitta la petite salle; des huissiers, des soldats, le bourreau la précédèrent.

Quand elle parut devant la foule avide, impatiente, cruelle, si grande était la beauté de la reine centuplée par le rayonnement de son innocence, qu'un bruit de sanglots s'échappa de toutes les poitrines.

La royale condamnée approcha ses doigts de ses lèvres, et envoya un baiser à ceux qui venaient la saluer à la sortie de son palais.

Puis elle monta dans une litière, dont les mules se mirent au pas.

Le peuple suivit, muet de stupeur.

Nul n'osait adresser la parole à son voisin; les cœurs serrés, pleins de pitié pour Marie, les yeux remplis de larmes attestaient assez que pour ceux-là, du moins, il s'agissait non pas d'une coupable allant au supplice, mais d'une martyre marchant au bûcher.

Tandis qu'à Vincennes on subissait l'impression produite par la vue de l'infortunée, à Paris on discutait, on ergotait, on prenait parti pour ou contre.

Ce qui nuisait le plus en ce moment à la reine, c'était de voir que personne ne se levait pour prendre en main sa cause.

A une époque où le culte de la femme semblait être une des conditions de la chevalerie, rien ne devait sembler à la fois plus étrange et plus accablant pour la royale accusée que l'abandon dans lequel on la laissait.

Quand on étudie, à six siècles de distance, ce drame trop réel, on a peine à comprendre d'un côté l'audace de La Brosse et la crédulité de Philippe ; de l'autre, l'horreur de la situation de cette jeune femme qui ne trouvait, pour la défendre, que les pleurs d'une jeune fille et les prières d'un moine.

La route se fit avec une lenteur désespérante.

La foule des curieux arrêtait à chaque instant la marche du sinistre cortège.

Du reste, ce retard forcé était sans doute prévu, car midi sonnait à Notre-Dame quand Marie de Brabant, les archers et le bourreau s'arrêtèrent au pied de l'échafaud sur lequel siégeaient déjà les Pairs du royaume.

Marie évita de les regarder, dans la crainte d'augmenter leurs regrets et leurs angoisses.

On lui désigna un second échafaud, plus petit que l'autre, s'élevant à la hauteur du bûcher dont il semblait presque faire partie.

Près de la tente destinée au champion chargé de représenter La Brosse, celui-ci se tenait insolemment, monté sur un cheval superbe, affectant une assurance à toute épreuve.

Il regardait parfois d'un air d'insultant mépris la tente placée du côté opposé à la sienne.

Le matin même, il avait assisté au Sacrifice de la Messe, dont le propre, en ces sortes d'occasions, se trouvait renfermé dans les anciens missels sous le titre *Missa pro duello*.

Dans cette tente, close comme un cercueil, aurait déjà dû s'armer le défenseur de la reine, si un seul homme s'était trouvé pour la défendre.

Instinctivement Marie se leva.

Son regard embrassa l'horizon pour la dernière fois ; elle vit les Pairs silencieux, la foule rendue muette par la solennité terrible de cette heure. Elle entendit à la fois éclater à ses oreilles des froissements de fer, des bourdonnements de cloches, et cette respiration des foules qui arrive parfois à la puissance du râle.

Rien devant elle ! rien autour d'elle !

Frère Pacifique et Blanche de Louvain lui restaient seuls.

Après avoir reposé ses regards sur eux, elle leva ses yeux vers le ciel.

Un cri d'angoisse s'éleva de la masse du populaire.

Afin de bien prouver qu'il était seul, et que nul ne se présentait pour soutenir la cause de la reine, l'accusateur fit lentement le tour de l'arène, puis il reprit sa place près la barrière voisine de sa tente.

Les Pairs du royaume étaient debout.

Le bourreau, connaissant son devoir, saisit une torche et s'apprêta à l'approcher du brasier.

— O ma reine bien-aimée, dit Blanche, courage!

— J'en ai, répondit Marie.

— Voici le martyre! ajouta Frère Pacifique.

— Je l'accepte, ajouta la reine.

Un des juges de l'accusée fit un signe, et le bourreau, remettant la torche enflammée dans les mains d'un de ses aides, s'approcha de Marie de Brabant.

Celle-ci fit un mouvement pour descendre du siège d'ignominie qu'on lui avait donné après l'avoir fait asseoir sur le plus magnifique trône du monde.

Les cloches sonnèrent plus lentement.

Le héraut d'armes éleva la voix pour annoncer que Messire Claude Castellan se tenait prêt à soutenir, au nom du baron de Luxeuil, l'accusation portée par celui-ci contre la reine, et il somma le défenseur de Marie de se faire connaître.

Après ce premier cri, il se fit un silence lugubre.

Le baron triomphait.

Marie ne paraissait plus s'occuper des choses de ce monde. Elle tenait dans ses mains enchaînées un petit crucifix et n'en détournait pas les regards.

Une heure se passa.

Pour la seconde fois, on somma le champion de Marie de Brabant de se présenter.

La tente resta solitaire, et pas une voix ne répondit.

Désormais, chaque minute allait prendre pour Marie de Brabant la valeur d'une année de vie.

Enfin le timbre de l'horloge sonna de nouveau.

Il était alors trois heures.

Tout à coup, les deux côtés de la tente placée en face de celle de Pierre La Brosse s'ouvrirent rapidement, et l'on en vit sortir un chevalier couvert d'une armure complètement noire.

Un écuyer, tenant la bride d'un coursier également sombre comme la nuit, s'approcha du nouveau venu. D'un coup d'éperon, le chevalier lança jusque dans l'arène sa monture cabrée de douleur, puis, d'une voix que rendait vibrante une indignation :

— Quiconque a flétri l'honneur de la reine a menti, et je suis prêt à soutenir qu'elle est la plus noble et la plus pure femme du royaume !

Castellan fit un mouvement de surprise et se tourna vers La Brosse :

— Vous m'aviez affirmé qu'il ne se présenterait personne... murmura-t-il.

— Je le croyais, répondit le baron de Luxeuil. Eh bien ! il s'agit de lutter pour ta vie maintenant ; car si tu te laissais vaincre, toi et moi nous serions pendus entre deux chiens.

Castellan frissonna sous son armure.

— Vous me jurez encore que la reine est coupable ?

— Je te le jure.

Castellan essaya de reprendre son sang-froid.

Le juge du camp s'avança dans la lice. Il tenait en main un livre d'Évangile et un reliquaire.

Il fit prêter serment aux deux combattants de n'employer ni sorcellerie, ni maléfice ; puis il se retira avec lenteur, en jetant un regard plein de défiance sur Castellan. Celui-ci avait prononcé le serment d'une voix basse et précipitée, tandis que le chevalier noir avait répondu d'une voix éclatante :

— Dieu et la Vierge seront pour Marie de Brabant et pour mon épée !

Cette voix remua Castellan jusqu'au fond des entrailles.

Piérou s'avança vers les juges du camp. Une livide pâleur venait d'envahir son visage ; pour lui, la voix qui prédisait le salut de Marie de Brabant, avait la solennité terrible de la trompette du dernier jugement.

— Messires, dit-il, ordonnez qu'on lève les visières !

Le chevalier noir répondit d'un accent dans lequel vibrait alors plus de tristesse que de colère.

— Point n'est besoin de voir le visage, c'est au cœur que nous viserons.

Il prit champ, fit le tour de l'arène et s'arrêta devant Marie.

— Madame la reine, demanda-t-il en s'inclinant et en abaissant sa lance en signe de respect, daignez-vous m'agréer pour votre champion ?

— Oui, répondit la reine, mon innocence me donne le droit de
me fier à votre bravoure.

— Alors, octroyez-moi vos couleurs.

Marie souleva ses mains.

— Je n'ai plus que des chaînes ! dit-elle.

Blanche de Louvain comprit le double regret de Marie et celui de
son défenseur, elle ôta de son corsage un nœud de soie blanche et
le fixa au bois de la lance du chevalier.

— Merci ! dit-il, et maintenant Dieu me soit en aide !

— Blanche ! Blanche ! s'écria la reine, si ce vaillant était tué...

— Il ne peut risquer sa vie pour une noble cause.

— Blanche, reprit la reine, le son de sa voix ne t'a-t-il point rap-
pelé...

— Un mort... oui, Madame la reine, un mort dont Dieu a fait un
bienheureux !

Les juges partagèrent entre les combattants l'espace, le vent et
le soleil, et conservèrent un profond silence.

Ensuite le maréchal du camp cria d'une voix retentissante :

— Laissez aller les bons combattants !

Chacun des deux adversaires se tenait droit et ferme sur ses
étriers, la lance en avant, le regard fier, quand du même côté par
lequel s'était avancé le chevalier à l'armure noire, bondit un combattant nouveau.

L'armure de celui-ci étincelait au soleil comme de l'argent en
fusion.

— Je réclame mon droit ! dit-il.

Il courut vers le chevalier noir, et posa sa main gantée sur son
épaule.

Sa prestance martiale, la sonorité de cette voix accoutumée au
commandement frappèrent la foule de surprise.

Depuis un quart d'heure elle allait d'étonnement en étonnement.

— Voici l'archange glorieux dont Frère Pacifique vous prédisait
la venue, Madame, dit Blanche en baisant les mains de la reine.

Celle-ci murmura un nom dans un sanglot, et tendit vers le nouveau venu ses bras chargés de fers.

— Je savais bien, dit-elle, je savais bien qu'il viendrait !

Mais le chevalier noir ne paraissait nullement disposé à céder
l'honneur de défendre la royale accusée.

Il se retourna vers le nouveau venu :

— Votre nom, Messire, dit-il, votre nom, car avant de vous laisser prendre ma place dans ce combat, dont dépend la vie d'une femme et l'honneur d'une reine, j'ai besoin d'être sûr que votre droit est plus sacré que le mien n'est à la fois impérieux et terrible.

Le chevalier couvert d'une armure blanche répondit :

— Je voulais ne me faire connaître de personne avant l'issue du combat; mais, puisque seul de tous les gentilshommes de France, à la honte éternelle de la chevalerie, vous avez pris la lance et la hache d'armes pour défendre une femme, je vous dois bien de faire une exception pour vous.

Il souleva la visière de son casque, puis il la laissa retomber si rapidement, que le champion à l'armure noire put seul apercevoir ses traits.

La tristesse et le respect se confondirent dans l'expression de son visage. Il recula de deux pas.

— C'est la volonté de Dieu, Messire, dit-il d'une voix grave.

Une émotion indicible s'était emparée de la foule. Après avoir subi pendant deux heures l'angoisse de voir la reine Marie attendre qu'un homme de cœur embrassât sa cause, elle crut à une sorte de miracle en voyant surgir à la fois deux tenants également mystérieux et qui semblaient les envoyés de la justice divine prête à châtier le crime jusqu'alors triomphant.

L'oppression du peuple diminuait. Il applaudit les défenseurs de Marie.

Ceux-ci se tendirent la main, puis le tenant vêtu de noir recula jusqu'à la tente, tandis que le chevalier blanc, la lance au poing, le front haut, solide sur sa selle, attendait le signal.

— Laissez aller! cria pour la seconde fois le maréchal du camp.

Les deux adversaires fondirent l'un sur l'autre.

Mais il était dit que ce jugement de Dieu présenterait une série de faits saisissants autant qu'imprévus, car à l'instant même où l'on venait de donner le signal du combat, un troisième cavalier s'élança dans l'arène en criant :

— Arrêtez! au nom du roi!

On le traîna, sur la charrette, à Monfaucon. (*Voir page* 216.)

XVIII

A MONTFAUCON

Tandis que les juges du combat faisaient sommer, par trois reprises, le tenant de la reine d'avoir à se présenter pour lutter contre Castellan, chargé de soutenir l'accusation d'empoisonnement et de magie portée contre Marie de Brabant, un homme exténué et dont la monture paraissait à demi fourbue arrivait sur la route de Vincennes.

Il était tête nue, une sueur abondante ruisselait de son visage ; penché sur la crinière de son cheval, il le talonnait de l'éperon en répétant :

— En avant, Mélisse ! en avant !

Quand la bête pliait sur ses jarrets, il la relevait d'un mouvement brusque, reprenait sa course folle, et l'on eût dit qu'il allait rendre l'âme, quand il sauta à bas de sa monture qui s'affaissa sur le sol, la tête morne, les flancs soulevés par une respiration haletante.

Le cavalier s'adressa au premier homme d'armes qu'il rencontra :

— Ami, lui dit-il, faites que je parle au roi, notre sire.

— Aujourd'hui ? demanda l'homme d'armes avec épouvante.

— A l'instant même.

— Il y aurait folie à le tenter.

— Si je ne me trompe, fit le messager, il s'agit de sauver une existence, et Dieu ne permettra point que vous soyez victime de votre dévouement.

L'homme d'armes regarda le messager en secouant la tête.

— Savez-vous ce qui se passe dans Paris, à cette heure, compagnon ?

— Non ! fit le messager, j'arrive à franc étrier de Luxeuil ; j'ai crevé deux chevaux sur la route.

— Eh bien ! tandis que vous sollicitez une audience du roi, on allume le bûcher de la reine Marie de Brabant.

— Je comprends tout ! fit le messager ; l'abbé de Luxeuil n'a point cru devoir me confier l'objet absolu de mon mandat, mais il m'a recommandé de me hâter, en ajoutant : « — Il s'agit de sauver une noble victime et de faire châtier un grand coupable. »

— C'est possible ! fit l'homme d'armes ; mais que puis-je pour vous ? pas un capitaine, pas un chevalier n'oserait franchir la porte du retrait de Philippe le Hardi.

— Où se trouve cette pièce ? fit l'envoyé de l'abbé de Luxeuil.

— Au premier étage du château, en face du grand escalier d'honneur.

— J'y vais.

— Vous risquez votre tête.

— Dieu m'aidera !

Le jeune homme s'élança dans la cour, et aux gardes qui tentèrent de l'arrêter ou tout au moins d'apprendre le motif de sa hâte, il répondit impérieusement :

— Message du roi.

Il passa.

On eût dit, du reste, que le souffle de la peste s'était abattu sur ce palais, ou que l'interdit du Souverain Pontife venait d'en éloigner les serviteurs.

Tandis que la chapelle regorgeait de sergents, de valets, de pages demandant à Dieu de prendre en pitié la malheureuse reine, Philippe, abandonné, n'eût pas trouvé un seul homme dans les salles du château. Il s'était retiré dans une pièce sombre, et, seul, tantôt marchant avec agitation, tantôt prenant sa tête à deux mains comme s'il avait peur que son cerveau éclatât, ou comprimant les battements de son cœur, il semblait sous le coup d'une sorte de démence.

— Elle est coupable! répétait-il, elle est coupable! Piérou l'a dit; Piérou ne veut que le bien de mon royaume, ma prospérité et le salut de mes fils... Oh! comme elle m'avait ensorcelé avec ses yeux d'ange et son parler si doux... L'ai-je aimée... Qui m'eût dit que je signerais l'arrêt qui l'a conduite devant ses juges, et que j'attendrais ici l'issue du combat, du jugement de Dieu!

Il s'arrêta à ce mot :

— Le jugement de Dieu! Frère Pacifique m'a dit de le redouter... Frère Pacifique croyait à l'innocence de Marie... Marguerite de Provence, ma mère, en a répondu! Le jugement de Dieu! Pourvu qu'il n'éclate pas sur ma tête comme la foudre...

En ce moment la porte s'ouvrit, et la tenture de soie qui la couvrait s'agita.

Le messager se trouva en face du roi Philippe.

Celui-ci recula, ses yeux laissèrent passer un éclat de fureur.

— Qui que tu sois, dit-il, tu paieras cher ta témérité!

— Je le sais, sire. L'abbé de Luxeuil, qui vous envoie cette cassette, m'a dit de me préparer à mourir, si je me présentais à cette heure devant vous... Mais il a ajouté : « — Cette cassette renferme le repos, la félicité et l'honneur du roi. »

Philippe arracha le coffret des mains du messager, qui demeura respectueusement à genoux.

Dans le trouble d'esprit où se trouvait le roi, le moindre événement devait prendre une importance capitale.

Il regarda les sceaux pendant à la cassette, et lut sur la cire jaune une devise espagnole.

— La clef, demanda-t-il au messager, as-tu la clef?

— Celui à qui devait être remise cette boîte de sandal, la garde, sire.

— Le nom du destinataire?

— Nul ne me l'a dit, j'ai pu le deviner.

— Eh bien! parle.

— Le baron de Luxeuil.

Philippe saisit la dague pendant à sa ceinture, et la glissant entre le couvercle, il opéra une pesée, ouvrit la cassette, et saisit les papiers qu'elle renfermait.

Le premier nom qui flamboya devant ses yeux fut celui de La Brosse.

Il parcourut, plutôt qui ne lut, les parchemins, serrant ses mains crispées; puis un cri, trahissant autant de rage que d'angoisse, s'échappa de ses lèvres.

— Lève-toi, comte, dit-il en posant la main sur l'épaule du messager; lève-toi, et à cheval! cours sur la place où s'est amassé le populaire... La foule te guidera, il s'agit d'un spectacle... pourvu que tu n'arrives pas trop tard! Remets cet ordre aux juges, et du plus loin que tu apercevras la place, l'échafaud, le bûcher, crie: — « Arrêtez! au nom du roi! » — Sauve la reine, entends-tu! Sauve-la! Ah! une province ne paîerait pas le service que tu viens de me rendre... Va! va! je te suis, mon féal! Oh! mon Dieu! Rendez-moi Marie, et faites qu'elle me pardonne!

Le messager descendit les larges escaliers avec la rapidité de la foudre, traversa les salles, gagna les vastes cours des écuries, puis arrivant au sergent d'armes:

— Ordre du roi! dit-il, un cheval!

On sella aussitôt la plus rapide des montures de Philippe, et le messager courut vers Paris.

Il n'eut pas besoin de demander sa route, le bruit, les cloches, le mouvement le guidèrent à travers les rues.

Le plus grand obstacle contre lequel il se heurta fut le nombre effrayant des curieux.

Comment trouer cette masse compacte? Certes, les rangs se seraient ouverts devant lui si l'on avait connu l'importance de sa mission; mais la fin du drame approchait, le dernier cri du maréchal du camp venait de se faire entendre, et il semblait déjà que Marie n'eût plus qu'à descendre de son échafaud pour se rendre au bûcher.

Heureusement, l'arrivée du Chevalier noir et du Chevalier à l'armure blanche permit au messager de faire un détour. Il gagna les abords de la lice en se rapprochant du groupe formé par le bourreau et ses aides. Alors, certain d'être entendu, il répéta d'une voix si forte qu'elle domina le premier heurt des lances de Castellan et de son adversaire.

— Arrêtez, au nom du roi !

Les deux champions se reculèrent et relevèrent leurs lances, tandis que Marie regardait, avec une stupeur mêlée de joie, le messager qui venait interrompre le combat.

Blanche serra les mains enchaînées de la reine.

— C'est le salut, dit-elle.

— Ah ! fit Marie, si je le dois à la pitié de Philippe plus qu'à sa justice, je préfère la mort. Que vaut la vie, sans la tendresse de celui qu'on aime uniquement ?

Le messager fut conduit près des juges, leur remit l'ordre de Philippe, et, tandis qu'ils le lisaient encore, il vit la foule s'agiter à une grande distance, les fronts se découvrir et les mains s'agiter.

Pierre La Brosse avait rejoint Castellan.

Encore une fois, sans doute, le cœur de Philippe faiblissait ; ne pouvant supporter l'idée que Marie pérît d'une façon terrible, il ordonnait de renverser le bûcher dressé pour elle.

Une colère sourde brillait dans le regard de La Brosse, et une imprécation expira sur ses lèvres.

Quand à Marie de Brabant, elle s'était levée, et, debout sur son échafaud, les bras croisés sur sa poitrine, elle regardait du côté de la place où se produisait ce mouvement étrange.

Elle ne voyait plus ni les juges, ni le bourreau ; elle regardait un homme monté sur un cheval blanc, un homme sans chapeau, sans manteau, se frayant un passage à travers une marée humaine, et devant lequel la foule reculait.

Marie le reconnut la première, et se laissant tomber dans les bras de Blanche :

— Lui ! dit-elle, lui !

— Los au roi ! Droit et justice ! cria le peuple. Dieu sauve la reine !

Philippe avançait toujours.

Les Pairs aussi étaient debout sur le grand échafaud drapé de noir.

A cette heure, ils représentaient encore la justice et ne se trouvaient pas le droit de quitter leurs sièges de juges.

Enfin le roi parvint jusqu'au pied du bûcher, près duquel attendait le bourreau.

Un sanglot vint à ses lèvres, et, voyant Marie demi morte dans les bras de Blanche de Louvain, il escalada les degrés de l'échafaud de Marie, se mit à genoux devant elle, et couvrit de baisers les fers meurtrissant ses poignets délicats.

— Pardon! dit-il, pardon...

Et Marie lui répondit, comme dans le cachot où il l'avait visitée :

— Philippe! mon Philippe!

Et alors seulement elle put pleurer.

— Vous tous, dit le roi d'une voix profonde, Pairs du royaume, nobles, écuyers, et peuple, vous êtes témoins que je m'agenouille devant cette martyre et que j'implore sa merci...

Puis il demanda d'une voix altérée :

— Qui donc brisera ces cadenas et ces fers?

Le bourreau s'avança.

Philippe fit un geste d'horreur.

— Jette ces outils à mes pieds, dit-il, et ne souille pas la reine de ton contact; je suffirai à cette besogne.

En un instant les mains de Marie furent libres.

Le roi pressa la jeune femme dans ses bras, puis il dit à Blanche :

— Je vous la remets; pour l'amour du ciel, trouvez un manteau qui cache cette robe d'infamie.

Philippe quitta l'échafaud de Marie, il gravit celui des Pairs.

— Mes cousins, dit-il, lisez et jugez!

Il tendit au duc de Bourgogne et au comte d'Artois les papiers que venait de lui remettre l'envoyé de l'abbé de Luxeuil.

— Ah! fit Robert d'Artois! je reconnais la main de la Providence.

D'un signe, il appela un homme d'armes, et celui-ci, suivi d'un groupe de soldats et des aides du bourreau, se dirigea vers la tente à la porte de laquelle se trouvaient Pierre La Brosse et Castellan.

Depuis l'arrivée du messager, le baron comprenait que Marie allait encore l'emporter. Seulement, il gardait l'espérance de reprendre sur le roi l'influence dont il avait abusé tant de fois, aussitôt qu'il se trouverait seul avec lui. Certes, il subissait une humiliation publique, mais il était de ceux qui comptent perpétuellement sur des revanches, que les ressources de leur politique rendent souvent aisées.

Mais quand il reconnut le roi lui même courant sur les pas de son messager, il sentit qu'une résolution inébranlable venait d'être prise, et il se mit à trembler.

La Brosse avait multiplié tant de crimes depuis son arrivée au

pouvoir, qu'il ne put, en ce moment, soupçonner la cause de sa disgrâce. Il crut seulement que l'ancien amour de Philippe l'emportait
sur sa justice, et que la force lui manquait pour voir monter Marie
sur le bûcher.

Cependant, lorsque le roi tendit aux Pairs du royaume les parchemins que lui avait envoyés l'abbé de Luxeuil, La Brosse ne put
s'empêcher de trembler.

Il pouvait avoir été mal servi par un homme, ou trahi par les
circonstances.

Ses regards ne quittèrent plus les juges, et il lut sa perte dans
l'expression de leur visage.

— Monseigneur! monseigneur, dit Castellan, le comte d'Artois a
fait signe au bourreau.

La Brosse ne répondit rien, il mordait ses lèvres jusqu'au sang.

— Monseigneur, poursuivit le champion du baron de Luxeuil,
c'est vers nous que le bourreau s'avance... Ah! vous m'avez trompé,
Marie de Brabant était innocente!

Les hommes d'armes s'approchèrent, et les aides avec eux.

Le premier mouvement de Pierre La Brosse fut de tirer la miséricorde pendue à sa ceinture, mais le courage lui manqua pour de-
vancer le supplice.

Le bourreau serra les poignets de La Brosse dans les carcans qui
venaient d'être enlevés à Marie, puis enchaîna de même Castellan,
tandis que les sergents poussaient La Brosse vers l'échafaud où se
trouvaient le roi et les pairs.

Quand le ministre eut gravi les marches de cette funèbre tribune,
le roi lui dit d'une voix grave, qui parut plus redoutable à Piérou
que la vue d'une hache d'exécuteur :

— J'ai dans les mains les preuves de toutes tes perfidies... Tu ne
t'es pas contenté de calomnier une sainte, tu as vendu ton pays et
trahi la cause de ton roi. Les voici, ces contrats jurés avec Luiz de
Velasco, ces contrats qui te font *Rico-Hombre*; qui te concèdent
des châteaux en Castille et des milliers de ducats sur la cassette de
don Sanche, l'usurpateur! Ah! double traître, misérable lâche! Et
il a fallu qu'un homme tombât presque mort sur le seuil d'une abbaye, qu'il se repentît avant de paraître devant Dieu, et que la cassette, qui renfermait les preuves de tes infamies me fût apportée
au lieu de t'être remise... pour que mes yeux s'ouvrissent enfin, et
que j'eusse la certitude de tes forfaits... Ils sont tels que je n'assem-
blerai point de tribunal, mon conseil privé suffira... A l'heure où

Marie de Brabant reprendra triomphante sa place sur un trône dont la calomnie la fit descendre, les archers que tu vois te mèneront pendre à Montfaucon.

— Sire! dit La Brosse en tendant ses mains vers le roi, permettez que je vous parle seul à seul une heure, quelques minutes même, et je suis certain que je vous convaincrai...

— Ce que tu as écrit suffit, dit le roi.

Puis se tournant vers les Pairs :

— Mes cousins, dit-il, vous allez assister en qualité de juges à ce jugement de Dieu, vous voudrez bien surveiller demain l'exécution du jugement du roi. Et ainsi le veux!

En ce moment, le Chevalier Blanc rejoignit Marie.

— Justice t'est rendue, dit-il, je puis lever la visière de mon casque.

— Jean! dit Marie, Jean! je l'avais deviné.

— Pardonne-moi, lui dit-il, pardonne-moi d'être venu si tard t'offrir le secours de mon glaive. Je me trouvais au fond de la Hongrie, et j'avais accompli mainte prouesse en Allemagne, sous le nom du *Chevalier Blanc*, quand Audouin m'a découvert, reconnu, et m'a révélé l'accusation qui pesait sur toi. Depuis cette heure, Audouin et moi nous n'avons pas dormi dans un lit... Le jour, la nuit nous trouvaient à cheval, courant vers la France... Et peu s'en est fallu que nous arrivassions trop tard... Appuie-toi sur moi, Marie, et puisque la France s'est montrée envers toi si ingrate et si injuste, reviens dans le duché de Brabant, où nous te traiterons en reine...

Philippe posa la main sur le bras de Jean.

— Je garde ma femme! dit-il d'une voix vibrante.

— Je ne reconnais pas dans cette créature humiliée, aux cheveux épars, flottant sur une robe noire et qu'environnent encore les apprêts du supplice, la reine de France, la compagne du fils de Louis IX. Je cherche son trône, j'aperçois un bûcher... Je demande son mari, et je me heurte au bourreau.

— Soyez généreux, Jean.

— Avez-vous seulement été juste?

— Que demandez-vous de moi; que peut-elle exiger? Je suis prêt à toutes les soumissions, à toutes les épreuves... N'ai-je pas souffert aussi, moi? Moi qui l'ai si tendrement, si absolument aimée! Je le sais, mon aveuglement fut poussé jusqu'à la folie; mais je réparerai le passé, je vous le jure!

— Je n'oublie pas, dit Jean; elle est de ma race, elle fera comme moi.

— Je suis ta sœur, Jean, mais je suis sa femme...

— Oh! Marie! s'écria le roi en tombant à ses pieds.

Une jeune femme qui venait de dégrafer son manteau le passa à Blanche de Louvain, qui le jeta sur les épaules de sa royale maîtresse.

— Manquerais-tu donc de fierté? reprit Jean.

— Je suis chrétienne! dit Marie.

Frère Pacifique étendit ses deux mains sur elle.

— Dieu vous aura fait chèrement payer votre bonheur, ma fille, jouissez-en désormais sans crainte.

Une litière venait de s'arrêter au pied de l'échafaud, le roi soutint Marie, et l'y fit porter, tandis que le comte d'Artois et le duc de Bourgogne, s'élançant sur leurs chevaux, suivaient la litière emportant Marie et Philippe vers le château de Vincennes.

Au moment où Blanche de Louvain allait à son tour monter dans sa litière, le Chevalier Noir, que son armure enveloppait des pieds au front, s'approcha de la jeune fille :

— Puis-je vous entretenir, Blanche? demanda-t-il.

— A Vincennes, ce soir! répondit la jeune fille en tressaillant.

Le Chevalier Noir traversa l'arène, rentra dans sa tente, et roulant un long vêtement brun jeté sur un escabeau, il le remit à son écuyer.

Une demi-heure après, il heurtait à la porte de dame Hugonne, baronne de Luxeuil, qui depuis sa disparition pleurait son fils comme mort.

Perdue dans l'ombre d'une chambre tendue de deuil, et roulant un chapelet entre ses doigts, Hugonne priait et pleurait, quand elle sentit tout à coup des larmes chaudes tomber sur ses mains, quand elle entendit une voix qui lui fit bondir le cœur, répéter :

— Mère! mère!

— Bonté divine! qui t'a fait sortir de ta tombe?

— Dieu!

— Ciel! que vas-tu m'apprendre?

— Mon père a été emmené par des hommes d'armes, convaincu d'avoir calomnié la Reine et d'avoir trahi la France au profit de l'Espagne.

— Oh! le malheureux! notre devoir est de nous rendre auprès de lui.

— Et nous ne faillirons point à ce devoir, ma mère ; mais auparavant, je veux, je dois aller à Vincennes, rendre la parole à Blanche

de Louvain. Si brave que je sois, je n'ai pas le droit de tendre la
main à Blanche, et de lui faire porter un nom déshonoré. Je lui ferai
mes adieux, ce soir.

— Mon pauvre et noble enfant! murmura-t-elle.

Amaury la prit dans ses bras, et l'obligea à quitter cette chambre.

— Maintenant, lui dit-il, laisse-moi partir, déchirer mon cœur
et laisser couler tout mon sang par une dernière blessure; quand je
reviendrai, je serai tout à toi.

Hugonne l'attira vers elle avec un emportement désespéré.

— A cette heure, lui dit-elle, le découragement auquel tu cèdes
me semble légitime; mais pourquoi te hâter de dire un suprême
adieu au bonheur comme à la jeunesse? Le roi Philippe a tant aimé
ton père qu'il peut lui faire grâce.

— En sera-t-il moins déshonoré? demanda Amaury.

Le jeune homme s'éloigna rapidement, monta à cheval, jeta sur
l'arrière de la selle le vêtement de novice que lui avait prêté l'abbé
de Luxeuil, et qu'il n'avait quitté que pour revêtir l'armure noire
sous laquelle il comptait combattre Castellan, puis il piqua des deux
et gagna Vincennes avec une rapidité vertigineuse.

Il y entra visière levée.

Lorsqu'il demanda s'il pouvait voir Blanche de Louvain, il lui fut
répondu que celle-ci se trouvait avec sa royale maîtresse.

Amaury hésita un moment, puis il ajouta :

— Je parlerai donc à madame Blanche devant la reine.

Les deux jeunes femmes se trouvaient dans une petite pièce du
château. Blanche venait de s'occuper de la parure de la reine, avec
la grâce ingénieuse et charmante de l'amitié.

— Me permettrez-vous de recevoir Amaury devant vous, ma reine
bien-aimée? demanda Blanche de Louvain.

— Il me tarde de le remercier, dit la reine.

Blanche secoua la tête, elle devinait que le généreux Amaury ne
venait point chercher des témoignages de gratitude.

En entrant dans la salle, il salua profondément. Arrivé tout près
de Marie de Brabant, il plia le genoux.

— Relevez-vous, lui dit la reine, je sais tout ce que je vous dois...

— Vous ne me devez rien, Madame, et je n'ai fait que mon devoir.

— Voulez-vous me laisser insolvable?

— Vous êtes reine, Madame, dit Amaury avec un navrant sourire,
et cependant vous ne pouvez rien pour moi... Il est des vies brisées
bien vite et sans retour, la mienne est de ce nombre. Il ne suffit pas

de se sentir fort, loyal, généreux, il faut encore avoir le droit de marcher la tête haute... Je vous assure, Madame, de mon respect pour la dernière fois, et je vais dire à Blanche un éternel adieu.

— Adieu! répéta la jeune fille d'une voix étouffée.

— Vous savez que c'est mon devoir; mais, en même temps, vous savez, Blanche, quelle était pour vous ma tendresse. Je souhaitais la proclamer bien haut, et vous faire une couronne d'un noble amour. Dieu, qui créa nos âmes, les veut toutes à lui, et il ne permet pas que nous chérissions trop profondément une créature... Frappé mortellement au cœur, il ne me reste plus que la grandeur d'une résignation chrétienne pour me sauver du mépris de tous... Vous penserez à moi comme à un ombre évanouie, comme à un lointain souvenir... Du fond du cloître, où je vais m'enfermer, je ne cesserai de prier Dieu pour vous.

— Amaury! Amaury! balbutia la jeune fille.

La reine tendit la main au page:

— N'exagérez point l'honneur dont vous parlez, dit-elle. Votre situation vous est conservée près des Enfants de France; je sais tout ce que vous avez souffert pour ma cause, et je vous appuierai de tout mon crédit.

Amaury secoua la tête:

— Madame la reine, dit-il d'une voix sourde, une tombe nous séparera.

Marie se rapprocha de Blanche.

— Ne comprend-il donc pas que je demanderai la grâce de son père?

— Vous êtes vraiment angélique, Madame la reine, et Dieu, qui a entendu ce cri généreux, vous en récompensera plus tard. Mais, si puissante que vous soyez, le conseil du roi s'opposera à ce que vous tenterez d'obtenir de mon maître... D'ailleurs, poursuivit-il, dans des cas semblables, le roi daignât-il pardonner à votre prière, nul n'oublierait. Toute faute a besoin d'une expiation, Madame, j'expierai.

Amaury se tourna vers Blanche de Louvain.

— Je vous ai aimée de toute la puissance de mon cœur, dit-il; en me vouant à Dieu, je ne cesserai de prier pour vous.

Blanche tenait une main sur ses yeux, elle ne se sentait pas la force de regarder celui à qui elle devait dire un adieu sans retour.

Amaury posa sur ses lèvres la main de Blanche, s'inclina devant la reine, et il allait quitter la salle, lorsque Frère Pacifique y entra.

— Mon Père ! mon Père ! lui dit Amaury, emmenez-moi ! je me donne à vous.

Un moment plus tard, Amaury, ayant fait don de son armure noire à un archer, quittait le palais de Vincennes enveloppé dans la robe de bure que lui avait donnée l'abbé de Luxeuil.

Pendant les jours de sa haute faveur, Pierre La Brosse, regrettant que l'on ne pendît plus les criminels à Montfaucon, avait fait réparer ce monument sinistre, et plus d'une fois sa partialité, sinon sa justice, y envoya des condamnés.

L'heure de la revanche était venue.

Les Pairs du royaume condamnèrent La Brosse au dernier supplice.

On le traîna sur la charrette tandis que les ducs de Bourgogne, de Brabant et le comte d'Artois le suivaient en litière. Ils tenaient à être témoins du supplice de ce misérable.

Jamais journée ne parut plus belle, plus fraîche, plus ensoleillée, que cette journée du 30 juin 1278, qui fut la dernière de la vie du baron de Luxeuil. Le chroniqueur de Saint-Magloire, qui relatait en vers les événements de son temps, dit, en parlant de Pierre La Brosse et de sa pendaison :

« Cette journée lui fut amère. »

Mais le moine rimeur ne nous dit pas si le coupable se repentit.

FIN

www.ingramcontent.com/pod-product-compliance
Lightning Source LLC
Chambersburg PA
CBHW051817020726
47502CB00005B/1507